À la tombée du jour

MARY KUBICA

À la tombée du jour

Traduit de l'anglais (États-Unis) par
LAURE MANCEAU

HarperCollins
NOIR

Titre original :
WHEN THE LIGHTS GO OUT

HARPERCOLLINS FRANCE
83-85, boulevard Vincent-Auriol, 75646 PARIS CEDEX 13
Tél. : 01 42 16 63 63

www.harpercollins.fr

ISBN 979-1-0339-0354-3 — ISSN 2551-0096

Pour
Dick et Eloise
Rudy et Myrtle

L'esprit est à soi-même sa propre demeure,
il peut faire en soi un ciel de l'enfer,
un enfer du ciel.

John Milton, *Le Paradis perdu*,
traduction de François-René de Chateaubriand,
Renault et Cie, 1861.

PROLOGUE

La ville m'encercle, comme un panorama. Les bras tendus, je ne peux m'empêcher de tourner sur moi-même pour embrasser la vue. Je profite du spectacle, bien consciente que c'est peut-être la dernière chose que je verrai jamais.

Je fixe les quatre marches métalliques devant moi, qui m'ont l'air bien fragiles et délabrées avec leur rouille, leur peinture écaillée et leurs lattes mal fixées. Je pose le pied sur la première, elle cède et je tombe.

Pourtant, je n'ai pas le choix, je dois monter.

Je me relève, pose les mains sur les rampes et je reprends. Mes paumes, moites et glissantes, m'empêchent de me cramponner. Je trébuche sur la deuxième marche, recommence. J'appelle à l'aide, d'une voix brisée, que je ne reconnais pas.

Lorsque j'atteins la corniche du toit, mes genoux flanchent. Au prix d'un ultime effort, j'évite de basculer dans le vide et d'atterrir sur le trottoir. Seize étages plus bas.

L'immeuble est si haut que je pourrais toucher les nuages. Une sensation de vertige s'empare de moi. Le sol se rapproche à toute allure, les immeubles et les arbres se mettent à se balancer au point que je ne sais plus ce qui bouge : eux ou moi. Des petites boîtes d'allumettes jaunes filent dans les rues de la ville. Des taxis.

Si je me tenais au rez-de-chaussée, la corniche me ferait l'effet d'un boulevard. Mais ici, c'est tout le contraire. Ici, ce n'est qu'un fil sur lequel j'essaie de tenir en équilibre malgré mes jambes qui flageolent.

J'ai peur. Mais j'ai déjà fait tout ce chemin. Je ne peux pas reculer.

Une accalmie survient et s'achève si vite que je ne la remarque presque pas. L'espace d'une seconde, le monde est immobile. Je suis en paix. Le soleil monte toujours plus haut dans le ciel, ses rayons jaune orangé qui percent à travers les immeubles m'éblouissent, m'apaisent et me réchauffent. Mes mains s'élèvent tandis qu'un oiseau passe à tire-d'aile. Les bras tendus de part et d'autre de mon corps, j'imagine quel effet ça ferait de voler.

Puis tout me revient.

Je suis désespérément seule. Mon corps entier me fait souffrir. Je n'ai plus toute ma tête, je n'y vois plus clair, je ne peux plus parler. Je ne sais plus qui je suis. À compter que je sois encore quelqu'un.

Et j'en ai alors l'intime conviction : je ne suis personne.

J'imagine ce que ça ferait de tomber. Plonger en apesanteur, laisser la gravité prendre le relais, lâcher prise. Renoncer, s'abandonner à l'univers.

Je perçois un mouvement plus bas. Un éclair brun, et je sais que si j'attends encore il sera trop tard. La décision ne m'appartiendra plus. J'appelle une dernière fois.

Puis je me lance.

JESSIE

Je n'ai pas besoin de me voir pour savoir à quoi je ressemble.

J'ai les yeux bouffis, injectés de sang. Tout autour, la peau est rougie, à vif à force d'avoir été frottée. C'est comme ça depuis des jours. Depuis que les organes de maman se sont mis à défaillir l'un après l'autre, que ses mains et ses pieds sont froids puisque le sang n'y circule plus. Depuis qu'elle perd et reprend connaissance, refuse de manger. Depuis qu'elle a commencé à délirer, à parler de choses qui n'existent pas.

Ces derniers jours, sa respiration a changé aussi, elle est plus sonore et irrégulière, les médecins appellent ça la respiration de Cheyne-Stokes : pendant plusieurs secondes elle arrête de respirer. De toutes petites inspirations sont suivies de périodes d'apnée. Quand elle ne respire pas, je ne respire pas non plus. Ses ongles sont bleus maintenant, et la peau de ses bras et de ses jambes, grise et marbrée.

— Un signe de mort imminente. Ça ne va plus tarder à présent, a déclaré le docteur hier en posant une main ferme sur mon épaule avant de me demander s'ils pouvaient appeler quelqu'un qui viendrait me tenir compagnie jusqu'à son décès.

J'ai secoué la tête, me retenant d'éclater en sanglots. Ça ne me ressemble pas de pleurer. Ça fait maintenant presque une semaine que je suis assise dans le même fauteuil, avec les mêmes vêtements froissés, ne m'absentant que pour aller chercher un café à la cafétéria de l'hôpital.

— Il n'y a personne, lui ai-je répondu. Il n'y a que maman et moi.

Que maman et moi, depuis toujours. Si j'ai un père quelque part dans ce monde, j'ignore tout de lui. Maman a toujours refusé de me parler de lui.

Et ce soir, son médecin se plante de nouveau face à moi ; il remarque mes yeux bouffis, il s'inquiète. Cette fois, il me tend un somnifère et me conseille de le prendre, de m'allonger dans le lit à côté de celui de maman.

— Quand as-tu dormi pour la dernière fois, Jessie ? me demande-t-il dans sa blouse blanche amidonnée. Je veux dire, vraiment dormi ? précise-t-il avant que je puisse mentir.

Avant que je déclare avoir dormi la nuit dernière. Parce que c'est le cas. Pendant trente minutes, tout au plus.

Il me dit que personne ne peut survivre très longtemps sans dormir. Qu'on peut en mourir.

— Le manque de sommeil n'est pas à prendre à la légère. Il faut que tu dormes, dit-il, bien que ce ne soit pas mon médecin mais celui de maman.

Je ne sais pas pourquoi il prend cette peine, mais il m'énumère ensuite les conséquences de la privation de sommeil. Instabilité émotionnelle. Crises de larmes et de rire qui surviennent sans raison. Comportement imprévisible. Perte de la notion du temps. Visions. Hallucinations. Perte de l'usage de la parole.

Il me parle également des effets physiques pouvant se déclarer suite à des insomnies répétées : crise cardiaque, hypothermie, AVC.

— Les somnifères, ça ne marche pas sur moi, lui dis-je.

Mais il secoue la tête et m'explique qu'il s'agit plutôt d'une sorte de tranquillisant, prescrit contre l'anxiété et l'épilepsie.

— L'effet est sédatif. Apaisant. Ça t'aidera à dormir sans les vilains effets secondaires d'un somnifère.

Mais je n'ai pas besoin de dormir. Au contraire, il faut que je reste éveillée, à ses côtés, jusqu'à ce qu'elle décide de partir.

Je m'extrais de mon fauteuil, passe devant lui d'un air décidé.

— Jessie, fait-il, et sa main tombe doucement sur mon bras pour m'empêcher de franchir le seuil.

Il m'adresse un sourire hypocrite.

— Je n'ai pas besoin de vos pilules, je réponds d'un ton brusque en retirant mon bras.

Mon regard se pose sur l'infirmière postée dans le couloir devant la salle de garde, et je ne lis qu'une seule chose dans ses yeux : de la pitié.

— Ce qu'il me faut, c'est du café, dis-je sans la regarder tandis que je me traîne dans le couloir, les pieds lourds de fatigue.

J'aperçois un garçon de temps à autre à la cafétéria. Un corps fragile perdu dans des vêtements froissés ; les yeux rouges, il a l'air épuisé et dopé à la caféine. Comme moi, il est agité. À cran. Il a un visage carré, des cheveux bruns en bataille, et d'épais sourcils parfois cachés par des lunettes noires qu'il porte pour que personne ne voie qu'il a pleuré. Assis les pieds posés sur une chaise en plastique, la capuche de son sweat rouge sur la tête, il sirote son café.

Je ne lui ai jamais parlé. Je ne suis pas le genre de fille à qui les garçons font la conversation.

Mais ce soir, je ne sais pour quelle raison, une fois mon café payé, je me laisse tomber sur la chaise à côté de la sienne, sachant qu'en d'autres circonstances je n'en aurais pas le courage. Je cherche sans doute à repousser le moment où je devrai retourner dans la chambre de maman, et à laisser au médecin le temps de l'examiner et de partir.

— Tu as envie d'en parler ? je lui demande, et au début il a l'air surpris, incrédule, même.

Il lève le nez de son gobelet et me dévisage de ses yeux aussi bleus que les ailes d'un papillon morpho.

— Ce café, dit-il au bout d'un certain temps en repoussant son gobelet. Il est imbuvable, ajoute-t-il, comme si c'était l'unique chose qui le dérangeait.

Mais même de là où je suis, je vois qu'il a tout bu, alors ça ne devait pas être si mauvais que ça.

— Qu'est-ce qu'il a ce café ? je demande en prenant une gorgée.

Mais il est trop chaud, alors j'enlève le couvercle pour souffler sur le liquide. De la vapeur m'accueille quand je fais une seconde tentative. Cette fois, je ne me brûle pas.

Je ne le trouve pas mauvais, ce café. Il est pile comme j'aime. Il n'a rien de sophistiqué, c'est un café tout ce qu'il y a de plus ordinaire. Ce qui ne m'empêche pas de verser quatre sachets d'édulcorant dedans et de le faire tournoyer parce que je n'ai pas de touilleur ni de cuillère.

— Il n'a pas de goût et il y a des grains dedans, dit-il en regardant son gobelet de travers. Enfin, je ne sais pas, poursuit-il en haussant les épaules. Je suppose que je l'aime plus fort, c'est tout.

Il tend pourtant la main vers son gobelet avant de se rappeler qu'il est vide.

Il y a de la colère dans son attitude. De la tristesse. Ça n'a rien à voir avec le café. Il a simplement besoin de passer ses nerfs sur quelque chose. Je le vois dans ses yeux bleus : il voudrait tellement être ailleurs, n'importe où mais pas ici.

Je ressens la même chose que lui.

— Ma mère est en train de mourir, dis-je en tournant la tête, incapable de le regarder dans les yeux en prononçant ces mots.

Je vois par la fenêtre que dehors le monde a viré au noir.

— Elle va mourir.

S'ensuit un silence. Pas de gêne, rien qu'un silence. Il ne dit pas qu'il est désolé, parce qu'il sait comme moi que ça ne veut rien dire. Mais au bout d'une minute ou deux, il me confie que son frère a eu un accident de moto. Qu'une voiture lui a grillé la priorité, le projetant tête la première contre un poteau électrique.

— Impossible de dire s'il va s'en sortir.

Il parle par euphémisme parce que c'est plus facile que de dire qu'il risque de mourir. De passer l'arme à gauche. De crever.

— Il y a de fortes chances qu'on doive le débrancher bientôt. À cause des lésions cérébrales.

Il secoue la tête, tire sur la peau autour de ses ongles.

— Ça a l'air mal parti pour lui, dit-il.

— Ça craint, je réponds, parce que c'est vrai que ça craint.

Je me frotte les yeux et il change de sujet.

— Tu as l'air fatiguée.

J'admets que je n'arrive pas à dormir. Que je ne dors pas. Pas plus de trente minutes d'affilée, et encore.

— Mais ça va, dis-je, parce que le manque de sommeil est le cadet de mes soucis.

— Tu ne peux plus rien faire pour ta mère, déclare-t-il comme s'il lisait dans mes pensées. Maintenant, tu dois prendre soin de toi. Il faut que tu sois prête pour la suite. Tu as déjà essayé la mélatonine ?

Je secoue la tête et lui réponds la même chose qu'au médecin de ma mère.

— Les somnifères ne marchent pas sur moi.

— Ce n'est pas un somnifère, dit-il en plongeant une main dans sa poche de jean pour en sortir une poignée de pilules et en glisser deux dans ma paume. Ça t'aidera.

À voir ses yeux fatigués, il est évident que cette mélatonine ne lui a pas rendu grand service Mais, par politesse, je glisse les comprimés dans ma poche et le remercie.

D'un coup, il se lève, repousse sa chaise en arrière et annonce qu'il revient tout de suite. Je pense que c'est un prétexte et qu'il va en profiter pour mettre les voiles.

— Oui, bien sûr, dis-je en détournant le regard.

J'essaie de ne pas m'apitoyer sur mon sort alors même qu'un profond sentiment de solitude m'étreint et de ne pas penser à mon avenir, sachant que quand maman finira par mourir je serai seule pour toujours.

Maintenant qu'il est parti, je regarde les autres clients de la cafétéria. De jeunes grands-parents. Un groupe de gens assis à une table ronde. Entre deux éclats de rire, ils parlent du bon vieux temps, partagent des souvenirs. Une sorte d'agent hospitalier en blouse bleue qui mange seul. Je tends la main vers mon gobelet désormais vide en me disant que moi aussi je devrais m'en aller. Le docteur en a sûrement fini avec maman, je devrais retourner auprès d'elle.

C'est alors que le garçon revient. Avec deux cafés tout chauds. Il se rassoit et déclare l'évidence même :

— La caféine est bien la dernière chose dont on a besoin.

Il ajoute que c'est du déca, et je comprends qu'il n'avait pas tant besoin d'un autre café que de compagnie.

Il plonge une main dans sa poche et en sort quatre sachets d'édulcorant qu'il dépose sur la table à côté de mon gobelet. Je marmonne un merci pour cacher ma surprise. Il m'a observée.

Il a fait attention à moi. Or, personne ne fait attention à moi, à part maman.

Il pose ses pieds sur la chaise vide en face de lui, croise les jambes au niveau des chevilles. Il remet sa capuche rouge sur sa tête.

Je me demande ce qu'il serait en train de faire s'il n'était pas là. Si son frère n'avait pas eu cet accident de moto et n'était pas à l'article de la mort.

Je me dis que s'il avait une petite amie elle serait sûrement à ses côtés, à lui tenir la main.

Je lui raconte des choses que je n'ai jamais confiées à quiconque. Je ne sais pas pourquoi. Des choses sur maman. Ce n'est pas moi qu'il regarde quand je parle, mais un point imaginaire sur le mur. Pourtant, je sais qu'il m'écoute.

Lui aussi me raconte des histoires, sur son frère, et pour la première fois depuis bien longtemps, je me rends compte à quel point ça fait du bien d'avoir quelqu'un à qui parler, ou même avec qui partager une table, lorsque la conversation s'éteint et qu'on reste assis là à siroter notre café en silence.

Plus tard, de retour dans la chambre de maman, je pense à lui. Une fois l'éclairage des couloirs de l'hôpital réduit et le silence revenu – enfin presque, car il reste les bips de l'ECG dans la chambre de maman et le râle de sa salive dans son arrière-gorge puisqu'elle ne peut plus déglutir – je pense à lui, assis près de son frère mourant sans pouvoir dormir non plus.

À l'hôpital, maman est allongée à côté de moi dans une hébétude causée par les médicaments, grâce au lorazépam et à la morphine qui se déversent au goutte-à-goutte dans ses veines, un mélange qui lui permet de ne pas souffrir et de dormir à poings fermés.

Après 9 heures du soir, l'infirmière passe une dernière fois changer maman de côté avant de terminer sa journée. Elle vérifie qu'elle n'a pas d'escarres en passant une main le long de ses jambes. J'ai allumé la télé, histoire de noyer le bruit métallique de l'ECG, qui me hantera toute ma vie. C'est une émission d'informations – *Dateline*, ou *60 Minutes*, je ne sais pas – sur laquelle je suis tombée en allumant. Je n'ai pas pris la peine de changer de chaîne, je me fiche de ce que je regarde. Ça pourrait être du téléshopping ou des dessins animés, pour ce que ça m'intéresse. J'ai simplement besoin de bruit pour m'aider à oublier que maman est en train de mourir. Même si, évidemment, ce n'est pas aussi simple que ça. Rien au monde ne pourrait me faire oublier. Mais l'espace de quelques minutes, en regardant les présentateurs à l'écran, je me sens un peu moins seule.

— Qu'est-ce que tu regardes ? me demande l'infirmière en examinant la peau de maman.

— Je ne sais pas, à vrai dire.

Mais on se tait toutes les deux pour écouter l'histoire d'un homme qui a usurpé l'identité d'une personne décédée. Il a vécu des années en se faisant passer pour elle, jusqu'à ce qu'il se fasse attraper.

Mais regarder une émission sur des personnes décédées ne va certainement pas m'aider à oublier que maman est mourante.

Mes yeux se détachent de la télé et se posent sur elle. Je coupe le son. Le bip répétitif de l'ECG n'est peut-être pas si dérangeant, en fin de compte. Il signifie que maman est toujours vivante. Pour l'instant.

Pour éviter que les lésions qui se sont formées sur ses talons ne s'aggravent, elle est allongée les pieds en l'air, un oreiller sous ses mollets.

— Tu es fatiguée ? me demande l'infirmière en s'intercalant entre maman et moi.

Oui, c'est sûr, je me sens fatiguée. J'ai mal à la tête, c'est une de ces migraines qui remontent de la nuque. Il y a aussi quelque chose qui me pique derrière les yeux et rend tout flou. J'enfonce mes paumes contre mes orbites mais rien n'y fait. Mes muscles aussi sont douloureux, j'ai des impatiences dans les jambes. J'ai constamment besoin de les agiter, je n'arrive pas à rester assise sans bouger. Ça me ronge jusqu'à ce que je ne pense plus qu'à ça : bouger mes jambes. Je les décroise, les étire devant moi, les recroise. Pendant trente secondes, ça fonctionne.

Puis ça me reprend. Ce besoin agaçant de changer de position.

Si je n'y fais rien, ça durera toute la nuit, jusqu'à ce que, comme la nuit dernière, je finisse par me lever et faire les cent pas dans la chambre. Toute la nuit. Parce que c'était plus facile que rester assise.

Je repense alors à ce qu'a dit le garçon de la cafétéria. Prendre soin de moi, être prête pour la suite. J'imagine à quoi ressemblera la suite, notre maison vide et moi qui y vivrai seule. Je me demande si j'arriverai à dormir un jour.

— Le docteur a laissé du clonazépam pour toi, dit l'infirmière, comme si elle lisait dans mes pensées. Au cas où tu aurais changé d'avis.

Elle ajoute que ça pourrait être notre secret rien qu'à toutes les deux. Que maman est entre de bonnes mains. Qu'il faut que je prenne soin de moi maintenant ; exactement ce qu'a dit le garçon de la cafétéria.

Je cède. Ne serait-ce que pour détendre mes jambes. Elle sort de la chambre pour aller chercher les pilules. À son retour, je grimpe sur le lit vide à côté de celui de maman, avale un cachet de clonazépam avec un verre d'eau et sombre sous les couvertures du lit d'hôpital. L'infirmière reste là à m'observer.

— Je suis sûre que vous avez mieux à faire que me tenir compagnie, dis-je, mais elle répond que non.

— J'ai perdu ma fille il y a longtemps, et mon mari n'est plus là. Personne ne m'attend à la maison. À part le chat. Si ça ne te dérange pas, j'aime autant rester. On peut se tenir compagnie, mais je ne veux pas te forcer, ajoute-t-elle, et je dis que ça me va.

Elle a quelque chose de surnaturel, presque spectral, comme si elle était une amie de maman sortie de ses hallucinations pour me rendre visite. La dernière fois qu'elle était éveillée, maman s'est mise à parler aux personnes décédées qu'elle croyait voir dans la chambre. C'était comme si son esprit avait déjà basculé de l'autre côté.

L'infirmière a un sourire doux. Dénué de pitié, sincère.

— Le plus difficile, c'est l'attente, dit-elle, mais j'ignore si elle parle de l'effet du somnifère ou de la mort de maman.

Un jour, j'ai lu un article sur ce qu'on appelle la lucidité terminale. Je ne sais pas si c'est avéré, si c'est un fait scientifiquement prouvé ou une superstition inventée par un charlatan. Mais j'espère que ça existe vraiment. Un ultime moment de lucidité avant qu'une personne ne meure. Un dernier sursaut de compréhension, de conscience. Quand on se réveille d'un coma pour dire un dernier mot. Ou quand un patient atteint d'Alzheimer qui ne reconnaît même plus sa femme se réveille soudain et se souvient. Des gens en catatonie depuis des dizaines d'années qui se lèvent d'un coup et, l'espace de quelques instants, agissent normalement. Comme si tout allait bien.

Sauf que c'est illusoire.

Ça ne dure pas longtemps. Cinq minutes, peut-être plus, peut-être moins. Personne ne le sait exactement. Et ça n'arrive pas à tout le monde.

Mais en mon for intérieur j'espère pouvoir partager ces cinq minutes de lucidité supplémentaires avec ma mère.

J'espère qu'elle se redressera, me parlera.

— Je ne suis toujours pas fatiguée, dis-je à l'infirmière, certaine que c'est une perte de temps.

Impossible de dormir. Je n'y arriverai pas. Poussée à bout par mes impatiences dans les jambes, je sors la mélatonine que j'ai fourrée dans ma poche et l'avale quand l'infirmière a le dos tourné.

Le lit d'hôpital est tout gondolé, les couvertures sont rêches. J'ai froid. À côté de moi, la respiration de maman est rauque et irrégulière, sa bouche ouverte comme le bec d'un oisillon. Des croûtes se sont formées autour de sa bouche. Elle sursaute et s'agite dans son sommeil.

— Qu'est-ce qui se passe ? je demande, et l'infirmière me répond qu'elle rêve. Des cauchemars ? je m'inquiète.

— Difficile à dire.

Elle remet maman sur son côté droit, cale une couverture pliée sous sa hanche et vérifie la couleur de ses mains et de ses pieds.

— Personne ne sait véritablement pourquoi on rêve, dit-elle en ajoutant une couverture sur mon lit au cas où il y aurait des courants d'air cette nuit. Tu le savais ? me demande-t-elle, mais je secoue la tête. Certains pensent que les rêves ne servent à rien, ajoute-t-elle avec un clin d'œil.

Mais moi je pense le contraire. Je pense que c'est comme ça que l'esprit s'en sort, qu'il vient à bout d'un problème. De choses qu'on a vues, ressenties, entendues. De ce qui nous inquiète.

— Tu veux que je te dise ? demande-t-elle, et sans attendre ma réponse, elle enchaîne : Je pense que ta mère se prépare à partir dans son rêve. À faire ses bagages, dire au revoir. Trouver son sac et ses clés.

Je ne me rappelle pas quand j'ai rêvé pour la dernière fois.

— Ça peut mettre une heure à faire effet, précise l'infirmière, et cette fois je sais qu'elle parle du médicament.

Elle me surprend en train de dévisager maman.

— Tu peux lui parler, tu sais ? Elle t'entend.

Mais je trouve ça gênant de m'adresser à elle avec l'infirmière à côté. Et puis, je ne suis pas convaincue que maman puisse vraiment m'entendre.

— Je sais, je réponds.

Mais pour l'instant je ne dis rien à maman. Je lui ferai savoir ce que j'ai sur le cœur si on nous laisse seules. Les infirmières passent sa musique préférée de temps en temps, parce qu'il paraît que l'ouïe est le dernier sens à s'éteindre. Et parce qu'elles pensent que ça peut la détendre, comme si la voix très expressive de Gladys Knight & the Pips pouvait pénétrer l'état d'inconscience dans lequel elle se trouve, faire partie de ses rêves. Cette musique familière, ces disques que je détestais étant enfant mais que j'écouterai en boucle pour le reste de ma vie.

— Ça doit être très dur pour toi, me dit l'infirmière tandis que je fixe maman avec tristesse, grave dans ma mémoire la forme de son visage, de ses yeux, peut-être pour la dernière fois. Je sais ce que ça fait de perdre quelqu'un qu'on aime, me confie-t-elle.

Je ne lui demande pas de qui elle parle, mais elle évoque quand même la fille qu'elle a perdue il y a presque vingt ans de ça. Sa fille, morte à l'âge de trois ans seulement.

— On était en vacances. Mon mari, moi et notre petite fille.

C'est son ex-mari maintenant, car leur mariage a aussi pris fin ce jour-là. Elle me raconte que Madison adorait jouer dans le sable, chercher des coquillages sur le rivage. Ils l'avaient emmenée à la plage cet été-là.

— Ce sont mes derniers bons souvenirs, nous trois à la plage. Il m'arrive encore de la voir quand je ferme les yeux. Même après toutes ces années. Penchée dans son maillot de bain violet, ses petits doigts boudinés qui creusent le sable en quête de coquillages. C'est drôle, j'ai du mal à me rappeler son visage, mais je revois les petits volants en tulle de son maillot agités par le vent comme si c'était hier.

Je ne sais pas quoi dire. Je sais que je devrais réagir, faire preuve d'empathie, de compassion, au lieu de quoi je demande :

— Comment elle est morte ?

Je n'ai pas pu m'en empêcher. J'ai besoin de savoir. Et quelque part, je suis convaincue qu'elle voulait que je lui pose la question.

— Un chauffard l'a renversée et a pris la fuite, lâche-t-elle en se laissant tomber dans un fauteuil dans le coin de la chambre.

Celui dans lequel j'ai passé mes dernières journées. Elle m'explique que sa fille s'est aventurée dans la rue à un moment où elle et son mari ne faisaient pas attention. Une route à quatre voies limitée à quarante kilomètres/heure qui serpentait à travers la petite station balnéaire. Le conducteur est sorti d'un virage à une vitesse deux fois supérieure à la limite autorisée et n'a pas vu la petite avant de la percuter, et de s'enfuir.

— Le conducteur. Le conducteur, répète-t-elle en riant cette fois. Je ne saurai jamais si c'était un homme ou une femme, mais je dirai toujours *le conducteur*, parce qu'il n'y a rien à faire, je ne peux absolument pas m'imaginer une femme renverser un enfant et prendre la fuite. Ça va à l'encontre du moindre de nos instincts de prévenance, de protection. C'est facile de rejeter la faute sur quelqu'un d'autre. Mon mari. Le conducteur de la voiture. Même Madison. Mais la vérité, c'est que c'était ma faute. C'est moi qui n'ai pas fait attention. C'est moi qui ai laissé ma petite fille se balader au beau milieu de la route.

Puis elle secoue la tête avec la lassitude de ceux qui ont repassé mille fois la même scène dans leur tête, en essayant de déterminer le moment exact où tout a basculé. Celui où la main de Madison a quitté la sienne, celui où elle est sortie de son champ de vision.

Malgré moi, mes yeux s'emplissent de larmes. J'imagine la petite fille en maillot de bain violet allongée sur la route. Un instant, elle ramasse des coquillages, la minute d'après, elle meurt. C'est tellement tragique, tellement monstrueux, que mon propre drame fait pâle figure en comparaison. Soudain, le cancer ne me paraît plus si grave.

— Je suis désolée, dis-je, si vous saviez à quel point, mais elle balaie mes paroles d'un revers de la main.

— C'est moi qui suis désolée. Je ne voulais pas te rendre triste, dit-elle en voyant mes yeux larmoyants. Je voulais simplement que tu saches que je sais ce que c'est. Je peux comprendre. Ce n'est jamais facile de perdre quelqu'un qu'on aime.

Elle se lève rapidement et retourne s'occuper de maman. Elle essaie de changer de sujet.

— Alors, la fatigue commence à se faire sentir ?

Cette fois, je réponds que je n'en sais rien. Mon corps me semble lourd. C'est tout ce que je peux dire. Mais lourd et fatigué, ce n'est pas la même chose.

— Pourquoi je ne te raconterais pas une histoire pour faire passer le temps ? propose-t-elle. Je le fais avec tous mes patients pour les aider à s'endormir.

Avant, maman me racontait des histoires. On se serrait toutes les deux sous les couvertures de mon lit une place et elle me parlait de son enfance. De son éducation. De ses parents. Elle racontait sa vie comme un conte de fées, qui commençait par *il était une fois*, sauf que ce n'était pas vraiment son histoire, mais celle d'une jeune fille qui épousait un prince et devenait reine.

Sauf que son prince à elle l'a quittée. Mais ça, elle ne le racontait jamais. Je n'ai jamais su si ça c'était passé comme cela, ou s'il n'avait simplement jamais fait partie du paysage.

— Je ne suis pas votre patiente, dis-je à l'infirmière.

— C'est tout comme, répond-elle en baissant le variateur de lumière pour que je puisse dormir.

Elle s'assoit au bord de mon lit, remonte la couverture sur mon épaule de ses mains chaudes et habiles et, l'espace d'un court instant, j'envie maman pour tous les soins qu'elle reçoit.

L'infirmière parle d'une voix grave et blanche pour ne pas la réveiller. Son histoire commence aux abords de Moab.

Mais, au bout de quelques secondes seulement, mes paupières s'alourdissent, mon corps s'engourdit. Mon esprit s'emplit de brume. Je suis en apesanteur, je m'enfonce dans le lit d'hôpital bosselé et mon corps ne fait plus qu'un avec le matelas. La voix de l'infirmière dérive au loin, ses mots aussi défient la gravité et lévitent, hors de portée mais toujours présents dans mon esprit inconscient. Je ferme les yeux.

C'est là, sous le poids de deux couvertures thermiques et au son de la voix hypnotique de cette femme, que je m'endors. La dernière chose dont je me souviens, c'est qu'il était question de chemins tortueux et des parois en grès rouge d'un endroit connu sous le nom de Grande Muraille.

À mon réveil le lendemain matin, maman est morte.

EDEN

16 mai 1996
Egg Harbor

Aaron m'a montré la maison aujourd'hui. Je l'adore déjà – un cottage couleur bleuet perché sur une falaise qui surplombe la baie à une quinzaine de mètres de haut. Plancher en pin et murs blanchis à la chaux. Une véranda. Un long escalier en bois qui mène au ponton au bord de l'eau, où l'agent immobilier nous a promis de majestueux couchers de soleil et des flottes entières de bateaux à voile. Pittoresque, charmant, serein. Ce sont les mots qu'elle a employés. Comme d'habitude, Aaron n'a pas dit grand-chose, planté sur la pelouse dégarnie, les mains dans les poches de son jean, les yeux perdus dans la baie, occupé à réfléchir. Il vient d'être recruté en tant que chef de partie dans un restaurant de viande du centre-ville d'Ephraim. Ce cottage réduira de moitié son temps de trajet jusqu'au travail. C'est aussi une affaire, comparé à notre loyer actuel, qui plus est posée sur un hectare de terrain au bord de l'eau qui s'étend de la campagne très boisée au rivage rocailleux de Green Bay.

Sans compter le jardin. Un lopin de trois mètres par dix, envahi de broussailles et de mauvaises herbes. Il y a du boulot, mais Aaron a déjà promis d'installer des plates-bandes surélevées. Il y a aussi une serre en piteux état, dans un endroit plus ensoleillé du terrain, où l'herbe pousse encore. Petite, de la taille d'une cabane, avec des vitres anciennes et une sorte de toit transparent ondulé censé attirer le soleil. La porte pend de travers, un de ses gonds cassé. Après y avoir jeté un coup d'œil, Aaron a déclaré qu'il pouvait arranger ça, ce qui ne m'étonne pas de lui. Il n'y a rien au monde qu'il ne puisse réparer. Des toiles d'araignée ont envahi les moindres recoins, pareilles à de la dentelle. Déjà, j'imagine des rangées et des rangées de pots de terreau et de graines baignés de soleil, attendant d'être plantés dans le jardin.

Tout près, une balançoire flotte sous l'énorme branche d'un chêne à gros fruits. Pour moi, c'est l'arbre qui a plié l'affaire. Enfin, peut-être pas l'arbre en lui-même, mais ce qu'il m'évoquait, l'idée d'enfants qui un jour chahuteraient autour de cette balançoire, quelques planches de bois reliées à la branche par une corde robuste. Je les imagine grimpant au tronc, s'aidant de son relief. Je les entends rire d'ici. Les enfants que nous n'avons pas encore. Ils rient et crient de joie.

Quand Aaron m'a demandé si j'aimais le cottage autant que lui, je n'ai pas compris s'il voulait dire autant que je l'aimais lui ou autant que lui aimait le cottage, mais quoi qu'il en soit, je lui ai répondu oui.

Il a fait une offre à l'agent. Le marché est favorable aux acheteurs, selon lui, alors il a essayé de faire baisser le prix de vente de dix pour cent. Moi, j'aurais payé le prix demandé de peur de passer à côté de la vente. Demain, on saura si le cottage est à nous.

Ce soir, je ne dormirai pas. Comment est-il possible d'aimer une chose à ce point, de la vouloir à tout prix, alors que quelques heures plus tôt on ne savait pas qu'elle existait ?

1er juillet 1996
Egg Harbor

Les cartons se sont succédé. Sans discontinuer, les déménageurs ont passé la porte les bras chargés et sont venus déposer les cartons dans le salon, la chambre, et la salle de bains, piétinant le sol de notre maison avec leurs grosses chaussures pleines de poussière. Cent cinquante mètres carrés à aménager. Aaron et moi nous étions partagé les tâches : à lui les directives données aux gros bras concernant les canapés et les lits, à moi la vaisselle et le rangement dans les placards. À force d'aller et venir, la sueur a commencé à perler à leur front. Aaron transpirait, lui aussi, bien qu'il n'ait pas porté grand-chose, et pourtant, son ton autoritaire, sa poigne évidente à voir les hommes le suivre et obéir à chacune de ses paroles ont suffi à attirer mon attention. En le regardant repartir pour un tour, je me suis étonnée de la chance que j'avais de l'avoir pour moi toute seule.

Parce que ça ne me ressemblait pas d'avoir de la chance en amour. Avant lui, je n'avais connu que des ratés, des parasites. Mais Aaron était différent. On s'est fréquenté pendant un an avant qu'il fasse sa demande. Demain, on fêtera nos deux ans de mariage. Bientôt, on aura des enfants, toute une ribambelle de petits qui courront dans nos jambes. Dès qu'on sera installés, a toujours dit Aaron, et à présent, lorsque mes yeux se posent sur notre nouvelle maison, le paysage autour, les cent cinquante mètres carrés d'espace, les trois chambres – dont deux à remplir – je me rends compte que le moment est venu et, comme une horloge, je sens un tic-tac se déclencher en moi.

Quand les déménageurs avaient le dos tourné, Aaron est venu m'embrasser dans la cuisine, me plaquant contre le placard, mains agrippées à mes hanches. Un long baiser les yeux fermés, non sollicité mais plus que bienvenu, puis il a murmuré que tous nos rêves se réalisaient enfin. Il n'est pas du genre sentimental ou romantique, et pourtant, c'était vrai : le cottage, son travail, quitter la ville. On avait voulu s'échapper de Green Bay depuis notre mariage, ville dont on était tous les deux originaires, pour que nos parents ne puissent plus nous rendre visite quand bon leur semble, sans invitation, se livrant une bataille secrète pour savoir quel couple de beaux-parents accaparait le plus de notre temps. On n'était pas partis très loin, à cent sept kilomètres pour être précise, mais ça suffisait pour que les visites soient précédées d'un coup de fil.

Ce soir, on a fait l'amour par terre dans le salon, à la lueur de la bougie. L'électricité ne fonctionne pas encore, alors à part la danse de la flamme sur les murs blanchis à la chaux, toute la maison était plongée dans le noir.

C'est Aaron qui a suggéré le premier que j'arrête la pilule, comme s'il lisait dans mes pensées. Allongés sur les larges lames du parquet, on regardait les étoiles par la fenêtre, sa main avide sur ma cuisse, nous invitant à remettre ça. C'est là qu'il a parlé de la pilule. Je lui ai dit un grand oui, que j'étais prête à fonder une famille. Que *nous* étions prêts. Aaron a vingt-neuf ans. Moi vingt-huit. Son salaire n'est pas extraordinaire, mais il nous suffit. On n'est pas dépensiers, et on économise depuis plusieurs années.

Et j'avais beau savoir que c'était impossible pour l'instant, que la pilule que je prenais tuait toute possibilité dans l'œuf, je n'ai pas pu m'empêcher d'imaginer une créature pas plus grosse qu'un grain de poussière commencer à se former alors que j'accueillais à nouveau Aaron en moi.

9 juillet 1996
Egg Harbor

Nos journées commencent par un café sur le ponton, jambes dans le vide, face à la baie. L'eau est froide, mais nos pieds nus ne l'atteignent pas. Comme promis, il y a des bateaux à voile. On passe des heures à les regarder voguer, et à admirer les bécassines et les autres échassiers qui nous rendent visite et pataugent dans l'eau peu profonde avec leurs longues pattes en quête de nourriture. Le soleil qui s'élève dans le ciel nous réchauffe et dissipe la brume matinale avec ses rayons. Le paradis sur Terre, déclare Aaron.

Assis sur le ponton, il me raconte ses soirées au restaurant qui l'arrachent à moi dix heures d'affilée. La chaleur qui règne dans les cuisines, le bruit permanent. Le tonnerre des voix qui crient les commandes. Le grésillement du faux-filet sur le grill, les légumes à émincer, à hacher.

Il parle d'un ton égal. Il ne se plaint pas parce que ce n'est pas son genre, mon cher Aaron a toujours été facile à vivre. Non, il me décrit du mieux possible son quotidien pour que je puisse me représenter à quoi il passe son temps quand il s'absente. Il porte une veste blanche et un pantalon noir de chef, et une toque blanche mais basse, plus proche du bonnet. On vient de le placer au poste de saucier, ce qui est nouveau pour lui mais ne lui pose pas de problème. Il est comme ça. Peu importe à quoi s'essaient ses mains, les choses lui viennent facilement.

Notre propriété est bordée d'arbres, de sorte que lorsqu'on est assis sur le ponton on a l'impression d'être tout seuls, séparés du reste du monde par le lac et le bois. Si on a des voisins, on ne les a jamais vus. On n'a jamais repéré d'autre maison à travers les feuillages. Ni été dérangés par des bruits de voix. On entend seulement les séminaires d'oiseaux qui se répondent les uns aux autres, perchés sur les branches. À l'occasion, un timonier nous lance un cordial bonjour depuis son gouvernail, mais la plupart du temps les bateaux sont trop loin pour qu'on puisse être vus sur notre ponton, les jambes ballantes, main dans la main, profitant de la brise dans les arbres.

On vit reclus sur une île, à l'écart, mais ça nous est égal. C'est parfait comme ça.

La journée de travail d'Aaron commence à 2 heures de l'après-midi et se termine quand le dernier client est parti et que la cuisine est propre. La plupart du temps, il s'écroule dans notre lit vers minuit ou plus, sentant la sueur et le graillon.

Mais les journées n'appartiennent qu'à nous.

La semaine dernière, il a réparé la porte de la serre, et on l'a débarrassée de ses toiles d'araignée et des bestioles qui s'y étaient établies. On a passé des jours à cultiver le jardin et Aaron a tenu sa promesse et a installé des plates-bandes surélevées, d'un mètre sur deux et trente centimètres de profondeur, en cèdre blanc, qui accueilleront bientôt des concombres et des courgettes. Mais pas cette année. La saison est beaucoup trop avancée pour faire pousser quoi que ce soit, alors pour l'instant on achète nos légumes à des fermiers qui vendent leurs produits en bord de route, sur de simples étals. On vit à trois kilomètres de la ville, et même si l'afflux de touristes multiplie la population par sept les mois d'été, en dehors de la zone urbaine, ça reste très rural, avec de longues routes de campagne dégagées qui n'ont de carrefour qu'avec le ciel.

À la place des légumes, Aaron et moi avons semé des graines vivaces dont nous profiterons l'année prochaine : gypsophile, lavande et roses trémières car, là où nous vivons, il semble que le moindre cottage ou portail soit flanqué de roses. Nos semis sont pour l'instant dans des godets en tourbe remplis de terreau qu'on a installés dans l'endroit le plus ensoleillé de la serre. Dans un mois environ, on les transplantera dans le jardin. Ils ne fleuriront pas avant le printemps prochain. Mais, dans la serre, je regarde nos pots de tourbe pleine d'espoir, j'imagine ce qui se passe sous la surface, est-ce que les racines sont en train de prendre, s'enfoncent dans le terreau pour ancrer le semis dans ce monde, ou la graine s'est-elle desséchée pour finir par mourir, comme un embryon qui dépérit dans le ventre de sa mère ?

En jetant mes dernières pilules contraceptives, je passe une main sur mon ventre et me demande si là aussi quelque chose est en train de prendre forme.

JESSIE

J'ai fait incinérer maman, comme elle le voulait. Je la transporte dans une urne en céramique vernissée couleur rhubarbe avec un bouchon en liège, qu'elle s'est achetée elle-même quand le cancer s'est généralisé. Elle est cylindrique et discrète ; j'ai collé le bouchon avec de la glu extra-forte pour ne pas risquer de perdre maman quelque part.

Elle a formulé deux souhaits juste avant de tomber dans le coma. Le premier : être incinérée puis jetée de la poupe du ferry de Washington Island, dans le détroit de la Porte des Morts. Le second : que je découvre qui je suis. Ce souhait-là versait dans l'ésotérisme et me semblait confus. J'ai mis ça sur le compte des médicaments, et l'imminence de sa mort.

En tout cas, je suis loin de les avoir exaucés, bien que j'aie rempli en ligne un formulaire d'inscription à l'université. Mais je n'ai pas l'intention de me séparer des cendres de maman dans un futur proche. Elle est la seule chose de valeur qu'il me reste.

Je n'ai pas dormi depuis quatre jours, après qu'un docteur a eu pitié de moi et m'a proposé un somnifère. Enfin, trois jours, si on compte la fois où j'ai failli m'assoupir à la laverie en attendant que mes vêtements aient fini de sécher, anesthésiée par le bruit des pulls dans le tambour du sèche-linge. Les effets secondaires sont très désagréables. Je suis fatiguée. Ronchon. Il m'est impossible de me concentrer, et mon temps de réaction est très lent. Je n'arrive plus à réfléchir.

Hier, un colis a été livré par UPS, et le chauffeur m'a demandé de signer le bon. Planté devant moi, il m'a fourré un stylo et un bout de papier sous le nez, et moi j'avais les yeux dans le vague, incapable de faire le rapprochement. Il a répété.

— Vous voulez bien signer ici ?

Il m'a mis le stylo de force dans la main, a posé un doigt sur la ligne « Signature » et m'a demandé une troisième fois de signer.

Alors je me suis exécutée, mais avec le capuchon sur le stylo. Le livreur me l'a pris des mains pour retirer le capuchon.

Je crois bien que je commence à voir des choses, aussi. Des choses qui ne sont peut-être pas réelles. Un mille-pattes sur la table, une fourmi sur le sol de la cuisine. Des mouvements brusques, furtifs, mais à la seconde où je me tourne, il n'y a plus rien.

Je tiens le compte de mes nuits blanches grâce aux lignes qui se creusent sous mes yeux, comme les cernes d'un arbre. Une ride pour chaque nuit sans sommeil. Tous les jours, je me dévisage dans le miroir et je les compte. Ce matin, il y en avait quatre. Les dégâts de l'insomnie à la surface sont encore pires que ce qu'elle provoque à l'intérieur. J'ai les yeux rouges et bouffis. Les paupières tombantes. En une nuit, tout un tas de rides apparaissent, alors que je suis allongée en train de compter les moutons. Je pourrais aller à la clinique demander quelque chose pour m'aider à dormir. Encore un peu de clonazépam. Mais, à cause de ces pilules, je n'ai pas pu assister à la mort de maman. Je n'ose imaginer ce que je pourrais rater à nouveau.

Au McDonald, on me demande si je veux de la mayonnaise avec mes frites mais je dévisage bêtement l'employé parce que j'ai entendu « Je l'ai mauvaise, tout s'effrite », et ne sais quoi répondre à cela.

Ce n'est qu'au moment où il dépose des sachets de mayonnaise sur mon plateau que mon cerveau fait la traduction, mais trop tard. Je déteste la mayonnaise. Je les laisse sur la table en partant, une mine d'or pour qui aime ça. En me dirigeant vers la porte, je trébuche, parce que la coordination aussi est affectée par le manque de sommeil.

Il y a deux heures, je me suis extirpée de mon lit après une nouvelle nuit blanche, et me voilà maintenant plantée au milieu de la maison que je partageais avec maman, tâchant de décider quelles affaires garder et lesquelles laisser. Je ne supporte pas l'idée de rester ici plus longtemps, j'ai pris ma décision ces derniers jours. J'ai déjà contacté un agent immobilier et mis au point les prochaines étapes. D'abord, je dois faire des cartons de ce que je veux garder, puis tout ce que je laisse fera l'objet d'une vente de succession, avant qu'un service d'encombrants ne vienne débarrasser les objets restants pour les jeter aux ordures.

Et alors une autre famille emménagera dans la seule maison que j'aie jamais connue.

Je fixe le canapé en me demandant si je dois le prendre ou le laisser lorsque le téléphone sonne.

— Allô ?

À l'autre bout du fil, une voix m'informe qu'elle m'appelle du bureau des bourses de l'université.

— Il y a un problème avec votre dossier.

— Comment ça ? je lui demande, craignant d'être citée à comparaître pour fraude fiscale.

C'est tout à fait envisageable ; je n'ai répondu à aucune question du formulaire d'exemption des frais d'inscription concernant le revenu brut ajusté et les déclarations de revenus. Il se peut que j'aie aussi menti. On me demandait si mes deux parents étaient morts. J'ai répondu oui, bien que je ne sache pas si c'est vrai.

Est-ce que mon père est mort ?

Au bout du fil, la dame me demande mon numéro de sécurité sociale pour vérification et je le lui récite.

— C'est bien ce que j'ai, dit-elle.

— Alors quel est le problème ? Est-ce que ma demande a été rejetée ?

Mon cœur se serre. Comment est-ce possible ? Ce n'est qu'un institut technique. Ce n'est pas comme si je postulais à Yale ou Harvard.

— Oh ! je suis sûre que c'est seulement l'état civil qui s'est emmêlé les pinceaux.

— Qu'est-ce que ça veut dire ? je demande, mais je suis soulagée.

S'emmêler les pinceaux, c'est moins grave que rejeter une demande.

— C'est vraiment très bizarre, dit-elle. J'ai un certificat de décès enregistré pour une Jessica Sloane, datant d'il y a dix-sept ans. Avec votre date de naissance et votre numéro de sécurité sociale. À en croire cet acte, madame Sloane…

— Jessie, je rectifie, car Mme Sloane, c'est maman.

— À en croire cet acte, Jessie, reprend-elle, et les mots qu'elle prononce me percutent avec tant de violence que j'en ai le souffle coupé. Vous êtes morte.

Puis elle s'esclaffe, comme s'il y avait quoi que ce soit de drôle.

Aujourd'hui, je me cherche un nouvel endroit où vivre. Rester dans notre ancienne maison n'est pas une option viable à cause des fantômes rémanents de maman qui rôdent dans tous les recoins. L'odeur de sa crème pour les mains Crabtree & Evelyn qui flotte dans la salle de bains. Le velours tout doux qui tapisse les tiroirs de la commode en acajou. Les bonnets de chimio. Les briques de boisson hypercalorique au frigo.

Assise sur la banquette arrière d'une Kia Soul, je fais de mon mieux pour ne pas penser au coup de fil du bureau des bourses. Plus facile à dire qu'à faire. Le simple fait d'y songer me retourne l'estomac. Même s'ils se sont effectivement emmêlé les pinceaux, entendre que l'on est morte est plutôt déstabilisant. J'ai beau essayer, je n'arrive pas à chasser ces mots de mon esprit. Il est ressorti de notre conversation que je dois leur fournir une copie de ma carte de sécurité sociale avant qu'ils réexaminent ma demande de prêt, ce qui est un vrai problème parce que je n'ai pas la moindre idée d'où elle se trouve. Mais ce n'est pas tout. La femme m'a également parlé d'un registre de décès sur lequel apparaît mon nom. Un registre de décès. Mon nom sur une base de données de millions de personnes décédées, entretenue par l'administration de la Sécurité sociale, qui se charge d'invalider leur numéro après leur mort pour que personne ne puisse s'en emparer, ce qui fait que je ne peux pas me servir de mon propre numéro de sécurité sociale. Parce que, selon cette administration, je suis morte.

— Il faudrait peut-être que vous vous penchiez sur le sujet, a-t-elle dit avant de raccrocher, et malgré moi, ça m'a secouée.

D'ailleurs, j'en tremble encore, des heures plus tard. Mon nom sur un registre de décès. Il ne peut s'agir que d'une erreur.

Je prie quand même pour que ce ne soit pas un mauvais présage. Une prophétie de ce qui m'attend.

Je regarde par la vitre tandis qu'une femme au volant de la Kia nous conduit au fil des rues de Chicago. Elle s'appelle Lily et s'est autoproclamée chasseuse d'appartements. J'ai entendu parler d'elle pour la première fois il y a quelques jours, en rentrant à la maison après quelques heures passées à faire des ménages – je détestais l'idée de rentrer et de trouver la maison vide, et c'est là que j'ai décidé de vendre la maison et de partir. Après avoir laissé mon vélo sur le trottoir, j'ai aperçu une publicité attachée à la poignée de notre porte promouvant les services efficaces et sans frais de Lily. Une chasseuse d'appartements. Je n'avais jamais entendu parler d'une chose pareille, mais c'était pile ce qu'il me fallait. L'affichette aux couleurs criardes qui ne pouvait même pas être recyclée avec le reste des prospectus a capté mon attention. Alors j'ai appelé Lily et nous avons pris rendez-vous.

Lily n'a pas son pareil pour faire un créneau, bien que ça semble assez facile pour quelqu'un qui, comme moi, n'a jamais conduit de voiture. J'ai grandi dans un pavillon en brique à Albany Park, je n'ai jamais eu besoin de voiture. On n'en avait pas. Le métro ou le bus nous emmenaient partout où on avait besoin d'aller. Ça, ou alors nos pieds. J'ai aussi mon vélo Schwinn, mon Fidèle Destrier, particulièrement résistant même par mauvais temps, sauf bien sûr quand il tombe un mètre de neige.

J'avais quinze ans quand on a diagnostiqué son cancer à maman, et depuis, c'est comme si ma vie s'était arrêtée, tout ce qui n'était pas essentiel avait été mis de côté. J'allais à l'école. Je travaillais. J'aidais maman à rembourser l'emprunt immobilier et j'économisais autant que possible. Je lui tenais les cheveux quand elle vomissait.

Elle a trouvé la tumeur toute seule, en se palpant la poitrine de ses doigts frêles, parce qu'elle savait que ça finirait par arriver. Elle ne m'en a parlé qu'une fois le diagnostic posé, après la mammographie et la biopsie. Elle ne voulait pas que je m'inquiète. Ils ont commencé par l'ablation du sein, puis des mois de chimiothérapie ont suivi. Mais le cancer n'a pas mis longtemps à revenir, dans la poitrine et les os cette fois. Puis, il a atteint les poumons. C'est comme s'il était revenu se venger.

« Jessie, je suis mourante. Je vais mourir », m'a-t-elle dit alors. On était assises sur la galerie, devant la maison, main dans la main, le jour où elle a appris la récidive. À cet instant, son espérance de vie, qui était alors de cinq ans, est tombée en chute libre. Elle n'a vécu que deux ans de plus, et pas les plus agréables.

Le cancer, c'est héréditaire. Un gène transmis de mère en fille, des pions rouges déjà alignés sur mon écran de bataille navale. Comme maman et sa mère avant elle, ce n'est qu'une question de temps avant que je coule, moi aussi.

En voyant Lily poser son sac à main sur le siège passager, j'ai pris place à l'arrière. Elle conduit une main sur le klaxon, pour faire peur aux piétons, à qui elle crie de « se bouger » et de « ficher le camp de là » bien à l'abri derrière le verre de sécurité. N'ayant jamais eu recours à un crédit, ni déposé mon argent sur un compte en banque – ce que j'ai avoué à Lily –, je me balade avec les poches pleines de liquide. Elle a écarquillé les yeux quand je lui ai montré mon argent, trente billets de cent dollars pliés en deux et retenus par un élastique.

— Ça risque de poser problème, a-t-elle dit en haussant les épaules. Mais on verra.

Elle a suggéré que je propose plus d'argent au propriétaire, pour compenser le fait que je fais partie de ces gens qui gardent tout leur argent dans un coffre-fort ignifugé à côté de leur lit. Les chèques que je gagne en faisant le ménage, je les encaisse à Walmart contre trois dollars de frais de gestion, puis je dépose l'argent dans ma boîte. J'ai envisagé de m'inscrire dans une agence d'intérim, mais me suis ravisée. J'ai des avantages que je ne trouverai nulle part ailleurs. Puisque je fais le ménage dans des maisons, je n'ai pas d'impôts à payer à l'Oncle Sam. Je suis une travailleuse indépendante. Du moins, c'est comme ça que je raisonne, alors que si ça se trouve le fisc est à mes trousses pour évasion fiscale.

Et pourtant, tous les jours, je charge mon nécessaire de ménage dans un panier à l'arrière de Fidèle Destrier et je pédale en direction de mon travail, gagnant certains jours jusqu'à deux cents dollars rien qu'en nettoyant la maison de quelqu'un d'autre. Je m'y adonne en toute tranquillité, mes écouteurs sur les oreilles. Pas besoin d'échanger des banalités. Pas de chef à qui rendre des comptes. C'est le meilleur travail au monde.

— Ou alors, a dit Lily en circulant aisément dans les rues de Chicago avant de se garer dans une ruelle derrière une tour qui donnait sur Sheridan, il faudra que vous trouviez un garant pour cosigner le bail.

Ce qui n'est pas envisageable. Je n'ai personne qui puisse faire ça.

La chasse à l'appartement manque tourner à l'échec complet.

On enchaîne les visites. Un appartement au troisième étage d'un gratte-ciel dans le quartier d'Edgewater. Un immeuble moins haut sur Ashland Avenue, récemment restauré, au loyer un peu élevé mais qui restait dans mes prix. Ce sont toujours les mêmes pièces contenues entre quatre murs de plâtre fin, les mêmes fenêtres embuées qui ne laissent pas passer la lumière. Les moustiquaires sont déchirées, l'une d'elles parfois perforée par un climatiseur, ce qui est censé me satisfaire car, comme le souligne Lily, les locataires sont en général obligés de les acheter eux-mêmes, ces horribles clim de fenêtre qui bloquent la lumière naturelle.

Les minuscules cuisines sont équipées de vieilles cuisinières électriques. Des moisissures poussent sur les joints de douche. Les placards sentent l'urine. Les ampoules sont grillées.

Mais ce n'est pas le moisi ni les fenêtres qui m'ennuient. C'est le bruit et les voisins – des gens étranges juste de l'autre côté du mur, leur vie domestique séparée de la mienne par une ridicule couche de plâtre et de papier. Une impression de claustrophobie s'infiltre en moi tandis que je fais semblant d'écouter Lily qui n'en finit plus de s'extasier sur les vingt-six mètres carrés de l'appartement. La buanderie. L'Internet haut débit. Mais moi, tout ce que j'entends, c'est un bruit de sèche-cheveux. Des rires de femmes. Des hommes à l'étage du dessus qui crient devant un match de base-ball à la télé. Une conversation téléphonique qui traverse les murs. Le ding d'un micro-ondes, l'odeur d'un déjeuner.

Quatre jours sans dormir. Mon corps est fatigué, et j'ai de la purée dans le cerveau. Je m'appuie contre le mur, la gravité menace de faire tomber mon corps lourd par terre.

— Alors, qu'en pensez-vous ? me demande Lily d'une voix assez sonore pour couvrir le bruit du sèche-cheveux, et c'est plus fort que moi.

— Je déteste, dis-je pour la huitième ou neuvième fois d'affilée, une occurrence par appartement visité.

C'est aussi un effet de l'insomnie : ça vous pousse à l'honnêteté parce que vous n'avez pas l'énergie de fabriquer des mensonges.

— Comment ça se fait ? demande-t-elle, et je lui parle du sèche-cheveux de l'appart d'à côté. Du bruit qu'il fait.

Lily reste calme, bien qu'elle doive commencer à être à bout de patience.

— Alors on continue, dit-elle comme je la suis à l'extérieur.

J'aimerais beaucoup croire qu'elle veut mon bonheur, me dénicher l'endroit parfait. Mais, en fait, ça ne se résume qu'à une seule chose : ma signature sur un bail. Avec un contrat de location à la clé, Lily n'aura pas totalement perdu son après-midi.

— J'en ai un dernier à vous montrer, dit-elle, promettant quelque chose de différent de tout ce qu'on a vu.

De retour dans la Kia, je boucle ma ceinture sur la banquette, derrière le sac à main, déjà installé côté passager. On roule. Au bout de quelques minutes, la voiture s'arrête mollement devant un petit bâtiment en pierre de taille, sur une large place de parking de Cornelia Avenue. C'est un quartier résidentiel mais sans grosses structures collectives. Pas d'appartements. Pas d'immeubles en copropriété. Pas de gratte-ciel avec ascenseur qui surplombent des petites épiceries minables. Pas d'étrangers qui font les cent pas aux carrefours.

La maison a plus d'un siècle, elle est d'une splendeur intimidante. Elle compte trois niveaux de belle hauteur chacun, avec de larges marches qui mènent au perron. Des fenêtres partout, un toit plat comme une crêpe et un appartement en rez-de-jardin.

— Il y a trois appartements ? je demande, me représentant des unités distinctes à l'intérieur, réunies par une porte d'entrée commune, certaine qu'elle va confirmer.

Mais Lily s'esclaffe.

— Non, c'est une maison privée. Elle n'est pas à vendre, et de toute façon elle ne serait pas dans vos moyens. Un million et demi au bas mot, dit-elle. De dollars, bien sûr.

Je m'arrête sous un arbre pour lui demander ce qu'on fait ici dans ce cas. Il fait chaud, c'est une de ces journées de septembre qui tient l'automne à distance. On n'a qu'une envie, enfiler un jean et un gros pull, siroter un chocolat chaud, s'envelopper dans une couverture et regarder les feuilles tomber, au lieu de quoi on transpire à grosses gouttes. Les nuits sont fraîches, et les journées étouffantes, avec une amplitude de trente degrés entre le matin et le soir. Mais ça ne va pas durer. D'après la météo, le changement est pour bientôt, très bientôt même. Mais pour l'heure je suis en short et en T-shirt, un sweat noué autour de la taille. Quand le soleil déclinera, la température en fera de même.

— Par ici, dit Lily en hochant la tête.

Je m'empresse de lui emboîter le pas, mais avant de longer le côté de la maison quelque chose attire mon regard. Une femme qui descend le trottoir dans notre direction. Elle est à une dizaine de mètres de nous mais elle se rapproche. Au début, je ne distingue pas ses traits à cause du vent qui ramène ses cheveux bruns dans son visage. Mais peu importe. Je reconnaîtrais cette allure entre mille. Et les pieds minuscules qui traînent. La modestie de la posture, légèrement voûtée aux épaules. La silhouette, sa hauteur et sa carrure. L'ombre et la texture d'un manteau couleur pervenche, une parka mi-longue avec un cordon à la taille et une capuche, bien qu'il fasse trop chaud pour se couvrir autant.

Le manteau est le même que celui de maman.

Je sens mon cœur s'emballer. Ma bouche s'ouvre et un mot se forme sur mes lèvres. Maman. Parce que c'est elle et personne d'autre, c'est maman. Elle est là, vivante, en chair et en os. Elle vient me voir. Malgré moi mes bras se lèvent et je lui fais signe, mais avec ses cheveux dans les yeux elle ne voit pas les grands signes que je lui adresse.

Elle passe à côté de moi sans me regarder. Elle ne me voit pas. Elle me prend pour quelqu'un d'autre. Je l'appelle, mais ma voix se brise et le mot ne franchit pas mes lèvres. Il reste coincé dans ma gorge. Les larmes me montent aux yeux et comme j'ai peur de la perdre, de la voir passer son chemin, je la saisis par le bras. Une réaction instinctive. Pour l'arrêter. L'empêcher de partir.

Mes doigts se cramponnent à son avant-bras, mais alors elle dégage ses cheveux de son visage et me lance un regard. Et je vois ce qui m'a échappé jusqu'à maintenant : à trente ans à peine, cette femme est trop jeune pour être ma mère. Et sa peau est recouverte d'une épaisse couche de maquillage, alors que ma mère laissait son visage naturel.

Son manteau n'est pas pervenche mais plus foncé, aubergine ou lie de vin. Et il n'a pas de capuche. Ce n'est d'ailleurs pas un manteau, mais une robe.

Elle ne ressemble pas du tout à ma mère.

L'espace d'une seconde, je me retrouve à court d'air. La femme libère son bras de ma poigne. Elle me lance un regard noir et poursuit son chemin tandis que je glisse du trottoir et finis dans l'herbe.

— Désolée, je chuchote, mais elle évite mon regard et marche en bordure du trottoir, hors de ma portée. Je vous ai prise pour quelqu'un d'autre, je souffle, et je tourne la tête pour voir Lily les bras croisés, tâchant de faire comme si rien de tout ça ne s'était réellement passé.

Évidemment que ce n'est pas maman, me dis-je en regardant la femme en robe aubergine s'éloigner d'un pas plus rapide – elle ne traîne plus les pieds, elle a accéléré la cadence pour me fuir.

Évidemment que ce n'est pas ma mère, parce qu'elle est morte.

— Vous venez ? demande Lily, et je réponds que j'arrive.

Je la suis le long d'un patio pavé de briques et nous entrons dans une cour. Mon cœur bat encore à tout rompre. J'ai les nerfs à vif. La cour s'ouvre sur un jardin, au fond duquel se dresse un garage en brique rouge avec une porte vert jade.

— Voilà l'objet de notre visite, dit Lily en désignant le garage, et je m'arrête net.

— Vous voulez me faire vivre dans un garage ?

— C'est une remise à calèche, répond-elle, et elle m'explique qu'il y a un espace de vie au-dessus, ce que confirme l'existence de fenêtres aux premier et deuxième étages. C'est très recherché.

Il y a des gens qui adorent. Dès qu'il y en a sur le marché, elles s'envolent dans la minute. Et celle-ci, je l'ai entrée ce matin.

Elle m'explique que dans le temps les remises à calèche étaient très précisément ce qu'indique leur nom, un endroit où loger un cheval, son attelage et le cocher. Des appartements de domestiques. Elles sont en général au fond d'une ruelle, en retrait d'une demeure bien moins modeste, dans l'ombre d'un bâtiment plus grand et plus beau.

Ce qui me semble correspondre précisément à ce dont j'ai besoin. Me cacher, vivre en ermite, à l'ombre d'une chose majestueuse.

— Est-ce qu'on peut visiter ? je demande, et Lily nous fait franchir une haute porte fuselée et aussitôt gravir une volée de marches branlantes.

C'est plus grand que tout ce qu'on a vu jusqu'à maintenant, dans les quarante-cinq mètres carrés de surface habitable vieillotte et délabrée, le tout repeint d'une atroce couleur marron. Le plancher a connu des jours meilleurs. Les lames, inégales, grincent, avec des clous à tête carrée qui se dressent à une hauteur parfaite pour s'y cogner les orteils. La cuisine longe un mur du salon, enfin, si on peut appeler ça une cuisine. Une vieille gazinière, un vieux réfrigérateur, et une petite rangée de placards à côté d'un emplacement pour un poste de télé. L'éclairage, archaïque, ne diffuse qu'une faible lumière. L'ameublement est minimal : rien que deux éléments qui semblent aussi décrépits que la maison.

La salle de bains a manifestement eu droit à quelques rénovations. Le luminaire et la peinture sont récents, mais le carrelage doit être plus vieux que moi.

— Ici au moins, vous n'entendrez pas le sèche-cheveux des voisins.

La prétendue chambre se situe en haut d'un second escalier précaire, des combles aménagés au plafond mansardé.

À cet étage, je ne peux pas me tenir droite, je suis obligée de me voûter.

— Ça compte à peine pour de la surface habitable dit Lily, le cou tordu pour ne pas se cogner la tête.

Ses chaussures à talon compensé ont du mal à négocier la descente, sa main se cramponne à la rampe pour la retenir. Elle pense que ça ne va pas me plaire, mais c'est tout le contraire.

Elle dit que ces remises à calèche n'obéissent pas à la même législation que les autres bien locatifs. Je ne bénéficierai pas de la même protection, car ce type de logement ne fait pas l'objet d'inspections de sécurité. Il n'y a qu'une porte, alors que la réglementation en matière de risque incendie en exige deux. En raison des bennes à ordures reléguées au fond de l'allée qui jouxte le mur, il peut y avoir des nuisances sonores. Sans compter l'odeur nauséabonde aux mois les plus chauds.

— Qui dit ordures dit rats, et qui dit rat…

Je lève une main pour la faire taire. Inutile qu'elle poursuive. Je vois exactement ce qu'elle veut dire.

— Alors, qu'en pensez-vous ? me demande-t-elle.

Je tends l'oreille, au cas où j'entendrais des rires de femmes. Des hommes se disputant devant une télé. Mais il n'y a rien.

— Où dois-je signer ?

Lily s'occupe des papiers. La propriétaire est une certaine Mme Geissler, une veuve qui occupe seule l'habitation principale. Je ne la rencontre pas, mais Lily lui fournit tout mon dossier – mon formulaire rempli, la liste des dames chez qui je fais le ménage, et une lettre de recommandation d'un ancien conseiller d'orientation du lycée. Je dis adieu à trois mille dollars, ce qui couvre le premier et le dernier mois de loyer, plus deux autres pour la bonne mesure. Comme on dit, l'argent ouvre des portes.

Sur la suggestion de Lily, je vais attendre dans la voiture tandis qu'elle s'entretient avec la propriétaire. Je retiens mon souffle, sachant qu'il est très probable que cette dame découvre le même problème que le bureau d'attribution des bourses de l'université, à savoir que mon numéro de sécurité sociale est celui d'une morte. Alors elle me refusera le logement.

Mais à mon grand soulagement il n'en est rien. L'affaire est emballée en moins d'un quart d'heure : Lily ressort avec un trousseau de clés à la main. Je souffle un bon coup. Il s'avère qu'elle a laissé entendre que ma mère était décédée, et pour cette raison Mme Geissler a accepté de me louer la remise sans vérifier mes références de plus près. Par compassion, par pitié. Parce qu'elle a eu de la peine pour moi, ce qui me va, tant que j'ai un toit au-dessus de ma tête. Un endroit qui ne me rappelle pas ma mère sans cesse.

Tandis qu'on s'éloigne, je regarde par la vitre la maison imposante. Le soleil se couche du côté opposé à la façade, et la plonge peu à peu dans l'ombre. Une maison noble, mais solennelle. Triste. Oui, la maison elle-même est triste. Au dernier étage, je vois le store s'écarter légèrement sans rien percevoir de ce qu'il y a de l'autre côté à cause de la pénombre. Mais j'imagine une femme, veuve, observant notre voiture jusqu'à ce qu'elle disparaisse de sa vue.

EDEN

26 juillet 1996
Egg Harbor

Il se trouve qu'en fait nous avons des voisins.

Ils sont venus cet après-midi après qu'Aaron était parti travailler : Miranda, enceinte, et ses deux fils, Jack, cinq ans et Paul, deux ans. Ils sont arrivés par notre allée de gravier, Miranda tirait les petits dans un chariot rouge Radio Flyer et, à l'arrivée, elle était en nage et à bout de forces. Elle était venue nous apporter un cadeau de bienvenue.

C'est le bruit des roues sur le gravier qui m'a avertie alors que perchée sur un escabeau je peignais les murs du salon en gris clair, portes et fenêtres ouvertes pour chasser les odeurs chimiques. C'est à ça que je passe mes journées lorsque Aaron s'en va. Je défais des cartons. Je lave l'intérieur des placards. Je peins.

Je les ai vus par la fenêtre, puis j'ai entendu la mère fatiguée gronder ses enfants pour leur dire d'arrêter de crier et de se tenir à carreau, les joues rouges à cause de la chaleur, de la grossesse et, je suppose, de son désir de faire bonne impression. Ses cheveux blonds volaient dans son visage et ses yeux pendant qu'elle marchait. Son corps était engoncé dans une robe de grossesse courte que la sueur faisait adhérer à sa peau. Aux pieds, des Birkenstock. Dans les yeux, de l'épuisement et de la contrariété. Dès la seconde où je l'ai vue par la fenêtre, j'ai compris une chose : la maternité ne lui réussissait pas.

J'ai posé mes pinceaux et suis allée à leur rencontre sur la galerie. Miranda a lâché la poignée du chariot et s'est présentée, puis m'a présenté ses enfants, qui n'ont pas dit bonjour, trop occupés qu'ils étaient à jouer des coudes pour se faire une place sur les marches. Mais ça m'était égal. Ils étaient blonds comme leur mère, et si la différence d'âge n'était pas aussi flagrante, ils auraient pu passer pour des jumeaux. Ils se sont disputé le droit de prendre la main libre de leur mère, et c'est le plus grand qui a fini par gagner. Quand il a glissé sa main dans celle de Miranda, le plus petit s'est effondré en larmes.

— Relève-toi, lui a ordonné Miranda d'une voix sèche qui a fendu l'air paisible, s'excusant de leurs manières auprès de moi tout en essayant de mettre Paul debout.

Mais Paul refusait de se relever. Lorsqu'elle l'a tiré par les aisselles, il a crié qu'elle lui faisait mal et il a pleuré de plus belle.

— Bon sang, Paul. Je te dis de te lever.

Ce qu'elle voyait, c'était de vilains petits enfants qui faisaient un caprice, la mettaient dans l'embarras, lui faisaient honte. Mais pas moi. Je voyais là quelque chose de complètement différent. Je me suis agenouillée à côté du petit Paul et lui ai tendu la main.

— Il y a une balançoire dans le jardin. Tu veux qu'on aille en faire un peu, et on laisse maman se reposer ?

Ses yeux vert clair se sont levés vers moi, un filet de morve coulant vers sa bouche. Il a essuyé son nez d'un revers de main toute sale et a hoché sa mignonne petite tête.

Miranda avait marché jusqu'ici pour nous apporter un cake aux myrtilles, une longue distance par une véritable canicule.

Elle avait des auréoles de sueur sous les bras et le coton humide de sa robe était mis à rude épreuve en travers de son ventre. Elle parlait comme si elle était à bout de souffle, la voix faible, vidée de l'énergie que pompait l'éducation de deux garçons à elle seule, et elle m'a confié en passant une main sur son ventre que cette fois elle espérait que ce soit une fille.

Elle s'est assise sur une chaise de jardin, a envoyé balader ses Birkenstock et a posé ses chevilles enflées sur un autre siège tandis que je nous servais un verre de limonade, un peu gênée d'avoir de la peinture séchée au dos des mains.

Elle m'a dit que son mari était employé au département des travaux publics. Elle, elle reste à la maison avec Jack et Paul, bien qu'elle ait toujours voulu reprendre sa profession de juriste spécialiste des erreurs médicales – qu'elle a abandonnée à la naissance des enfants. Elle a demandé depuis combien de temps Aaron et moi étions mariés et, à ma réponse, elle a arqué les sourcils, l'air curieux, et a abordé la question des enfants.

Est-ce qu'on en avait ?

Est-ce qu'on prévoyait d'en avoir ?

Ça me paraissait un peu intime comme conversation vu qu'on se connaissait à peine, mais j'ai ressenti une grande joie en prononçant les mots tout haut, comme s'ils s'ancraient dans la réalité. J'ai rougi en repensant au matin même, avant l'aube, lorsque Aaron m'avait retiré ma chemise de nuit. Dehors il faisait noir, il devait être dans les 4 heures du matin, on avait les yeux un peu embrumés, lourds de sommeil, l'esprit encore libre des préoccupations qui arrivent avec la lumière du jour. On a ondulé ensemble sur le lit, sombrant dans le matelas vieillissant. Plus tard, sur le ponton, tandis qu'on échangeait des sourires au-dessus de nos tasses de café et que les bateaux à voile traversaient la baie, il a fallu que je me demande si c'était bien arrivé ou si j'avais rêvé.

J'ai répondu à Miranda qu'on essayait. D'avoir un enfant, de fonder une famille. Bien que cette formulation m'ait toujours paru étrange. Essayer, c'est valable pour apprendre à faire du vélo. À tricoter, à coudre. À écrire des poèmes.

Et c'était pourtant exactement ce que nous faisions lorsque nous faisions l'amour comme de jeunes fous, puis que j'achetais un test de grossesse une semaine ou deux plus tard. Jusqu'à maintenant, tous s'étaient révélés négatifs – cette ligne rose obstinément solitaire dans la fenêtre témoin m'informait encore et encore que je n'étais toujours pas enceinte. J'essayais de ne pas me laisser décourager, mais c'était difficile. Non que le temps passé à essayer nous ait dérangé, bien au contraire mais à chaque mois qui passait, mon désir d'enfant s'intensifiait. Je voulais avoir un bébé, le serrer dans mes bras.

Je n'ai jamais dit à Aaron que je faisais des tests de grossesse. J'en profitais quand il allait au travail ; je suivais sa voiture des yeux par la fenêtre, puis une fois certaine qu'il était bien parti, je me ruais aux toilettes où je m'enfermais à clé au cas où il aurait oublié quelque chose et aurait dû faire demi-tour.

C'est alors que l'unique ligne rose apparaissait dans la fenêtre du dispositif, comme chaque fois. Il ne me restait plus qu'à emballer le test négatif dans des mouchoirs en papier et à le jeter discrètement à la poubelle.

— Quelle bonne nouvelle ! s'est exclamée Miranda quand je lui ai annoncé qu'on essayait d'avoir un enfant, son sourire aussi large que le mien.

Après s'être servi une tranche de son cake à la myrtille, elle a ajouté, la main sur le ventre, qu'un jour son bébé et le mien pourraient aller à l'école ensemble.

Qu'ils pourraient devenir amis.

Cette idée m'a emplie d'une joie infinie. J'ai souri à nouveau.

J'avais été un loup solitaire la majeure partie de ma vie Introvertie. Le genre de femme qui ne s'était jamais sentie bien dans sa peau. Mais Aaron m'a transformée.

À mon tour, j'ai machinalement passé une main sur mon ventre encore vide en songeant à quel point je voulais que mon bébé ait un ami.

JESSIE

Ça fait cinq jours que je n'ai pas dormi. C'est ma première nuit dans ma nouvelle maison, mais au lieu de dormir je m'imagine morte. Je me demande à quoi cela ressemble pour maman. Est-ce qu'elle est cernée par l'obscurité, dans un puits de néant, le plus noir des trous noirs ? Ou le temps s'est-il simplement arrêté pour elle ? Il m'arrive de me demander si elle n'est pas bien vivante dans son urne, criant pour qu'on la fasse sortir. Je me demande s'il y a assez d'oxygène, si elle peut respirer. Puis je me rappelle que ça n'a aucune importance.

Maman est morte.

Je me demande si ça fait mal de mourir. Si elle a souffert. Et j'imagine, détail effrayant, ce que ça fait de ne plus pouvoir respirer. Je me surprends à retenir mon souffle à en avoir les poumons en feu. C'est une douleur cuisante qui s'étend de ma gorge à ma poitrine. Ma bouche s'ouvre grand d'elle-même, par réflexe, et j'aspire autant d'oxygène que possible pour apaiser la brûlure.

Je tranche : oui, ça fait mal. Ça fait mal de mourir.

Il y a une pendule au mur, elle était déjà là quand j'ai emménagé. Tic, tac, tic, tac, elle n'arrête pas de la nuit, tient le compte de mes minutes sans sommeil. C'est infernal, comme les percussions d'un conga qui résonnent dans mes oreilles, et bien que j'essaie d'enlever les piles, rien à faire, le tic-tac persiste.

Je ne me sens pas à ma place, ici. Il règne une odeur différente de ce à quoi je suis habituée, une odeur de terre, de pin. C'est une maison plus vieille que celle où j'habitais avec maman. Une des fenêtres ne ferme pas bien et, par temps de grand vent comme ce soir, de l'air s'infiltre à l'intérieur. Je ne le sens pas mais je l'entends : le sifflement du vent qui s'engouffre dans un interstice.

Allongée sur mon lit, je fais de mon mieux pour reprendre mon souffle, ne pas penser à la mort, et m'exhorter à l'impossible : dormir. À côté de moi, par terre, il y a quatre cartons, les seuls que j'ai rapportés de la maison. Des vêtements, quelques photos encadrées, et de la paperasse que maman gardait, une boîte d'archives blanche fermée à l'aide d'une corde et d'un bouton. Ça devait être des documents importants pour que maman les conserve. Une idée me vient soudain : *Se pourrait-il que ma carte de sécurité sociale soit dans cette boîte, rangée avec les documents bancaires de maman ?*

Je me lève, allume la lumière et m'assieds par terre, à côté du carton. Je tire sur la ficelle, soulève le couvercle, et me retrouve nez à nez avec des rames et des rames de papier. S'il y a un classement à tout ce fouillis, il m'échappe.

J'écume la paperasse à la recherche de ma carte, pour m'assurer que les chiffres que j'ai jetés à toute vitesse sur mon formulaire de demande de bourse étaient les bons. Que je ne me suis pas trompée. Parce que c'est la première fois de ma vie qu'on me demandait mon numéro de sécurité sociale, et il est envisageable que je me sois embrouillée. J'attrape les feuilles par paquets que je passe ensuite en revue un à un, en espérant que la carte en tombe. Au lieu de quoi je trouve l'acte de propriété de notre maison, un vieux talon de chéquier. Des factures de gaz, d'électricité. Des années de déclarations de revenus, ce qui me fait réfléchir, parce que si je suis sûre d'une chose c'est que ce n'est pas le genre d'Oncle Sam de rembourser un trop-perçu sans numéro de sécurité sociale. Je range tout à l'exception des déclarations d'impôt. Mes yeux s'attardent sur les exonérations, à l'endroit où devraient figurer les personnes à charge et leur numéro de sécurité sociale. Sauf que la ligne est blanche. Maman ne m'a pas déclarée comme personne à charge et j'ai beau vérifier deux fois l'année de la déclaration pour m'assurer que j'étais déjà née à l'époque, je ne figure nulle part. J'avais pourtant onze ans.

Et bien que je ne connaisse pas grand-chose aux impôts, je sais que ça lui aurait fait économiser une certaine somme de me déclarer car elle aurait pu bénéficier d'une déduction fiscale. Un cadeau de naissance de l'Oncle Sam.

Ça doit être une erreur. Rien qu'une étourderie. Maman était très économe, presque trop. Je fouille en quête d'une autre déclaration dans la montagne de papier et en trouve une datant de l'année de mes quatre ans. À nouveau, mon nom et mon numéro de sécurité sociale ne sont pas renseignés. Encore une année où maman ne m'a pas déclarée.

J'en trouve six au total, six déclarations de revenus – mes mouvements sont de plus en plus rapides, frénétiques – et découvre que maman ne m'a jamais déclarée comme enfant à charge. Pas une seule fois.

J'éteins la lumière et me recouche. Allongée dans le noir, je me demande pourquoi. Que savait-elle sur le fisc que j'ignore ? Sûrement beaucoup de choses, me dis-je. Moi, je ne paie pas d'impôts. Ils ne m'ont jamais envoyé de chèque. Je ne sais que ce que j'en ai entendu dire, de la part de clients comme M. et Mme Ricci, qui se demandaient s'ils pouvaient déduire les achats compulsifs de madame de leurs impôts, tous ces vêtements chics qu'elle rapportait régulièrement chez elle dans le coffre d'un taxi.

Maman devait avoir une bonne raison d'agir ainsi.

J'écoute la pendule, tic, tac. Je ne prends pas la peine de fermer les paupières, à part pour cligner des yeux, parce que je sais que je ne dormirai pas. Je remonte la couverture jusqu'à mon menton pour me réchauffer. En bas, le thermostat a beau être réglé sur vingt degrés, je n'ai pas entendu le chauffage se mettre en route.

L'automne est là et l'hiver arrive à grands pas.

Je frotte mes mains l'une contre l'autre pour les réchauffer, puis les pose contre mes joues, un geste que je répète plusieurs fois. C'est alors que j'entends un bruit.

Je me redresse et retiens mon souffle, aux aguets.

Un bip, je ne vois pas comment le décrire autrement. Un bip, puis plus rien. C'est un bruit perçant, une sorte de tintement ponctuel, chaque occurrence suivie de deux secondes de répit bienvenues. Je me frotte les oreilles, certaine que le bruit vient de là, de mes propres tympans. Que ce n'est qu'un acouphène, un bourdonnement que je suis la seule à entendre.

Mais je me rends compte que non, ça ne vient pas de mes oreilles.

Ça vient de l'autre bout de la pièce.

Je scrute l'obscurité, en vain. Il fait trop sombre pour distinguer quoi que ce soit, à part ma main si je la colle sous mon nez. Je repousse la couverture et me lève, guidée par le bruit. J'avance à l'aveugle, me fiant à mes pieds, mais à petits pas car j'ignore ce qui se trouve devant moi, où le plancher finit et où commence l'escalier. Je dois faire attention à ne pas tomber.

Je contourne le lit et me retrouve donc à l'autre bout de la chambre, épaules voûtées parce que le toit mansardé ne me permet pas de me tenir droite. D'ici, j'entends le son monter depuis le sol jusqu'à mes oreilles.

Je me mets à genoux, en passant par hasard mes mains sur une grille métallique. C'est une sorte de caillebotis en métal fixé au sol, relié à un conduit d'aération, et qui mène sous le plancher, à une autre pièce de la maison. Dans ma tête, j'imagine un maillet qu'on tape contre les lattes d'une autre grille dans une autre pièce, parce que le son ressemble à ça : métal contre métal, à un rythme régulier.

Je m'allonge par terre, oreille contre la grille pour l'entendre un peu mieux. Ce bip me fait penser à un sonar qui chercherait à détecter des baleines ou des sous-marins. Sauf qu'ici il n'y a que moi.

Me vient alors une idée folle. Totalement irrationnelle mais qui, à cet instant, ne me paraît pas si insensée.

Quelqu'un cherche à me joindre. À communiquer avec moi.

Je pose ma bouche contre le métal froid de l'aération et j'appelle.

— Y a quelqu'un ?

Au début, aucune réponse. Le bip cesse, et assise là à attendre bêtement que quelqu'un me réponde à travers la grille de sol, je me rends compte à quel point je suis ridicule. Bien sûr qu'il n'y a personne à l'autre bout.

Parce que, si c'était le cas, cela voudrait dire qu'il y a quelqu'un dans la remise à calèche avec moi.

Un frisson me parcourt la colonne, vertèbre après vertèbre.

Y a-t-il quelqu'un dans la maison ?

Je me relève et traverse la chambre précipitamment, oubliant cette fois ma crainte de tomber dans l'escalier. Je tends une main pour actionner l'interrupteur. Une lumière jaune aveuglante se répand dans la pièce. Du haut des marches, j'inspecte le reste de la remise en contrebas, à l'affût du moindre son, du moindre mouvement. Mais il n'y a rien.

— Y a quelqu'un ? je lance à nouveau, d'une voix timide et apeurée.

Je sens mon cœur cogner dans ma poitrine, mes mains devenir moites. J'attends trois ou quatre minutes, mais personne n'apparaît et la logique finit par reprendre le dessus. Je secoue la tête, me sens bête.

Évidemment qu'il n'y a personne.

Je mets tout ça sur le compte de la nouveauté des lieux. C'est ça qui me rend nerveuse. Pour la première fois de ma vie, je suis seule, et dans un endroit que je ne connais pas. Je me sens perdue sans maman, je ne sais plus qui je suis, ni où est ma place. Si tant est que j'en aie une quelque part.

J'éteins la lumière, et la chambre se retrouve plongée dans le noir. Mes yeux s'étant habitués à la lumière, je ne distingue plus rien. Je traverse la pièce à tâtons jusqu'au lit, en me rappelant que c'est une vieille maison. Et dans les vieilles bâtisses, il y a toutes sortes de bruits étranges, mais anodins. Les rats qui élisent domicile dans l'isolation, les fondations du bâtiment, l'eau qui circule dans les tuyaux. Ce n'est rien d'autre que ça.

À un pas de mon lit, j'ai presque réussi à m'en convaincre.

Mais quelques secondes plus tard des voix retentissent. Des voix de femmes à en croire le timbre, plus aigu que celui d'un homme. Je n'en crois pas mes oreilles.

Il y a bien quelqu'un.

Les mots sont difficiles à distinguer, comme si elles étaient à des millions de kilomètres d'ici, que le son était atténué par la distance et le réseau de conduits en aluminium qui composent la tuyauterie. Au début, ce ne sont que des sons, un rythme de conversation, mais aucun mot clairement articulé.

Jusqu'à ce que j'entende finalement quelque chose.

— Ça ne va plus tarder, maintenant.

Je prends peur. Mes genoux vacillent, ma gorge se serre, mes mains se portent à mon cou malgré moi et appuient fort contre mes cordes vocales. J'ai soudain la langue pâteuse et des sueurs froides sur tout le corps.

J'imagine des femmes se tenant dans une sorte de pièce insonorisée, à en croire le bruit de leurs voix. Les patientes d'un hôpital psychiatrique, des murs couverts de plastique et de mousse ; une porte capitonnée et blindée. Pas de poignée. Aucun moyen de sortir.

Chancelante, je retourne à la grille de sol et m'installe à côté. L'oreille pressée contre le métal, j'exhorte les voix à revenir tout en espérant qu'elles n'en feront rien.

J'appelle à nouveau à travers la grille, d'une voix de petite souris effrayée.

— Quoi ? Qu'est-ce qui ne va plus tarder ?

Mes mots ne sont qu'un chuchotis ; même si elles étaient dans la même pièce, à un mètre de moi, elles ne m'entendraient pas.

Les mains en coupe autour de la bouche, cette fois je presse mes lèvres contre la grille, jusqu'à sentir le goût du métal sur ma langue. J'appelle encore, d'une voix plus forte et plus décidée.

— Vous m'entendez ? Est-ce qu'il y a quelqu'un ?

Les seuls mots qui me reviennent sont prononcés à voix basse, sur un ton plaintif.

— Elle pourrait aussi bien être morte.

Pas de réponse à ma question. Je ne sais pas qui est là, mais personne ne m'entend.

Les voix désincarnées finissent par se taire. J'ai beau écouter à travers la grille de sol, je n'entends plus rien. Plus rien à part le tic-tac de la pendule.

Mon cœur bat à tout rompre. Je sens mon pouls cogner à mes tempes, mes poignets. Une bourrasque secoue la remise, s'engouffre dans l'interstice de la fenêtre en sifflant.

Un bruit remonte soudain du sol et je me dis qu'elles sont de retour. Les femmes, les voix. Le bip. Je colle mon visage contre le métal et tends l'oreille.

Mais cette fois la seule chose qui me parvient est un courant d'air chaud, dont le souffle me heurte de plein fouet.

Le chauffage. Il s'est enfin mis en marche.

Je songe au dédale de conduits qui parcourent la maison jusqu'à cette pièce depuis la chaudière. Les tuyaux, les raccords. Toute cette tuyauterie qui, dans une maison aussi vieille, couine au moindre tournant et fait croire à des voix de femmes, à qui mon esprit exténué a fait articuler des mots. Mais il n'y a jamais eu de femmes ici.

C'était l'allumage des brûleurs, le début de la production de la chaleur. La chaudière qui crachait de l'air dans la maison. Le souffle sort avec un bruit de plainte, et je presse mes mains contre la grille pour les réchauffer.

Je prends soudain conscience de toutes les douleurs dont mon corps est perclus.

L'insomnie m'a volé mon sommeil, et elle est en train de me dérober mon esprit. De transformer ma matière grise en compote. Combien de temps je peux encore tenir sans dormir ?

Je retourne m'allonger sur le matelas et je regarde le ciel par la fenêtre. C'est le noir complet dehors, mais dans quelques heures l'aube sera là. Des heures qui me paraîtront durer des jours.

Le temps s'écoule lentement quand on ne peut pas dormir.

EDEN

2 août 1996
Egg Harbor

Les journées sont plus longues maintenant qu'on a fini de s'installer. Les murs sont peints ; le déballage des cartons est terminé. Le jardin est devenu un jeu de patience : fixer la terre, attendre que quelque chose pousse. Attendre, toujours.

Tous les jours, une fois Aaron parti travailler, les dix heures qui suivent me semblent interminables. Dix heures à attendre qu'il rentre et me tienne compagnie. Je passe des après-midi solitaires et dîne seule. Il m'est impossible de m'endormir avant qu'Aaron, exténué, s'allonge à côté de moi. Et je ne parviens pas à lui avouer que je me sens seule et que je m'ennuie.

Avant qu'on s'installe à Green Bay, je travaillais à l'accueil d'un cabinet de pédiatre. Rien de palpitant ni d'ambitieux, je répondais au téléphone, j'accueillais les patients, leur créais un dossier médical informatique, triais les factures, mais au moins, cela occupait mes journées. Puis Aaron a suggéré que j'arrête de travailler, que je reste à la maison, sachant qu'on aurait un enfant plus tôt qu'on ne l'imaginait et qu'alors j'aurais de quoi m'occuper.

Miranda et ses garçons passent de temps en temps me rendre visite, leurs après-midi sont aussi longs et solitaires que les miens. On s'assoit dans le jardin, on regarde Jack et Paul s'amuser sur la balançoire, et j'écoute Miranda dévaloriser le statut de mère, se plaindre de son mari et de ses enfants, critiquer la routine assommante de son quotidien : les gaufres surgelées, le sirop d'érable dans les cheveux, la salle d'eau en champ de bataille à l'heure du bain et tous les livres qu'elle et ses enfants sont censés lire, ce qu'ils ne font jamais parce que c'est tellement plus facile de les laisser regarder un film. Son mari – Joe – voudrait qu'elle limite la télévision à une heure par jour, et ça la fait rire, parce que de son point de vue Joe n'a pas la moindre idée de ce qu'est une grossesse, ou d'élever des garçons aussi turbulents que Jack et Paul. Alors Miranda profite du moindre instant de tranquillité qu'elle peut s'octroyer, même si ça signifie laisser ses enfants cinq heures de suite devant un écran, si près qu'ils risquent de devenir aveugles et sourds. Mais elle s'en moque. Tant qu'ils ne font pas de bruit.

Voilà ce qu'elle me confiait, tandis que je la dévisageais, bouche bée ; je n'en croyais pas mes oreilles. En marchant sur des œufs, je lui ai fait comprendre que j'étais d'accord avec Joe, expliquant que j'avais lu que trop de temps passé devant la télévision pouvait conduire les enfants à l'obésité, à l'agressivité, entre autres choses, mais elle a pris ça à la légère, rétorquant que moi non plus je n'avais pas la moindre idée de ce que c'était qu'être mère.

— Attends d'avoir un enfant un jour. Tu verras bien, a-t-elle conclu en hissant ses pieds nus sur ma chaise de jardin, limonade à la main.

Puis l'adorable petit Paul s'est rué vers elle et a essayé tant bien que mal de grimper sur ses genoux, en nage.

— Non, chéri, il fait trop chaud pour les câlins aujourd'hui, a dit Miranda en le repoussant, comme s'il était une sorte d'insecte qui avait atterri sur ses jambes.

J'ai eu envie de le prendre sur mes genoux – et j'aurais dû le faire. Le laisser poser sa petite tête contre mon épaule un instant. Lui aussi, il était fatigué, en plus d'avoir chaud et de transpirer. Son regard quémandait un bain frais et une sieste, mais Miranda était trop occupée à se plaindre de la corvée que représentait la maternité et elle n'était pas encore prête à partir.

Soudain, j'ai eu envie de sentir le poids de son petit corps sur mes genoux, je voulais à tout prix sentir la chaleur de sa peau sur la mienne, dégager ses boucles blondes de ses yeux.

Ces temps-ci, je remarque les enfants de plus en plus fréquemment. Les petits, les grands. Les bébés. Les enfants au parc. Au marché. Ceux qui se promènent dans la rue, main dans la main avec leur père, leur mère. Il me semble soudain que tout le monde a des enfants, tout le monde sauf Aaron et moi.

Est-ce qu'ils sont là depuis toujours sans que je l'aie remarqué ?

Ou sont-ils apparus pile au moment où Aaron et moi avons décidé de concevoir ?

Je n'ai pas pris Paul sur mes genoux comme j'aurais voulu le faire, mais l'ai regardé s'éloigner, moue boudeuse, rejeté par sa propre mère. Il fixait le sol, la lèvre inférieure retroussée. Il sanglotait, pas à gros bouillons, mais en silence, comme s'il en avait un peu honte, c'étaient les larmes d'un petit garçon à qui on a trop souvent dit de ne pas pleurer.

Lorsqu'il a disparu au coin du jardin, la tête baissée, Miranda a poussé un gros soupir de soulagement, bien contente que Paul soit parti et de pouvoir respirer à nouveau.

14 août 1996
Egg Harbor

Je commence à me rendre à l'évidence : nous n'arrivons pas à concevoir un enfant.

Quand je me suis levée ce matin et que j'ai vu des traces de sang dans ma culotte, le ventre en proie à une crampe, j'ai compris que je n'étais toujours pas tombée enceinte. Cela faisait trois mois que j'avais arrêté la pilule, et ces gouttes de sang m'ont fait l'effet d'un coup de poing ; là, dans ma salle de bains, assise sur les toilettes, les yeux rivés à ces taches rouges sur ma culotte en dentelle préférée, j'ai fondu en larmes. Je n'ai pas fait trop de bruit pour qu'Aaron, occupé à préparer le café dans la cuisine, ne m'entende pas. Je ne voulais pas qu'il sache que ça me bouleversait. Je ne sais pas pourquoi, ces derniers jours, je m'étais convaincue que le moindre picotement ou pincement que je ressentais était un signe précoce de grossesse. La sensibilité de ma poitrine, l'envie de dévorer tout ce qui se trouvait dans le garde-manger, de préférence gras et très calorique.

Ce n'était finalement pas des signes de grossesse, mais l'annonce de mes règles. Mes règles, que j'avais tous les mois sans faute depuis quinze ans, depuis le jour où, en cours de sciences au collège, j'avais senti du sang transpercer mon short en jean blanc. Et mon horloge biologique qui m'avait convaincue que j'étais enceinte. J'étais persuadée d'être barbouillée, de déjà subir les nausées du matin, alors qu'il ne s'agissait que d'un chamboulement d'hormones, l'utérus qui faisait place nette, se préparait à accueillir une vie qui refusait d'apparaître.

Soudain, je me suis sentie vide, dépouillée d'une chose qui m'appartenait, mais pourquoi ?

Comment puis-je regretter une chose que je n'ai jamais eue ?

Après le départ d'Aaron, j'ai lavé ma culotte avec de la lessive et de l'eau de Javel et je suis allée en ville. Je ne pouvais me résoudre à lui parler du sang. De toute évidence, on ne parle pas beaucoup de bébés, ou de grossesse, on n'utilise pas de mots comme « ovulation » ou « concevoir ». En apparence, on se contente de faire l'amour, bien qu'intérieurement, ce à quoi je pense, – ce à quoi on pense tous les deux – ma tête posée sur sa poitrine, ses mains chaudes qui me massent le dos, c'est au produit fini, à notre création.

Je sais qu'il a autant envie que moi d'avoir un enfant.

Une seule fois il s'est laissé à me murmurer, alors qu'on était allongés après l'amour, à bout de souffle, qu'il se demandait à quoi elle ressemblerait.

— Qui ça ? ai-je voulu savoir.

— Notre bébé. Notre petite fille.

Je lui ai fait un grand sourire et répondu que je n'en savais rien.

— Je parie qu'elle te ressemblera.

Après quoi il m'a embrassée avec lenteur et ardeur, le genre de baiser que je ressentais jusqu'au bout de mes doigts, et bien qu'il ne l'ait pas dit, j'ai compris que si notre petite fille me ressemblait, alors elle serait la plus belle fille au monde à ses yeux.

De toutes les personnes que j'ai rencontrées dans ma vie, Aaron est le seul à me donner le sentiment d'être unique.

Je l'ai regardé jardiner, j'ai vu le soin qu'il mettait à transplanter ces pots de tourbe de la serre à la terre. Le moindre de ses gestes déborde d'instinct paternel ; sa façon de creuser des trous parfaits, de s'y reprendre à deux fois pour estimer la profondeur ; la délicatesse avec laquelle il y dépose les pots biodégradables, comme s'il couchait un nouveau-né dans son berceau, recouvrant le semis d'un peu de terreau avec autant de douceur que s'il remontait une couverture jusqu'au menton d'un enfant endormi. Il arrose, observe, attend, et moi je le regarde faire, cet homme si robuste qu'on ne croirait pas capable de tant de tendresse. Ses cheveux châtains sont coupés court en ce moment, de façon à ce qu'ils ne dépassent pas de sa toque et éviter les fausses accusations de cheveux dans l'assiette, et ses mains et ses avant-bras affichent égratignures et brûlures. D'aussi loin que je m'en souvienne, il en a toujours eu : des distinctions, des blessures de guerre qui remontent à l'école hôtelière.

Par moments, je me surprends à les observer sans pouvoir en détacher mon regard.

Chaque fois qu'il traverse prudemment le jardin, s'occupe des semis en prenant garde de ne rien écraser, ça me frappe : Aaron sera un si bon père, si patient, si protecteur, si aimant, comme il est avec moi.

Et donc, lui dire ces mots tout haut à présent, lui dire que j'ai mes règles, reviendrait à lui avouer qu'on a eu beau essayer à nouveau de concevoir un enfant on a échoué.

Après avoir essuyé mes larmes, je l'ai rejoint sur le ponton pour le café ; on a regardé les bateaux et un peu avant 2 heures, comme toujours, il est parti travailler et je me suis encore retrouvée seule.

JESSIE

Avec le lever du jour, tout change.

Le soleil franchit la ligne d'horizon et le monde s'éclaire. Le fardeau oppressant de la nuit s'envole. Pour la première fois depuis huit longues heures, je respire.

À la lumière du jour, je me poste près de la grille de sol, les pieds de chaque côté. Je baisse les yeux sur ce rectangle noir entre mes jambes. Il n'a rien de menaçant, ce n'est qu'une grille en métal, désormais froide puisque la chaudière est en veille. Je frotte mes bras pour les réchauffer.

Je prends une douche, m'habille et sors commencer ma journée. Dehors, il fait froid, pas plus de cinq degrés, mais la température atteindra les dix-huit à midi. Le ciel est bleu pour l'instant, bien que la météo ait annoncé de la pluie. L'herbe est humide de rosée. Les doigts gelés, je ferme la porte à clé.

De là où je me tiens, j'aperçois ma propriétaire par la fenêtre de sa cuisine. Elle est de dos, je vois des cheveux bouffants et les côtes d'un pull bleu en tricot contre le dossier d'une chaise en bois. L'image est déformée, brouillée par les reflets du monde extérieur sur la vitre. Elle ne me voit pas.

Je pourrais aller frapper à sa porte, me présenter, mais ça ne me ressemble pas.

Je contourne la remise à calèche et je récupère Fidèle Destrier dans la ruelle où je l'ai laissé, appuyé contre un mur de la maison. Il y a du lierre grimpant le long des briques du garage, dont les feuilles se teintent de rouge. La ruelle semble abandonnée. Rien d'autre que des portes de garage et des bennes à ordures de la municipalité de Chicago. Personne. Pas de rats. Pas de chats sauvages. Aucun signe de vie. J'installe maman et son urne dans le panier de mon porte-bagages, qui se résume à une caisse de laitier maintenue par des tendeurs. On descend la rue.

Ce n'est un secret pour personne, Chicago est la capitale américaine des ruelles, avec ses milliers de kilomètres de voies mal éclairées. Le genre de passages étroits et sombres où les gens aiment reléguer les déchets, la vermine et les insignifiants comme moi.

Comme toujours, la circulation matinale est un cauchemar. Des millions de personnes qui se déplacent dans tous les sens comme du bétail qu'on cherche à rassembler. Mon premier arrêt est toujours le même : il me faut un café. Je le prends à emporter avec une pointe de sucre à la boulangerie, où les donuts sont frais et le café bien chaud et bon marché. Je n'ai pas six dollars par jour à mettre dans du café, et puis la gérante me connaît, enfin un peu. Elle me dit bonjour et m'appelle Jenny, et, après toutes ces années, je n'ai pas le courage de lui dire qu'elle se trompe. Je pose mon café dans mon porte-gobelet et c'est reparti, direction le quartier du Loop. Je prends mon temps, décris de larges écarts entre les voitures et les camions garés sur les pistes cyclables en prenant soin d'éviter les plaques d'égout de la ville, et les nids-de-poule.

Comme mes fouilles dans les papiers de maman pour retrouver ma carte de sécurité sociale n'ont rien donné, j'ai démarré la journée sur cette idée : m'en procurer une nouvelle. Et découvrir le moyen de faire rayer mon nom de ce registre des décès qui ne me dit rien qui vaille. Je me dirige donc vers les bureaux de la Sécurité sociale, où je fais la queue pendant une heure assommante, tout ça pour m'entendre dire que, pour qu'on me délivre une nouvelle carte, je dois prouver qui je suis, et que ma parole ne suffit pas. Je dois fournir un papier d'identité officiel attestant que je suis bien Jessica Sloane, comme un permis de conduire ou un certificat de naissance, or je n'ai ni l'un ni l'autre.

Sur les conseils d'un employé de la Sécurité sociale, je me rends au secrétariat du comté de Cook dans le Richard J. Daley Center – le bureau de l'état civil – dans l'espoir de retrouver la trace de mon acte de naissance.

Quand j'arrive au Daley Center, la place grouille de monde. J'attache Fidèle Destrier dehors, parmi les hommes et les femmes en costume et tailleur qui traversent la dalle à grandes enjambées. Je passe devant la sculpture de Picasso et m'engouffre dans le hall immense, où je fais la queue pour franchir le portique de sécurité tandis que les autres vident leurs poches avec une lenteur extrême. Je passe le portique avec succès et vide le contenu de mon sac. Quand on m'a estimée inoffensive, on m'envoie au secrétariat, qui se situe au sous-sol du bâtiment.

En voyant la foule massée devant les ascenseurs, je prends l'escalier, seule, puis me retrouve à nouveau dans une longue file d'attente, soupirant par solidarité avec ceux qui attendent. Mais ils évitent mon regard, à bout de patience.

Quand vient mon tour, une employée lève une main pour que je la voie, en s'écriant « Suivant ! », voûtée devant un écran d'ordinateur, les épaules tombantes. Je me poste à son guichet et lui explique ce dont j'ai besoin.

Soudain, je prends conscience de tout ce que je pourrai découvrir lorsqu'elle aura localisé mon acte de naissance. Non seulement je prouverai que je suis bien Jessica Sloane, mais je pourrai savoir où je suis née. À quelle heure. Je découvrirai le nom de l'obstétricien qui m'a mise au monde.

Le nom de mon père.

Dans quelques petites minutes, je connaîtrai son identité.

Jamais je n'aurais eu l'indécence d'aller chercher mon acte de naissance à l'état civil du vivant de maman. Ça lui aurait brisé le cœur que j'aie accès à toutes ces informations qu'elle a toujours voulu me cacher. Savoir que j'ai fouillé notre maison à la recherche de papiers était une chose, mais me voir partir à la recherche de mon acte de naissance l'aurait choquée si elle était encore de ce monde.

Mais maman m'a dit de découvrir qui je suis, et c'est ce que je compte faire. Je veux la rendre fière, et je ne pourrai parvenir à mes fins qu'avec une carte de sécurité sociale.

— Il me faudrait une copie de mon acte de naissance, dis-je à l'employée.

Mon cœur s'emballe tandis qu'elle me glisse un formulaire en travers du guichet. Elle me demande de le remplir. Je prends un stylo et complète autant de cases que possible. Autant dire pas beaucoup. Impossible de répondre à la question concernant mon lieu de naissance ni à celles au sujet de mon père – son nom, son lieu de naissance à lui.

C'est seulement lorsque je marque un long temps d'arrêt que l'employée, d'un regard radouci, me prend en pitié.

— Vous n'êtes pas obligée de tout remplir, dit-elle, les yeux rivés, d'un air gêné, à l'urne que je tiens au creux de mon bras, voyant que mon stylo reste en suspens au-dessus de la ligne « nom du père ». Mettez ce que vous savez.

Elle ajoute qu'elle peut lancer une recherche d'après le peu d'informations que je lui donne. Je lui rends le formulaire à moitié rempli, et elle me dit qu'elle aura simplement besoin d'un moyen de paiement et d'une pièce d'identité avec photo.

Une pièce d'identité avec photo.

À mon âge, la plupart des gens ont un permis de conduire. Pas moi. La raison en est simple. Le cancer de maman s'est déclaré l'année de mes quinze ans, celle où j'étais censée m'inscrire au programme pédagogique du lycée et prendre des cours de conduite après les cours. Et quand on a appris que maman avait une tumeur invasive au sein gauche, apprendre à conduire – dans une ville où on n'avait pas besoin de voiture – ne m'avait pas semblé être une priorité. Parce qu'à partir de ce moment mes après-midi ont été occupés à accompagner maman à des tas de rendez-vous médicaux ou à travailler pour l'aider à payer nos factures et ses soins. Parce que dès que j'ai su qu'il y avait de fortes chances pour qu'elle meure j'ai voulu passer autant de temps que possible avec elle.

Et pourtant, je répugne à expliquer à l'employée l'impasse dans laquelle je me trouve parce que je sais de quoi je vais avoir l'air. Alors au lieu de dire la vérité, je fouille dans les poches de mon jean, jusqu'à en sortir la doublure. Puis je plonge une main dans les profondeurs de mon sac, faisant mine d'y chercher ma pièce d'identité imaginaire. Je sors trente dollars de mon portefeuille – un extrait d'acte de naissance n'en coûte que quinze – et je les tends à la femme.

— Gardez la monnaie, je vous en prie, dis-je en ajoutant d'un air excédé que mon permis était dans mon sac ce matin encore, qu'il a dû tomber quelque part en chemin, parce qu'il était bien là, qu'il semble avoir disparu.

Je serre l'urne contre ma poitrine en espérant que la miséricorde de la femme l'emportera, qu'elle empochera les quinze dollars supplémentaires et me fournira ce dont j'ai besoin. Elle fixe l'argent un instant puis me demande si j'ai une autre pièce d'identité. Une carte d'assurance ou d'électeur, mais je secoue la tête et lui réponds que non. Je n'ai ni l'une ni l'autre. L'assurance santé était au nom de maman. Un contrat au rabais qui a permis de payer une partie de son traitement, bien que je sois encore largement endettée. Mais maman ne m'a jamais incluse dans ce contrat, elle disait que je n'en avais pas besoin. J'étais jeune, en bonne santé, et mes très rares consultations pouvaient être payées en liquide. Les vaccins obligatoires pour l'école, je les faisais faire au département de Santé publique parce que c'était bon marché.

— Vous auriez du courrier avec votre nom dessus ? s'enquiert la femme, mais je hausse les épaules en répondant que non.

Elle me regarde, je crois, avec incrédulité. Je serais tout aussi sceptique à sa place : je sais de quoi j'ai l'air.

— S'il vous plaît, madame, je la supplie.

Je suis fatiguée, je n'ai pas d'autre idée. Mes paupières lourdes menacent de se fermer. Je meurs d'envie de m'allonger par terre et de dormir. Sauf que c'est une simple provocation, c'est mon corps qui me joue des tours. Même si je cédais et m'allongeais sur le lino, je sais que je ne m'endormirais pas.

— Madame, j'ai vraiment besoin de cet acte de naissance, dis-je en changeant sans cesse de pied d'appui.

Je ne sais pas si c'est à cause de ma voix qui se brise ou des larmes qui me montent aux yeux, mais elle se penche en avant et attrape l'argent posé sur le guichet. Elle compte les billets un à un. Un bref regard circulaire dans la pièce lui permet de s'assurer que personne ne la voit, ou l'entend.

— Voilà ce que je vous propose, murmure-t-elle. Voyons d'abord si je peux trouver quelque chose. Après quoi on verra quoi faire à propos de la pièce d'identité.

J'accepte.

Elle prend mon formulaire et se met à taper sur son clavier.

Mon cœur cogne, j'ai les mains moites. Dans quelques minutes, je saurai qui est mon père. Je commence à imaginer quel nom il pourrait porter. À me demander s'il est encore vivant. Et si c'est le cas, s'il pense à moi autant que je pense à lui.

Une bonne vingtaine de personnes font la queue derrière moi, à présent. Déjà qu'elle n'est vraiment pas grande, la pièce est lugubre, et tout le monde regarde son voisin comme si c'était un criminel notoire. Les dames se cramponnent à leur sac à main. Un gamin crie qu'il doit faire pipi. Je me retourne et vois le pauvre petit, qui doit avoir dans les quatre ans, se tordre, la main à l'entrejambe, les yeux écarquillés prêts à exploser, tandis que sa mère le réprimande.

— Je ne trouve aucun dossier, me dit alors la femme.

Je ne m'attendais pas à cela. Les bras m'en tombent. L'espace d'une seconde, je suis perdue, et incapable de mettre de l'ordre dans mes pensées ou d'articuler un mot. Tant bien que mal, je retrouve ma voix.

— Vous êtes sûre d'avoir écrit mon nom correctement ? je lui demande, imaginant qu'elle va partir à la chasse aux fautes, effacer une lettre de trop tapée par erreur.

Mais son visage reste figé. Elle ne lance pas d'autre recherche, comme je l'espérais. Elle ne baisse pas les yeux vers son écran, ne vérifie pas son travail.

— Certaine, répond-elle en levant une main pour faire signe à la personne suivante.

— Mais attendez, je l'interromps, refusant d'abandonner.

— Je ne trouve aucun dossier, mademoiselle, répète-t-elle.

— Qu'est-ce que ça signifie ? je demande, incrédule.

Je me rends compte tout à coup que le nœud du problème n'est plus à proprement parler que je sois morte, mais qu'il n'existe aucun acte de naissance à mon nom.

Je ne peux pas être morte puisque je ne suis pas née.

— Vous avez forcément trouvé quelque chose, je me défends, sans attendre sa réponse, puis je hausse le ton. Comment se peut-il que vous n'ayez pas mon acte de naissance alors que de toute évidence je suis vivante ?

Sur quoi je pince la peau de mon bras, que je regarde enfler et rougir avant de reprendre son aspect normal.

— Madame, dit-elle, et je perçois un brusque changement dans son attitude, sa compassion cédant la place à l'exaspération – je suis devenue une casse-pieds. Vous avez laissé la moitié de ce formulaire vierge, ajoute-t-elle.

Je lui oppose que c'est elle qui a laissé entendre que je n'étais pas obligée de tout remplir. Mais elle m'ignore.

— Qui peut affirmer que vous êtes née dans l'Illinois ? Est-ce que c'est bien le cas ? demande-t-elle sur un ton de défi, et je me rends compte que je n'en sais rien.

Je ne sais pas où je suis née. Toute ma vie, je n'ai fait que le supposer. Maman ne m'a jamais dit ce qu'il en était et je n'ai jamais songé à lui demander.

— Si aucun document ne remonte, dit-elle, ça veut dire que je n'ai pas pu localiser d'acte de naissance à partir des informations que vous m'avez données. Si vous voulez ce document, il va falloir tout remplir, dit-elle en me redonnant le formulaire.

Impuissante, je constate tout ce qui manque, « nom du père, lieu de naissance », et je me demande même si ce que j'ai écrit est valable.

Est-ce que maman s'est toujours appelée Sloane comme moi ? Ça aussi, je l'ai supposé. Mais si elle était mariée quand je suis née, elle portait peut-être un autre nom de famille, un nom qu'elle aurait décidé de ne plus porter au cours des vingt dernières années pour une raison que j'ignore.

— Et la prochaine fois, me poursuit la voix de l'employée tandis que je m'éloigne, lugubre, sans espoir, et me heurte à une femme qui fait la queue, assurez-vous de venir avec une pièce d'identité.

Je sors de la pièce et remonte au rez-de-chaussée en gravissant les marches deux par deux. La cage d'escalier, spirale métallique et sombre qui s'élève sur une trentaine d'étages, me donne le tournis. Je passe la porte qui ouvre sur le hall et me retrouve happée par la foule du Daley Center. Cet anonymat me rassure. Je me mêle aux adolescents rebelles convoqués au tribunal, ceux aux cheveux teints en violet ou qui cachent leur tête sous une capuche. Je sors au grand air, pas plus avancée dans la quête de mon père ou celle de ma véritable identité.

Pour le reste du monde, je suis toujours morte.

EDEN

14 septembre 1996
Egg Harbor

La ville grouillait de monde aujourd'hui, comme tous les samedis ; les vacanciers faisaient leur possible pour profiter des derniers beaux jours avant l'automne. On est en septembre, à quelques jours de l'équinoxe, et lorsqu'arrivera le mois d'octobre, cette mer de monde disparaîtra. Ils viennent ici pour profiter des centaines de kilomètres de littoral, des nombreuses boutiques de souvenirs, de la nourriture. Mais en décembre, aussi haut dans le Wisconsin, les températures chuteront entre moins cinq et zéro, des monticules de neige bloqueront les rues et le ciel sera d'un gris sans fin. Alors, plus personne n'aura envie d'être ici, moi la première. Aaron et moi passerons l'hiver dans le Midwest comme à notre habitude, en songeant aux pays chauds que nous espérons visiter un jour, où le froid et la neige n'existent pas. Sainte-Lucie, les Fidji, le Bélize.

Des endroits où on ne mettra jamais les pieds.

Une fois Aaron parti au travail, j'ai passé la journée à déambuler dans la ville, à faire semblant d'être une touriste. Je suis entrée dans les boutiques de cadeaux, j'ai acheté un T-shirt et une glace, un livre sur la voile. J'ai pris le ferry de Washington

Island, traversé le Détroit des Morts, passé les heures de la fin de journée à explorer les eaux transparentes et les galets blancs de Schoolhouse Beach. J'ai même essayé de faire des ricochets sur le lac, mais comme pour les tentatives de grossesse j'ai lamentablement échoué.

De retour en ville, j'ai regardé les familles flâner de boutique en boutique, les mères avec des poussettes, les pères avec un enfant sur les épaules. Assise sur un banc de Beach View Park, je ne les ai pas quittés des yeux, et à mesure que le soir tombait, les familles dépliaient des couvertures, s'octroyant chacune un petit bout de territoire pour profiter du coucher de soleil.

Il y avait des enfants partout, et j'ai commencé à me demander pourquoi cette chose apparemment si répandue nous était si difficile à obtenir.

8 octobre 1996
Egg Harbor

Chaque fois que Miranda me rend visite avec ses garçons, elle a un nouveau conseil à me prodiguer, une astuce pour accélérer la conception. Aucun sujet n'est trop intime ou tabou pour elle, du type de sous-vêtements que porte Aaron aux diverses positions censées favoriser la fécondation ; allongée dans le patio ou sur le canapé du salon selon le temps, elle m'énumère les raisons pour lesquelles, selon elle, Aaron et moi n'attendons toujours pas d'enfant – bien que je ne lui aie jamais rien demandé.

Pendant qu'elle parle, Jack et Paul rôdent près de nous, accomplissent pour moi un petit tour de chant ou de magie, me montrent comment ils louchent. Plantés devant moi tandis que Miranda m'explique les effets néfastes des slips trop serrés sur les parties génitales masculines, ils m'apostrophent, « Hé regarde Eden, regarde ce que je sais faire », et plient leur langue en deux ou essaient de l'étirer jusqu'au bout de leur nez, et tandis que Miranda hausse le ton pour contrer leur volume sonore, je suis frappée par le manque d'attention qu'ils expriment – ils donneraient tout pour que leur mère les regarde ne serait-ce qu'une minute, qu'elle les félicite. Tous les jours, ils ont de la terre sous les ongles et des restes de nourriture collés aux joues ou au menton. Leur tenue est bricolée de vêtements trop petits et dépareillés.

Je les applaudis, mais Miranda leur dit de partir. D'aller jouer ailleurs.

Tous les jours.

À mesure que son ventre enfle, elle me harcèle pour que je tombe enceinte, pour que nos enfants aillent à l'école ensemble comme je le lui ai promis.

Si j'attends encore, ils seront dans des classes différentes.

— Tu sais que septembre c'est la limite !

Selon son agenda, j'ai jusqu'en septembre de l'année prochaine pour avoir un bébé. Douze mois, ce qui ne m'en laisse que trois pour tomber enceinte.

— On ne peut pas dire qu'on n'essaie pas, je tente de lui expliquer, mais elle balaie tout ça d'un revers de la main.

— Je sais, je sais, dit-elle, et on en revient aux sous-vêtements.

Contre nos problèmes d'infertilité, elle suggère un coussin sous le bassin pour diriger le sperme dans la bonne direction.

— Tout est une question de gravité, déclare-t-elle.

À chacune de ses visites, je la vois s'arrondir au point que ses chemises de grossesse peinent à couvrir son ventre. Je me dis que ses conseils ne sont que des astuces de grand-mère qui ont peu de chances de s'avérer efficaces, mais comment en être certaine ?

Aujourd'hui, lorsqu'elle s'est installée sur mon canapé, avec la même expression – bouche entrouverte, sourcils arqués –, et qu'elle m'a demandé si je suivais avec précision mon cycle d'ovulation, je me suis rendu compte à quel point je pouvais être stupide et naïve.

Aaron et moi faisions nos premiers pas dans la conception. J'étais persuadée que ça arrivait comme ça, qu'il n'y avait pas besoin de calculer, de planifier. Sur le moment, je lui ai répondu que bien sûr je faisais attention à mon cycle. Je ne pouvais quand même pas admettre devant elle que ça ne m'était même pas venu à l'idée. Aaron et moi venons tous les deux d'une famille nombreuse, où les petits-enfants ne manquent pas. Il semblait évident qu'au bout d'un certain temps, à force d'être réveillée le matin par les mains douces d'Aaron se promenant sur ma peau nue, ses pouces accrochés à la dentelle de ma culotte pour la glisser expertement le long de mes cuisses, tôt ou tard on y arriverait. On mettrait un bébé en route, conformément à nos intentions.

Mais pour la première fois j'ai pris conscience que ce n'était pas qu'une question de temps.

Après le départ de Miranda, je suis allée en voiture à la bibliothèque chercher un guide sur la grossesse, et au beau milieu des étagères, j'ai estimé la durée approximative de mon cycle menstruel. J'ai compté à rebours du premier jour de mes dernières règles, fait mes calculs. Ça ne serait pas parfait, je le savais bien – je n'ai jamais eu des règles très régulières –, mais ce serait mieux que rien.

Et le fait de savoir que dans deux jours je serais en train d'ovuler me remplit d'espoir. On s'y prend mal depuis le début, on a raté les meilleures dates, négligé les jours auxquels j'étais le plus fertile, ces quelques petites heures pendant lesquelles la fécondation peut se produire. Sur le chemin du retour, je me suis arrêtée au supermarché pour acheter un calendrier de poche et, une fois à la maison, j'ai entouré en rouge mes jours les plus fertiles sur les trois prochains mois, jusqu'à la fin de l'année.

Cette fois, on va y arriver.

JESSIE

Je passe la porte tambour et, une fois à l'extérieur, traverse la place. Je marque un arrêt devant la Flamme éternelle, prise de l'envie soudaine d'escalader la clôture et de m'allonger à côté de ce frêle petit feu en position fœtale. Me laisser tomber sur le flanc sur le béton froid, à côté du monument aux soldats morts pour la patrie. Remonter mes genoux contre ma poitrine au milieu des pigeons qui se massent autour de la flamme pour se réchauffer. La terre qui encercle le feu est envahie d'oiseaux, et le béton autour recouvert de leurs fientes. Voilà où je veux m'allonger. Parce que je suis à bout de forces, je ne tiens plus debout.

Les gens me frôlent en coup de vent. Personne ne me regarde. Une épaule heurte violemment la mienne. L'homme ne s'excuse même pas, et je me demande : *Est-ce qu'il me voit ? Est-ce que je suis bien là ?*

Je me dirige vers le râtelier à vélos et trouve Fidèle Destrier pris au piège sous les pédales et les guidons d'une douzaine de bicyclettes posées n'importe comment. Même en tirant de toutes mes forces, il m'est impossible de le dégager. Déjà frustrée par cette histoire de papiers d'identité, je sens que je suis en train de craquer. Toute cette bureaucratie administrative qui m'empêche d'obtenir ce dont j'ai besoin, de prouver qui je suis. Je commence moi-même à douter. *Est-ce que je suis toujours Jessica Sloane ?*

Les effets dévastateurs de l'insomnie me reprennent brusquement. J'ai des douleurs dans tout le corps. Parce que je n'ai toujours pas dormi. J'ai mal aux pieds. Mes jambes menacent de se dérober sous moi. Je bascule mon poids sur une jambe, puis l'autre, j'ai besoin de m'asseoir. Je ne pense plus qu'à ça.

M'asseoir.

Des aiguilles me piquent le long des jambes. Je tire sur mon vélo, aussi fort que possible, mais il ne bouge pas d'un centimètre.

— Besoin d'un coup de main ?

Bien que j'aie clairement besoin d'aide, je fais volte-face avec l'intention de répondre sèchement que ça va, je me débrouille.

Mais je tombe sur deux yeux bleus qui me regardent intensément. Des yeux bleu roi, comme les boules magiques qui tombent des distributeurs de chewing-gum. Mes mots se prennent dans ma gorge tandis que je frotte mes yeux fatigués pour m'assurer que ce que je crois voir est bien réel. Je les connais, ces yeux. Je l'ai déjà vu, ce regard.

— C'est toi, dis-je, avec une surprise évidente dans la voix.

— C'est moi, répond-il.

Après quoi il saisit Fidèle Destrier et le hisse au-dessus des vélos qui le retiennent prisonnier depuis tout ce temps. Sans effort.

Il a l'air différent de la dernière fois où je l'ai vu. À l'hôpital, il était voûté au-dessus de la table de la cafétéria, sirotant un café en jean et sweat-shirt. Là, il est sur son trente et un, pantalon noir, chemise et cravate, et je sais ce que ça signifie. Son frère est mort. Son frère, blessé dans un accident de moto, qui l'a fait s'envoler et atterrir tête la première contre un poteau électrique, sans casque pour protéger son crâne.

Il veillait son frère dans sa chambre d'hôpital tandis que je veillais ma mère dans une autre. Six jours plus tard, il a toujours le regard triste et fatigué. Son sourire un peu forcé ne me convainc pas. Il s'est fait couper les cheveux. Sa masse sombre et hirsute a été rafraîchie, et sans être guindée, loin de là, la coupe lui donne un air soigné. Ses cheveux sont coiffés vers l'arrière. Il est très différent du garçon qui passait ses jours et ses nuits à la cafétéria de l'hôpital, sa tête engoncée sous une capuche rouge. On ne s'est parlé qu'une seule fois, celle où il s'est plaint du café, où il m'a dit qu'il voudrait être partout ailleurs qu'à l'hôpital. Malgré tout, j'ai l'impression de le connaître. D'avoir partagé avec lui quelque chose d'intime. De bien plus personnel qu'un simple café. D'être reliée à lui par le sentiment de perte. Que le deuil nous réunit. Que nous sommes tous deux des dommages collatéraux du décès de nos proches.

Il pose Fidèle Destrier par terre et attend que je prenne le guidon. Quand je m'exécute, je vois ses ongles rongés à vif, les petites peaux déchirées autour. Il a une série d'élastiques en caoutchouc autour du poignet, dont le dernier disparaît à moitié sous sa manchette. Un mot est écrit à l'encre bleue au dos de sa main mais je n'arrive pas à le lire.

Il passe ses doigts dans ses cheveux et je prends alors conscience de quoi je dois avoir l'air.

Sûrement de pas grand-chose.

— Qu'est-ce que tu fais dans le coin ? je demande, comme si ma présence ici se justifiait plus que la sienne.

Malgré ses phrases incomplètes, je comprends l'essentiel.

— La veillée, dit-il. À St Peter. J'avais besoin de prendre l'air.

Il indique une église à deux rues d'ici, trop loin pour qu'on la voie. Je regarde quand même, et m'aperçois que le soleil a disparu derrière les nuages pendant que j'étais dans le bâtiment. Ils ont changé l'à-plat bleu de ce matin en boules de coton blanc qui obstruent le ciel, ancrant cette journée dans l'hésitation et le gris.

Je ne lui demande pas quand ou comment son frère est mort et il ne me pose pas de questions sur ma mère. C'est inutile parce qu'il le sait. Il lit dans mes yeux qu'elle est morte. Aucun de nous n'adresse ses condoléances à l'autre.

Il enfonce ses mains dans les poches de son pantalon.

— Tu ne m'as jamais dit comment tu t'appelais, dit-il.

Si j'étais le genre de fille à l'aise dans ce genre de situation, je répliquerais d'un air narquois : « Tu ne me l'as jamais demandé ».

Mais je n'en fais rien parce que ce serait déplacé.

— Jessie, dis-je en tendant une main.

Il a de la poigne, sa paume est toute chaude contre la mienne.

— Liam, répond-il, le regard fuyant, ce que j'interprète comme un signal de départ.

Parce qu'il n'y a rien d'autre à dire. Lors de notre unique conversation à l'hôpital, les mots étaient rares, mais à la différence de la dernière fois on n'a plus de temps à tuer, on n'attend plus la mort de quelqu'un. Ce soir-là, avant que le silence ne s'installe entre nous et qu'on reste assis sans rien dire pendant plus d'une heure, on a parlé de choses intimes, privées, qu'on n'était pas enclins à partager avec le reste du monde. Il m'a dit que son frère le tapait quand ils étaient petits. Qu'il l'enfermait dehors sous la pluie, lui plongeait la tête dans la cuvette des toilettes quand leurs parents n'étaient pas là. Un vrai connard, il a dit, mais j'ai bien compris qu'il parlait au passé, qu'au fil des ans les choses avaient changé. Bien qu'il n'ait pas mentionné quand ni comment.

Moi, j'ai évoqué les cheveux et les ongles de ma mère, qu'elle a perdus à cause de la chimiothérapie. Ses cils aussi. Je lui ai parlé des touffes de cheveux qui tombaient, de l'horreur que je ressentais en voyant ma mère les tirer par poignées. Il y en avait des mèches entières sur son oreiller quand elle se réveillait, pareil dans la bonde de la douche. Je lui ai raconté que ma mère ne pleurait pas, contrairement à moi. Les cheveux ont repoussé, au fil de la rémission, un duvet tout doux et bien plus épais qu'avant la chimio. Un peu plus brun aussi. Mais ils n'avaient pas encore atteint ses épaules lorsque le cancer est revenu.

— Tu devrais retourner à la veillée, lui dis-je, mais il hausse les épaules et répond que c'est terminé, que tout le monde est parti.

— L'enterrement est pour demain, précise-t-il tandis que mes doigts se serrent sur mon guidon.

Les mots me manquent. Je ne sais pas quoi répondre à une chose pareille. Mais il ne m'en laisse pas le temps et ajoute aussitôt :

— Et toi, tu ne m'as pas dit ce que tu faisais là.

Je m'apprête à lui expliquer les raisons de ma présence au Daley Center mais me rends compte que ça ne va pas être facile. Alors au lieu de me lancer je soupire et lâche :

— C'est une longue histoire.

Je suppose qu'il va me dire d'accord et au revoir parce qu'il y a de grandes chances que ça ne l'intéresse pas. Il me retournait sûrement la question par politesse.

Mais lorsqu'il change de jambe d'appui et m'annonce qu'il a le temps, je comprends qu'il veut que je reste.

Il y a de la tristesse dans son regard, étrangement semblable à la mienne.

On se met en route. On quitte la place puis on prend Washington Street en direction de Clark Street. Je marche à côté de Fidèle Destrier. On est sur la chaussée parce que c'est illégal de faire du vélo sur le trottoir à Chicago. J'ignore l'heure qu'il est, mais je sais que le gros de l'heure de pointe est passé, ces bouchons qui, comme les cheveux dans la bonde de la douche, bloquent tout. Envolés, comme si un plombier avait déversé du déboucheur dans les rues et dissous l'embouteillage. Les gens avancent à présent, lentement. Ils prennent leur temps. On se faufile aisément entre les piétons et les voitures.

— Je suis allée à l'état civil, dis-je. J'avais besoin d'un acte de naissance. Sauf que ça ne s'est pas passé comme prévu.

Dans Clark Street, on tourne à droite, dans une rue à sens unique. Les voitures arrivent droit sur nous et nous frôlent d'un cheveu parce qu'il n'y a pas de piste cyclable. Non que ça change grand-chose car, quand il y en a, les voitures et les camions se garent dessus et il faut sans cesse les contourner en s'engageant dans la circulation. Le nombre de personnes qui meurent à vélo dans cette ville est sidérant ; j'espère ne pas en faire partie un jour.

Liam veut savoir ce qui a cloché. Il fait vingt bons centimètres de plus que moi, a les épaules larges mais le bassin étroit. Moi, avec mon mètre cinquante-deux, je fais partie des petits. Toute ma vie, aussi loin que je m'en souvienne, j'ai été petite. À l'école, on se moquait de moi. On m'appelait crevette, cacahuète. La minus.

Il me domine de son corps mince, mais dans ses vêtements bien taillés il ne paraît pas maigre. Je me rappelle son allure à l'hôpital, sa silhouette nageant dans un jean et un sweat trop grand qui accentuaient sa minceur.

Je raconte toute l'histoire à Liam en commençant par le début. Sinon ça n'aura aucun sens. Déjà que j'ai moi-même un mal fou à comprendre ce qu'il se passe. Je parle de l'inscription à l'université, l'appel que j'ai reçu du service des bourses. La voix guillerette de la femme qui me dit au téléphone que je suis morte et en rigole. J'évoque le temps perdu à chercher ma carte de sécurité sociale, le déplacement inutile aux bureaux de la Sécurité sociale. Qui m'a conduite jusqu'ici, au Daley Center, en quête de mon acte de naissance, une autre perte de temps.

— Je n'ai pas d'acte de naissance, dis-je en guise de conclusion. En tout cas pas dans l'État de l'Illinois. Et sans acte de naissance ou numéro de sécurité sociale, impossible de prouver qui je suis ou même que j'existe. Mais ce qui me fait le plus paniquer, c'est que ça implique que…

Avant que je puisse finir ma phrase, je me retrouve cernée par des oiseaux qui arrivent de tous les côtés. Des pigeons à l'œil torve et à la tête dodelinante qui viennent picorer quelque chose. Ils se battent, poussent des cris de colère stridents. J'essaie de les contourner, mais avec leurs mouvements imprévisibles, c'est impossible. Sans faire exprès, je marche sur la queue de l'un d'entre eux et il s'éloigne en battant des ailes contre le trottoir.

En progressant d'un pas, je vois ce qu'ils se disputent. C'est un autre pigeon, mort, à l'endroit où je devrais poser mon pied. Les oiseaux l'entourent, le picorent, veulent le manger. N'ayant nulle part où poser mon pied, je perds l'équilibre. Le pigeon mort gît sur le dos, les ailes déployées, son ventre blanc exposé, le cou tourné selon un angle anormal, cassé je suppose. Je ne vois qu'un œil, l'autre est apparemment manquant. Son bec s'enfouit dans le creux de son cou et il y a par terre près de lui des éclaboussures de sang.

Je manque marcher sur la carcasse, mon corps part en avant et la chute me semble inévitable. Mon cœur s'emballe, mes mains deviennent moites et je me retrouve à la merci de l'oiseau et de la rue.

Je lâche Fidèle Destrier sans le vouloir. Je regarde le cadre heurter le sol, certaine d'être entraînée à sa suite. Les gens se retournent pour voir d'où vient ce vacarme, le bruit métallique du vélo, l'écho de mon cri. Mes mains s'ouvrent pour se cramponner quelque part mais se referment sur du vide, jusqu'à ce que Liam me saisisse par le poignet et m'empêche de tomber.

— Jessie ?

Il me faut une bonne minute pour reprendre mon souffle. La respiration saccadée, je ne vois que ces pigeons picorant la chair ensanglantée. Je pense alors à cet oiseau, me demande ce qui l'a tué. Une voiture, un vélo, peut-être une rencontre brutale avec une fenêtre d'immeuble. Il a peut-être foncé tête la première dans le Thompson Center avant de glisser jusqu'au sol.

— Jessie ? me demande à nouveau Liam parce que je n'ai toujours pas répondu.

Il me regarde, mal à l'aise, et s'assure que je tiens sur mes deux jambes avant de se pencher pour remettre Fidèle Destrier d'aplomb.

— Ça va ? me demande-t-il. Qu'est-ce qui s'est passé ?

— C'est cet oiseau, là, dis-je en secouant la tête. Et ces pigeons.

— Mais quel oiseau ? Quels pigeons ?

Je me retourne pour les lui montrer, mais derrière moi, pas d'oiseau. Pas de pigeons. Il n'y a qu'un hot-dog gâché sur le bitume. À moitié mangé, constellé de gravier. Des pickles débordent du pain entouré d'éclaboussures éparses qui ressemblent à du sang.

Il n'y a pas d'oiseau mort.

Il n'y a jamais eu d'oiseau mort.

Soudain, autour de moi, le monde vacille, le sol sous mes pieds me semble instable. Je pense aux dolines, ces effondrements soudains lorsque la terre décide de céder, les routes qui s'écroulent comme de la pâte à modeler, avalant les gens tout entiers.

— J'ai trébuché, c'est tout, dis-je en secouant la tête, mais je vois à ses yeux qu'il ne me croit pas.

On se remet en route.

Liam attend que je reprenne le cours de notre discussion interrompue par l'épisode de l'oiseau, mais mon fil de pensée s'est brisé net. Impossible d'avoir autre chose à l'esprit que cet oiseau, ces pigeons, ces gouttes de sang. Il me rappelle donc où j'en étais. Et ça finit par me revenir.

— Ce qui me fait le plus paniquer, je reprends, c'est que ça implique que je suis déjà morte.

Il veut en savoir plus sur cette base de données des personnes décédées. De quoi il s'agit, comment ça s'appelle, alors je lui répète ce que m'a dit la dame du service des bourses.

— Le Fichier maître des décès, dis-je, ce qui sonne comme un livre que la Faucheuse emporterait partout avec elle, une liste de toutes les âmes qu'elle doit récolter.

Liam lance une recherche sur son smartphone et ne tarde pas à découvrir que l'accès au fameux fichier est limité. Il n'est pas consultable par n'importe qui. Il me dit ce que je sais déjà. Que c'est un recensement de millions de personnes décédées, et de leur numéro de sécurité sociale. C'est un outil destiné à éviter la fraude et l'usurpation d'identité. À empêcher les gens d'ouvrir un compte et de contracter un prêt immobilier au nom de quelqu'un qui est mort.

— Je ne sais pas par quel mystère je me retrouve sur ce fichier. Mon numéro de sécurité sociale n'est d'aucune utilité tant que je n'aurai pas débrouillé tout ça. Parce que sur le papier je suis morte. Et impossible de mettre la main sur ma carte d'assurée sociale ou de m'en procurer une nouvelle, parce que je n'ai pas les autres documents nécessaires.

— Écoute ça, dit Liam lorsqu'une fenêtre s'ouvre sur son écran de téléphone, dont il me lit le contenu tout haut. Dans quelques rares cas, il est possible que les données d'une personne qui n'est pas décédée soient entrées par erreur dans le FMD.

Je lui demande comment c'est possible.

— Erreur de saisie d'un employé, dit-il, sous-entendant qu'en se trompant d'un seul chiffre on envoie une personne bien vivante au royaume des morts.

Ou en tout cas dans le néant administratif, ce qui, je suis en train de le découvrir, revient quasiment au même.

Selon moi, si ma mort est passée inaperçue jusqu'à maintenant, c'est parce que pas une seule fois on ne m'a demandé mon numéro de sécurité sociale. Mais il fallait bien que ça arrive. Au moment de passer mon permis de conduire, d'ouvrir un compte bancaire. Ce qu'on m'aurait refusé.

Tandis qu'on emprunte l'allée piétonne du Clark Street Bridge au-dessus du fleuve Chicago, je pense à ceux qui sont dans la même situation que moi, incapables d'accéder à leurs propres économies, et se font ruiner. Ceux qui n'ont pas de quoi se payer un toit ou à manger, bien qu'ils aient l'argent ; seulement, cet argent est bloqué sur un compte interdit d'accès parce que la banque est persuadée qu'ils sont morts.

— Des gens se font évincer de leur propre vie, subissent des interrogatoires de police pour suspicion d'usurpation d'identité alors que la personne dont ils sont censés avoir volé l'identité n'est autre qu'eux-mêmes, dit Liam en glissant son téléphone dans la poche arrière de son pantalon.

— Quel foutoir, je marmonne.

Je baisse la tête et jette un œil entre les grilles métalliques du pont, sous lequel passe un bateau de touristes qui explorent les eaux polluées gris-vert du fleuve. Le guide attire leur attention sur le pont – mobile, construit en 1929 – et tous les regards se tournent vers Liam et moi, appareils photo braqués vers l'architecture qui les surplombe de six ou sept mètres.

— Mais tu es bien Jessie, n'est-ce pas ? dit-il sur un ton pince-sans-rire, mais je ne trouve pas ça drôle.

J'ai beau savoir qu'il plaisante, la question me hante.

Suis-je bien Jessie ? Jessica Sloane ?

On continue à marcher. Au bout du pont, on prend à gauche sur Kinzie Street, mes pas dans ceux de Liam. On parle peu. Il me demande si j'ai réussi à dormir. Il dit que j'ai l'air fatiguée. Je m'arrête et observe mon reflet dans la façade en verre d'un immeuble. J'y décèle ce qu'il voit. Les orbites creusées, la peau autour bouffie et rouge, le bout de mon nez rouge aussi.

Je ne fais pas cas de l'insomnie. Je dis que dormir c'est une perte de temps. Qu'il y a tout un tas de choses bien plus productives que le sommeil.

— C'est mauvais pour toi, Jessie. Il faut que tu dormes. La mélatonine, dit-il, et je me rappelle les gélules qu'il avait glissées dans ma main à l'hôpital. Essaie, au moins.

Mais j'ai essayé. Ça et le clonazépam, et j'ai raté la mort de maman. Plus jamais.

Je dis d'accord, mais je mens.

Soudain, il s'arrête devant un petit immeuble.

— Bon, voilà. C'est ici que j'habite.

C'est un bâtiment de cinq ou six étages, tout en baies vitrées. Un panneau propose de vastes lofts à la vente. Un portier monte la garde devant la porte tambour et l'impression très chic qui se dégage de l'ensemble me met mal à l'aise. Le Liam que j'ai devant moi m'apparaît soudain très différent de celui de l'hôpital, débraillé, un peu esquinté, comme moi.

Il doit lire sur mon visage que je suis un peu perdue.

— Mon frère et moi, on vivait ici ensemble, m'explique-t-il d'une voix égale. Il était ingénieur informatique.

Je comprends ce qu'il sous-entend. C'est son frère qui gagnait de l'argent. Qui payait pour l'appartement. Et maintenant il n'est plus là.

— Ça va aller ? je lui demande, et il répond d'un air détaché.

— Qu'est-ce qu'on dit, déjà ? se demande-t-il tout haut en tirant sur les élastiques enroulés à son poignet, ce qui me permet de déchiffrer ce qu'il a écrit sur sa main à l'encre bleue.

Adam. Le nom de son frère, je suppose.

— Sur la mort et les impôts ? poursuit-il.

Qu'en ce bas monde rien n'est jamais certain, excepté la mort et les impôts. Voilà le dicton. Mais sa question n'appelle pas de réponse. Ce qu'il veut dire, c'est que peut-être que tout ira bien pour lui, ou peut-être que non, mais que c'est impossible à trancher pour l'instant. Pareil pour moi.

On se dit au revoir. Je le regarde se glisser dans la porte tambour, puis disparaître derrière une paroi de verre.

EDEN

14 novembre 1996
Egg Harbor

Novembre est là. Le ciel perpétuellement gris recouvre tout de tristesse. Les bateaux ont quitté la baie, désespérément vide, comme mon ventre. Les boutiques de l'été ont fermé. Les touristes ont compris le signal et sont partis.

Il y a deux semaines, le 1er novembre, Miranda a accouché d'un beau bébé de trois kilos deux cent cinquante, un petit garçon qu'elle et Joe ont baptisé Carter. Je lui ai rendu visite à la maternité le lendemain, j'étais la seule à part Joe. Sitôt entrée dans la chambre, j'ai aperçu dans le regard de Miranda qui langeait le petit Carter une expression de mécontentement achevé sur son visage. Les lèvres pincées, les sourcils froncés, les pattes-d'oie plissées au coin des yeux.

Quand je suis entrée – Joe me laissant sa place pour aller prendre un café à la cafétéria – elle a levé une tête désabusée vers moi et m'a avoué tout haut, sans prendre la peine de baisser d'un ton ou de poser les mains sur les oreilles du bébé pour étouffer ses mots cruels :

— Tout ce que je voulais, c'était une fille. Est-ce que c'est trop demander, rien qu'une petite fille ? Mais non, il faut encore que je me tape un garçon.

Des paroles qui m'ont coupé le souffle. C'était tellement odieux, tellement ignoble, ce mépris qui faisait peine à voir quand elle a baissé les yeux sur lui : il n'avait qu'un jour et déjà elle haïssait son petit garçon.

J'ai demandé si je pouvais le prendre dans mes bras et elle a accepté avec bien trop d'empressement, comme si elle était contente de s'en débarrasser. J'ai emmené Carter avec moi dans le fauteuil dans le coin de la chambre, admiré son imperceptible duvet blond et ses yeux lourds, en me demandant : *Qu'est-ce que ça peut bien faire que ce soit une fille ou un garçon, tant qu'il est heureux et en bonne santé ?*

Et pour la première fois, j'en ai voulu à Miranda. Ce n'était plus un simple agacement, j'étais vraiment en colère. Parce qu'elle avait trois beaux garçons. Parce qu'elle n'aimait pas ses bébés, ne leur accordait aucune importance. Parce qu'elle ne comprenait pas qu'une autre femme – une femme comme moi – aurait tout donné pour avoir un enfant.

Je serais prête à tout pour avoir un bébé.

C'est alors qu'une idée m'est venue.

Est-ce que Miranda s'inquiéterait si je me levais et emmenais le petit Carter avec moi ?

Est-ce qu'elle le remarquerait, pour commencer ?

Pour elle, le temps passé à la maternité était un répit bienvenu. D'après ce qu'on m'en avait dit, Carter ne quittait pas la nurserie, pris en charge vingt-quatre heures sur vingt-quatre par les infirmières, sauf quand il avait faim ; elles le ramenaient alors en pleurs, à sa mère qui l'accueillait à contrecœur et le faisait téter, aigrie. Dès qu'il était repu et que ses yeux se fermaient de sommeil, elle demandait aux infirmières de l'emmener pour pouvoir dormir.

Affalée sur son lit en chemise de nuit à gros pois, elle dormait. Ou du moins faisait-elle semblant, histoire de ne pas être obligée de s'occuper de son fils. Certes, elle était épuisée par les longues heures de travail et par l'accouchement, l'allaitement toutes les deux heures, mais je n'ai pu m'empêcher de me demander si elle ne fermait pas les yeux simplement pour rester indifférente à son bébé, mollement installé dans mes bras, avec sa tête un peu déformée et sa peau rose toute ridée de nouveau-né. Les cheveux de Miranda étaient coiffés en arrière et attachés en queue-de-cheval aplatie contre l'oreiller. Les bras et les mains posés de part et d'autre de son corps, elle respirait la bouche ouverte, les narines légèrement dilatées à chaque inspiration et expiration.

J'ai murmuré son nom. Pas de réponse.

C'était presque comme si elle me demandait, me suppliait, me défiait de prendre son bébé.

Alors je l'ai fait.

Je me suis levée tout doucement, pour que le fauteuil n'émette aucun bruit. Pour que le sol ne couine pas. Pour que mes pieds ne me trahissent pas. J'ai sollicité mes muscles l'un après l'autre jusqu'à me retrouver debout, respirant à peine.

J'ai traversé la chambre, lentement, pour ne pas faire crisser mes semelles sur le sol. Les yeux fermés, Miranda profitait du calme et de la sérénité que lui procurait le fait d'avoir confié son petit à quelqu'un.

À aucun moment elle n'a envisagé que cette personne pourrait essayer de lui voler son bébé.

Je me suis glissée dans le couloir sans un bruit. Deux virages à gauche, et Carter et moi étions devant la nurserie, face à six bébés endormis derrière une vitre. Emmaillotés comme des burritos dans leur couverture rose ou bleue, avec un bonnet assorti sur leur petite tête presque chauve. Complètement épuisés, ils dormaient à poings fermés dans des couffins à roulettes positionnés de façon que les grands-parents puissent les voir. À chaque couffin sa petite étiquette où étaient inscrits le nom du bébé et sa date de naissance à l'encre bleue, sans laquelle il serait impossible de les distinguer les uns des autres.

Comme il serait facile d'en échanger deux, ou d'en faire disparaître un.

Une seule infirmière montait la garde, bergère veillant sur son petit troupeau. Que n'aurais-je donné pour être à sa place, avoir la tâche de m'occuper du nombre infini de nouveau-nés qui passaient par cette nurserie.

Je me suis demandé s'il lui arrivait d'avoir un faible pour l'un d'entre eux. Une tendresse. Si un bébé souffrant de colique avait attiré son regard plus qu'un autre, si elle avait voulu ramener chez elle le plus chétif d'une progéniture multiple.

Au bout du couloir, une porte s'est ouverte, derrière laquelle commençait le bâtiment principal de l'hôpital, le hall, l'accueil. Cette porte était à une vingtaine de pas au plus ; en tout et pour tout, seules deux portes déverrouillées nous séparaient Carter et moi de la sortie. Il n'y avait pas d'alarme, en tout cas je n'en voyais pas. Pas de système d'interphone pour faire entrer ou sortir les gens. On avait le champ libre, c'était une invitation.

Ce serait si facile de m'enfuir avec Carter.

J'ai regardé autour de moi ; l'infirmière de la nurserie me tournait le dos, accaparée par un bébé qui se réveillait. Il n'y avait qu'une seule infirmière dans la salle de garde derrière moi, une dame d'une cinquantaine d'années qui parlait au téléphone. À part ça, tout était calme dans la maternité, les portes étaient fermées, derrière lesquelles des femmes accouchaient ou dormaient.

J'ai de nouveau lancé un regard en direction des portes battantes à vingt mètres de moi. Je ne pensais pas aux conséquences, à ce que je dirais à Aaron ou à ce que Miranda ferait quand elle se réveillerait et constaterait que Carter avait disparu. Mon cœur s'emballait à mesure que mon instinct me disait d'agir et d'agir vite, de marcher avec détermination, sans attirer l'attention. Je tenais contre moi ce dont Aaron et moi rêvions depuis des mois. Un bébé.

Miranda ne voulait pas de lui, de toute façon. C'était lui rendre service.

Ce bébé pourrait devenir le mien.

Je ne pensais qu'à une chose, figée face à tous ces nouveau-nés endormis : comme il serait facile de partir.

Bien sûr, je n'en ai rien fait, mais ce serait mentir de dire que l'idée ne m'a pas traversé l'esprit.

JESSIE

Je pédale en direction de Roscoe Village. Je regarde par-dessus mon épaule le quartier de Loop, avec ses gratte-ciel qui se dressent dans le lointain comme des sommets montagneux. Peu à peu, les rues commerçantes deviennent résidentielles.

Une fois dans Roscoe Village, je m'arrête dans un fast-food sur Addison Street. J'ai l'estomac vide, le pic de glycémie du matin a chuté au point de me rendre fébrile. De toute la journée, je n'ai avalé qu'un donut et un café. Depuis la mort de maman, j'ai tendance à avoir les hanches saillantes et les côtes bien visibles.

Si je ne mange pas, ce n'est pas volontaire. C'est juste que je n'ai aucun appétit.

Je commande un hamburger que je grignote au comptoir contre la vitrine. Je regarde le monde continuer à tourner sans moi. Un bus passe, le 152, en direction de l'est. Un sac en plastique flotte, au gré des courants d'air. Des écoliers en uniforme d'établissement privé – chemise écossaise à col amidonné, débardeur bordeaux, pantalon repassé – se promènent, avec des sacs à dos si lourds qu'ils pourraient les faire tomber à la renverse. Une femme d'un certain âge attend à l'arrêt de bus. Le 152 la prend à son bord et disparaît dans un nuage de fumée.

Je mange une partie de mon burger, emballe le reste pour le jeter à la poubelle. Je m'apprête à partir, mais une voix m'apostrophe. Je me retourne et tombe sur une femme en jean et gilet, baskets blanches aux pieds. Ses cheveux grisonnants sont attachés en chignon.

— Jessie ? Jessie Sloane ? C'est bien toi ?

Mais avant que j'aie le temps de répondre, elle décide qu'elle a vu juste.

— Mais oui, c'est bien toi, décrète-t-elle, avant d'ajouter qu'elle se rappelle quand j'étais haute comme ça, sa main à moins d'un mètre du sol.

Cette femme étrange passe alors ses bras robustes autour de mon cou, et déclare à nouveau :

— C'est bien toi.

Sauf que moi je ne sais pas qui elle est. Alors elle m'éclaire :

— C'est moi, dit-elle. Mme Zulpo. Eleanor Zulpo. Ta mère venait faire le ménage chez moi quand tu étais petite. À Lincoln Park, précise-t-elle, pour que les détails m'aident à me souvenir. Une rue bordée d'arbres, un magnifique plafond à caissons, des pièces baignées de lumière, poursuit-elle, avant de préciser qu'elle et son mari ont déménagé après la crise de l'immobilier, forcés de se trouver quelque chose de plus petit.

J'ai beau fouiller ma mémoire, je fais chou blanc.

Comme moi, maman faisait des ménages. Principalement dans les beaux quartiers, dans des maisons qu'on n'aurait jamais pu se payer. C'est elle qui m'a appris tout ce que je sais. Ma première incursion dans notre entreprise familiale s'est faite à douze ans, le jour où je me suis mise à quatre pattes à côté d'elle pour récurer un sol.

Mais avant ça, quand j'étais trop petite pour faire le ménage, maman m'emmenait, et je jouais à la maîtresse de maison. Je préparais des repas imaginaires dans les cuisines somptueuses, bordais mes enfants imaginaires dans leurs lits immenses avant que maman me fasse déguerpir pour pouvoir laver les draps.

— Tu ne te souviens pas de moi, décrète Eleanor Zulpo, en se rendant compte que ça doit remonter à seize ou dix-sept ans, quand j'en avais trois ou quatre. Non, et c'est bien normal, ajoute-t-elle en desserrant son étreinte avant de me dire que je n'ai pas changé. Ah ces fossettes. Ces adorables fossettes. Je les reconnaîtrais entre mille.

Elle s'assoit sur un tabouret à côté de moi en sortant son hot-dog de son emballage.

— J'ai appris pour ta mère dans le journal, dit-elle.

Mais la vue de ce hot-dog posé sur son papier aluminium, couvert de ketchup et de pickles – et l'odeur qui s'en dégage – me rappellent l'oiseau mort. Le pigeon. Et au lieu d'un hot-dog je vois soudain du sang, des boyaux, et mon estomac se soulève, je sens son contenu remonter le long de mon œsophage. Je bois un coup pour tout faire redescendre, en profite pour me rincer la bouche, histoire de chasser le goût de vomi.

Mme Zulpo, qui me demande de l'appeler Eleanor, ne remarque rien. Elle continue.

— J'ai lu sa notice nécrologique. Très bien écrite. Un hommage adorable à une femme qui l'était tout autant.

Je lui dis que je suis d'accord.

C'est moi qui ai envoyé le texte au journal. J'ai payé pour la publication. J'ai trouvé une vieille photo de maman à y ajouter, qui datait de plus de six ans au moins, prise avant qu'elle tombe malade.

On avait vécu toute notre vie en recluses, mais pour une raison qui m'échappe j'ai eu envie que le monde entier sache qu'elle était morte.

— J'ai eu d'autres femmes de ménage après ta mère. Mais aucune aussi consciencieuse et rigoureuse qu'elle. C'était une vraie perle, Jessie.

À nouveau, je tombe d'accord avec elle. Elle me raconte des anecdotes que j'ignorais, ou que j'ai oubliées. Des souvenirs perdus au fil du temps, effacés de ma mémoire. Comme la fois où j'ai pioché dans son service en porcelaine Wedgwood pendant que maman faisait le ménage. Je me suis servie directement dans le vaisselier, et j'ai mis le couvert sur la table de la salle à manger pour un goûter.

— De la porcelaine Wedgwood, dit-elle en souriant. Rien qu'une tasse et sa soucoupe valent cent dollars pièce. Le service appartenait à ma mère, j'en ai hérité à sa mort. Un objet de famille. Ta pauvre mère, se souvient-elle en riant. Elle a bien failli avoir une crise cardiaque quand elle a vu tout ça. Je lui ai dit que ce n'était pas grave, qu'il n'y avait rien de cassé. Et puis, ce n'était pas si mal de voir toute cette vaisselle de sortie, pour une fois.

Puis elle me raconte que sur son idée on s'est assises toutes les trois à la table de la salle à manger et on a bu de la limonade dans ce service.

L'anecdote m'emplit d'une nostalgie soudaine. D'une folle envie de retourner dans le passé.

— Vous vous rappelez quoi d'autre ? je demande.

J'ai besoin de plus que ça. J'ai besoin que quelqu'un comble les vides pour moi, me raconte tous ces détails dont je ne me souviens plus.

Eleanor me dit que ses propres enfants étaient déjà grands à l'époque où je suis arrivée, alors c'était agréable d'avoir à nouveau un enfant à la maison. Elle travaillait depuis chez elle et appréciait notre compagnie. Elle attendait même avec impatience notre venue. En général, elle jouait avec moi pendant que maman faisait le ménage, à cache-cache dans toute la maison, ou à construire des châteaux forts avec les draps fraîchement lavés.

— Tu étais une petite fille très drôle, Jessie. Fofolle, avec du caractère, et un grand sens de l'humour. Un peu tête de mule, aussi. Mais ces fossettes, ajoute-t-elle en mordant dans son hot-dog et continuant à parler la bouche pleine, avec des fossettes pareilles, tu peux faire ce qui te chante en toute impunité.

Et elle rit. Elle dit que si maman voulait que je fasse quelque chose il fallait toujours qu'elle me le demande deux fois. Que le déjeuner qu'elle m'apportait de la maison, je refusais de le manger. Que, loin d'être timide, je passais la moitié de mes journées à monter des spectacles que je jouais devant elles avant qu'on reparte.

— Tu clamais haut et fort que tu ne t'appelais pas Jessie. Parce que je crois que tu n'aimais pas ton prénom, à l'époque.

Elle insiste sur le fait que j'étais catégorique, et répétais sans cesse que je ne m'appelais pas Jessie. Que mon prénom, c'était... elle ne se rappelle plus.

— Tu faisais la moue, tu tapais du pied et exigeais qu'on arrête de t'appeler Jessie. « Arrêtez de m'appeler comme ça », tu criais, le visage tout rouge. Ta mère jouait le jeu un moment, tâchant de ne pas faire cas de tes singeries. Parce qu'elle savait que tu faisais ça pour attirer l'attention, et que, si elle ne t'en accordait pas, tôt ou tard tu abandonnerais. Mais tu ne cédais pas, sourit-elle, me répétant que j'étais têtue. Tu savais ce que tu voulais.

En général, selon Eleanor, maman finissait par en avoir assez, elle s'accroupissait pour se mettre à ma hauteur et me disait, « Ça suffit, Jessie. On a déjà parlé de tout ça, tu te rappelles ? »

Mais moi, je n'en ai aucun souvenir.

Pourquoi je criais à qui voulait l'entendre que je n'étais pas Jessie ? Je n'ai pas le temps de trouver de réponse, mes pensées interrompues par Eleanor qui me raconte que je traînais une peluche partout où j'allais – un chien ou un ours ou un lapin – mais ça ne m'intéresse pas ; ce que je me demande, c'est pourquoi je ne voulais pas lâcher le morceau au sujet de ce prénom. Jessie. Pourquoi je m'acharnais à dire que ce n'était pas le mien.

— Et puis, bien sûr, il y avait le nom de ta mère, dit Eleanor avant que j'aie le temps d'aller au bout de mes pensées.

— Quoi, le nom de ma mère ? je demande.

Elle fronce les sourcils. Elle ôte ses lunettes et les pose sur le comptoir en se frottant les yeux.

— Hé bien, la plupart des petites filles appellent leur mère maman.

Comme elle ne va pas plus loin, je lui demande :

— Et moi pas ?

Soudain, je me dis qu'Eleanor fait erreur. Qu'elle se trompe. Le temps a altéré ses souvenirs, ou alors elle confond maman avec une autre femme de ménage et moi avec une autre petite fille. Une petite fille avec des fossettes comme les miennes. Parce que toute ma vie je ne l'ai appelée que comme cela – maman – ou du moins je le crois.

Eleanor secoue la tête et je vois alors mes mains trembler et agripper le comptoir.

— Non, en effet, dit-elle. Tu l'appelais par son prénom.

Eleanor me raconte que maman le tolérait jusqu'à un certain point mais, régulièrement, elle posait un genou par terre et me chuchotait à l'oreille « On en a déjà parlé, Jessie, tu te souviens ? »

Comme lorsqu'elle me reprenait sur mon prénom. « Tu dois m'appeler maman. »

— Pendant un temps, ça marchait. Tu te souvenais qu'il fallait l'appeler maman. Mais très vite tu oubliais et l'appelais à nouveau Eden.

Sauf que je ne me rappelle pas du tout avoir fait ça.

EDEN

16 janvier 1998
Chicago

J'ai respecté la limitation de vitesse sur tout le trajet, de peur d'attirer l'attention. Il a neigé la plupart du temps et les routes étaient glissantes, bien qu'étant née dans le Midwest, je suis une habituée des routes verglacées. Ce n'était pas la première fois que je conduisais sous la neige. En revanche, c'était ma première évasion, ma première fuite et j'espérais ne jamais avoir à recommencer. Je priais pour que le monde me laisse lui échapper, me laisse partir.

J'ai surveillé le rétroviseur presque tout le trajet, sur l'autoroute 42 puis la voie rapide, les jointures blanches à force de serrer le volant, même si je savais qu'en toute logique il ne pouvait pas savoir où j'étais, qu'il ne m'avait pas vue partir. Mais on ne peut jamais être sûre de rien.

Il pouvait être là, quelque part.

Dès mon arrivée, j'ai cherché un appartement dans mes prix, ce qui n'était pas évident vu le peu d'argent que j'ai emporté, presque rien, dix petits dollars de plus que le prix du loyer, ce qui signifie que dans le futur immédiat on va se contenter de manger du pain et du fromage. J'ai acheté un journal à un kiosque de presse et dans un parc, sur un banc couvert de neige, j'ai épluché les annonces de location et jeté mon dévolu sur un studio dans Hyde Park. La façade en brique jaune crème se fissure de toutes parts, l'immeuble a l'air abandonné, négligé, mal-aimé, comme moi. La petite annonce vantait un charme très « Renaissance française », que personnellement j'ai un mal fou à percevoir.

En entrant dans l'immeuble, j'ai assisté à un deal de drogue sur le trottoir. Là, sous mes yeux, deux silhouettes fantomatiques près de l'entrée, dans l'ombre projetée du bâtiment, ce qui rendait les deux hommes difficiles à identifier. Car il s'agissait d'hommes, évidemment, j'ai trop de mal à croire que deux femmes puissent échanger une liasse de billets contre des pilules dans un sachet en plastique transparent. Je n'ai vu ni leur visage ni leurs yeux, car ils avaient la tête cachée par la capuche de leur sweat-shirt. Mais j'ai vu qu'ils étaient grands et maigres. Je suis passée en vitesse, les yeux rivés aux fissures du trottoir, mes pieds shootant dans des cailloux au passage, certaine de sentir leurs regards sur moi. J'ai inséré ma clé dans la serrure et me suis engouffrée dans le hall de l'immeuble, bien contente d'être séparée d'eux par une paroi de verre.

On ne restera pas ici éternellement. Nous n'y sommes pas en sécurité.

Une fois à l'intérieur de l'appartement, je ferme la porte à double tour avant de scruter le couloir par l'œilleton, une minute ou deux, pour m'assurer que personne ne m'a suivie. Ni le dealer, ni son client, ni qui que ce soit d'autre. Puis je me poste à la fenêtre, écarte deux lamelles poussiéreuses du store et j'observe l'extérieur, les doigts poudrés de gris. Je regarde la rue en contrebas jusqu'à être certaine que personne ne nous a suivies, que personne ne sait que nous sommes ici.

La dernière locataire a été expulsée récemment et n'a jamais récupéré ses affaires. J'ai donc sur les bras un canapé à l'odeur atroce, une table bancale et un matelas aux taches préoccupantes. Plus une boîte d'œufs périmés depuis une semaine. Je ne pense pas qu'on va les manger.

J'ouvre le journal et consulte à nouveau les petites annonces. Mais cette fois, au lieu des appartements à louer, je me concentre sur les offres d'emploi, en quête de ménages, parce qu'en toute honnêteté c'est à ça que se résument mes talents, et après le sale coup que je viens de faire à l'hôpital, je peux dire adieu à une lettre de recommandation. *Politesse et rigueur exigées*, je lis, *expérience souhaitable. Doit parler anglais, avoir le sens de la communication et du travail bien fait.* Le salaire est indiqué ; je calcule le nombre d'heures qu'il me faut pour pouvoir payer un autre mois de loyer dans cet immeuble délabré. Soixante heures – pour le logement seul. Et il faut aussi qu'on mange.

Car il ne s'agit plus que de moi.

J'essaie de me détendre, mais elle commence à s'agiter, à donner des coups. Je lui dis que tout va bien, qu'il ne faut pas qu'elle s'inquiète, qu'elle est en sécurité ici avec moi, bien que je n'aie aucune certitude. Je la caresse, et l'espace d'un court instant elle arrête de se débattre. Elle s'apaise.

J'essaie un prénom pour voir ce que ça donne.

— Jessie, dis-je, prenant son absence de réaction pour un consentement.

Je l'appellerai Jessie.

J'essaie de me convaincre que ne suis pas quelqu'un de mauvais, bien qu'assise là – tandis qu'un cafard traverse la moquette élimée pour disparaître derrière une plinthe où l'attend probablement sa famille – à réfléchir aux dernières vingt-quatre heures de ma vie, les derniers vingt-quatre jours, les dernières vingt-quatre semaines, je n'en sois pas entièrement convaincue. Toutes sortes d'émotions bouillonnent en moi, de la tristesse aux remords en passant par la honte, et je pense à lui, sûrement planté devant la porte du cottage, attendant en vain que je vienne lui ouvrir.

— Tu n'es pas quelqu'un de mauvais, dis-je tout haut comme une incantation, parce que si j'y pense assez longtemps, si je le répète suffisamment, un millier de fois, ça deviendra peut-être vrai.

Je n'ai jamais cherché à en arriver là. Je n'ai pas agi de façon délibérée, ni avec malveillance, mais seulement poussée par le terrible manque d'une chose dont j'avais désespérément besoin. On ne condamnerait pas un enfant affamé qui volerait une miche de pain, n'est-ce pas ? Ni un propriétaire qui tirerait sur un intrus armé entré dans sa maison par effraction ?

Non, je ne suis pas quelqu'un de mauvais, je me répète avec bien plus de détermination cette fois.

J'ai seulement fait ce que j'avais à faire.

JESSIE

Quand enfin j'arrive sur Cornelia Avenue, c'est déjà le soir. Les couleurs du ciel ont commencé à changer. L'ombre tombe peu à peu sur la rue. Le soleil songe sérieusement à aller se coucher.

Je marche à côté de Fidèle Destrier en regardant les maisons à un million de dollars qui bordent la rue. Pour la plupart, ce sont des habitations récemment rénovées disposant d'un petit carré de pelouse. Devant chaque maison se dresse un arbre majestueux, dont le feuillage rejoint celui de l'arbre planté de l'autre côté de la rue. Comme des siamois.

Les températures ont chuté. Il ne fait pas plus de dix degrés dehors, le froid s'infiltre sous mes vêtements et me glace les os. Dans la remise à calèche, la chaudière mégote sur la chaleur, et encore, quand elle fonctionne. Bien que j'aie fait jouer le thermostat ce matin pour le régler sur vingt-deux degrés, je n'ai pas entendu l'appareil se mettre en route avant mon départ. Quand j'arriverai, il fera froid.

À mesure que j'approche de la maison, l'angoisse de la nuit à venir s'insinue en moi. La peur de huit longues heures d'obscurité à ne rien faire, avec des pensées morbides pour seule compagnie.

La porte d'entrée de la maison principale est grande ouverte. Je m'arrête sur le trottoir, sans trop savoir s'il vaut mieux que je prévienne Mme Geissler ou que je passe mon chemin. J'ai envie de continuer à avancer, mais ma conscience me dicte le contraire.

Devant la maison, il y a un petit jardin que je n'avais jamais remarqué avant. Il n'est pas immense mais c'est un endroit féerique. Un manteau de jaunes, d'orangés et de rouges qui réchauffe la terre. De minuscules papillons blancs planent au-dessus des fleurs, comme en lévitation.

Je cligne des yeux et ils disparaissent, sûrement parce que je les ai imaginés.

Je m'engage sur le petit chemin et gravis les marches du perron. C'est une grande maison ; trois niveaux plus un appartement en rez-de-jardin que l'on aperçoit sous le niveau de la rue, masqué par une grille en métal noire.

Je frappe à la porte, qui s'ouvre davantage. D'un regard, j'embrasse l'entrée, avec son long tapis et son lustre éteint.

— Il y a quelqu'un ? je lance dans le vide, mais si ma propriétaire est bien là, elle ne m'entend pas.

J'appuie sur la sonnette, entends son carillon résonner à l'intérieur, mais toujours pas de réponse.

— Ohé, dis-je en posant ma main à plat sur la porte pour l'ouvrir en grand avant de franchir le seuil.

Je tends une main vers l'interrupteur et l'actionne plusieurs fois, sans résultat. Au-dessus de moi, le lustre reste éteint. Il ne fait pas noir dans la maison parce que le soleil n'a pas encore complètement disparu. Mais le jour décline vite.

— Madame Geissler ? C'est Jessie. Jessie Sloane. Votre nouvelle locataire. Je viens d'emménager dans la remise à calèche.

Au début, j'imagine le pire. Elle est ici, quelque part, mais elle est blessée. Elle a fait une mauvaise chute et elle ne peut pas me répondre, contrainte d'attendre qu'on la retrouve. À moins qu'elle ne soit morte.

Le plus évident ne me vient pas à l'esprit. Elle est sous la douche et ne m'entend pas. Ou bien elle est sortie et a oublié de fermer la porte en partant.

— Madame Geissler ? je répète, cette fois plus inquiète. Vous êtes là ?

Et c'est à cet instant seulement que j'entends jouer du piano à l'étage. De la musique classique, je dirais. Un air célèbre. Du Mozart. Ou peut-être du Beethoven. Je ne saurais le dire. Le bruit du piano est étouffé par la distance, comme voilé, mais j'entends bel et bien des notes martelées, saccadées.

Je soupire avec soulagement : elle est ici. Elle va bien.

Je pourrais rentrer chez moi.

Je devrais.

Je devrais fermer soigneusement la porte et partir.

Au lieu de quoi je me retrouve, hésitante, au pied de l'escalier. Main sur la rampe, je lève les yeux vers le premier étage, plongé dans l'obscurité. La musique classique s'est transformée en une sorte de ballade, que je trouve magnifique et envoûtante.

Elle m'appelle, m'incite à monter les marches.

Me supplie de venir l'écouter, de m'approcher.

Alors au lieu de partir, je laisse mes pieds m'entraîner jusqu'à l'étage avant que j'aie le temps de réfléchir à ce que je suis en train de faire. Je gravis l'escalier en retenant mon souffle, marche après marche, n'écoutant que le son du piano.

Dans cette maison immense, chaque pièce se déploie dans toute sa splendeur, bien qu'il soit difficile de bien voir dans la pénombre, de plus en plus dense à mesure que le temps passe. Sur le palier, mes jambes se dirigent vers la porte de la chambre d'où émane la musique. La seule pièce d'où s'échappe une lueur. La porte est fermée, seul un rai de lumière filtre par en dessous.

J'écoute l'air que joue le piano. Ma main tombe sur la poignée et la tourne malgré moi. Je n'arrive pas à l'en empêcher. À plat contre le bois, mon autre main pousse la porte très lentement pour éviter qu'elle grince. Je la vois alors, assise sur le banc face au piano, dos à moi. Ses doigts agiles vont et viennent sur les touches et son pied presse la pédale avec adresse. Je suis comme hypnotisée par sa chanson, par les mouvements rythmiques de ses mains et de ses pieds.

Tout à coup, elle arrête de jouer.

Je reste interdite.

Elle sait que je suis ici.

Alors que je ne devrais pas.

Il ne m'en faut pas plus pour avoir l'impression d'être une intruse. D'être allée trop loin. Je ne suis pas chez moi, je n'ai rien à faire ici.

— Je peux vous aider ? demande-t-elle sans se retourner et, d'abord surprise, je finis par m'esclaffer.

C'est un rire nerveux, d'épuisement, que je n'arrive pas à maîtriser, malgré mes efforts. Ce n'est qu'à cet instant qu'elle se retourne, tandis que j'appuie mes mains sur ma bouche pour reprendre mon sang-froid.

Mme Geissler me semble âgée d'une soixantaine d'années. Elle a les cheveux courts, teints en blond, avec des petites mèches qui rebiquent, et porte des lunettes à monture en plastique noir sur le nez. Sous sa robe en coton, son corps dégage une certaine fragilité. Elle se lève et je vois alors qu'elle est toute menue. Son visage est marqué de rides, rides du sourire, ride du lion, pattes-d'oie. Mais au lieu de la vieillir, elles lui confèrent une certaine majesté. C'est une très belle femme.

— Jessie, c'est bien ça ? demande-t-elle, et il me faut une bonne minute avant de retrouver ma voix et de confirmer.

Elle dit qu'elle est ravie de me rencontrer. Elle se dirige vers moi et glisse une main dans la mienne, dont le tremblement ne m'a pas quittée depuis l'après-midi.

— Je suis désolée, je bégaie. Je ne voulais pas vous interrompre, j'ajoute, bien que j'aie fait pire que cela. J'ai sonné en bas. J'ai toqué. La porte d'entrée était ouverte, j'explique d'une voix aussi chevrotante que mes mains, tâchant de mettre en ordre mes souvenirs pour me rappeler ce que je fabrique ici. Vous avez laissé votre porte d'entrée ouverte, je répète, faute d'avoir mieux à dire.

— Oh ! s'écrie-t-elle avant de blâmer le loquet.

Qui est vieux, grippé, et qu'elle doit faire réparer, comme beaucoup de choses dans cette vieille maison.

— Comment ça se passe, dans la remise à calèche ? me demande-t-elle, et je lui réponds que tout va bien, que j'adore l'endroit.

Je la complimente sur le parquet parce que c'est tout ce qui me passe par la tête. Je dis que je le trouve très beau. Je la remercie de m'avoir acceptée comme locataire. Elle dit que ce n'est rien.

La situation est gênante, cette conversation artificielle me rend mal à l'aise. Il faut que je m'en aille. J'ai largement outrepassé les règles de l'hospitalité, et je n'ai d'ailleurs jamais été invitée à entrer.

Mais, alors que je suis le point de dire au revoir, un bruit me parvient d'en haut. Du deuxième étage de la maison. Comme un gros livre qui tombe par terre. Un objet lourd, dense. Je lève les yeux, aperçois une trappe, ainsi qu'une échelle escamotable.

— Qu'est-ce que c'est ? je demande, mais Mme Geissler secoue la tête, l'air interdit.

— Quoi donc ?

— Le bruit, dis-je. Il y a quelqu'un là-haut ? je demande en montrant le plafond.

— Je n'ai rien entendu.

Je retiens mon souffle et tends l'oreille, à l'affût d'autres bruits. En vain. La maison est silencieuse, et je comprends : c'est moi qui ai inventé ces bruits.

Mes yeux me brûlent. Je les frotte, ce qui les irrite davantage.

— J'ai dû me tromper, dis-je.

Elles sont gelées, mais ce n'est pas pour ça qu'elles tremblent. Je pense que c'est plus grave que ça. Que c'est neurologique. Que toutes ces nuits blanches ont détraqué mon cerveau.

J'essaie de me convaincre que ces tremblements ne sont pas le signe d'une dégénérescence. Qu'ils ne sont pas en train de s'aggraver. Pourtant, difficile d'affirmer le contraire.

Mes mains tremblent beaucoup plus que cet après-midi.

— Vous avez du mal à dormir, décrète-t-elle, comme si elle lisait dans mes pensées.

Derrière ses lunettes, ses doux yeux gris me prennent en pitié. Je me demande comment elle est au courant. Est-ce que c'est à cause de mes cernes, des poches que j'ai sous les yeux, des taches rouges qui inondent le blanc autour de mes iris ?

— J'ai vu votre lumière allumée tard hier soir, dit-elle en guise d'explication, et je repense à la nuit que j'ai passée.

Ce bip étrange que j'entendais par la grille de sol, les voix, la lumière que j'ai allumée pour mener l'enquête. Il n'y avait rien, bien sûr, mais j'ai encore passé une nuit sans fermer l'œil, infiniment reconnaissante au soleil d'avoir enfin daigné se lever, signe que je pouvais sortir en quête de caféine, ma potion magique, bien moins efficace cela dit à mesure que j'enchaîne les nuits blanches.

Ce qui rend ces insomnies encore pires que la fatigue accablante qu'elles provoquent, c'est l'ennui. La détresse. Les pensées morbides qui me tiennent compagnie jusqu'au petit matin. La nuit dernière, j'en suis arrivée à penser aux cendres et aux fragments d'os. C'est ce qui reste après l'incinération d'un corps. Quand les cendres de maman me sont revenues du crématorium, je m'attendais à une poudre douce, comme celle qui tapissait le fond de notre cheminée. Les soirs d'hiver, on faisait brûler quelques bûches et on s'asseyait par terre sous la même couverture pour se réchauffer. Quand le feu s'éteignait, il restait un tas de poussière fine. Délicate. Je ne m'attendais pas à ce que les cendres de maman soient granulées, comme du sable ou de la litière. Ni à ce qu'elles contiennent des fragments d'os.

Le jour où les cinquante-huit kilos de maman ont été réduits à deux, je n'ai pas eu la présence d'esprit d'apporter l'urne au crématorium pour qu'ils puissent y déposer ses cendres. Et donc ils les ont mises dans un sac en plastique, placé dans une boîte en carton. C'est moi qui ai dû les transférer dans l'urne couleur rhubarbe rectangulaire que maman avait choisie, tout l'opposé des bonbonnes rondes à goulot étroit qu'on a l'habitude de trouver. On ne dirait même pas que c'est une urne, à part le fait que sont gravés dans la céramique le nom de maman ainsi que le jour de sa naissance et celui de sa mort. Son séjour sur terre aura duré quarante-neuf ans.

J'ai procédé au transfert à la table de la cuisine, le lendemain de l'incinération. Celle à laquelle on mangeait. Je me suis servie d'un entonnoir. Celui qu'on utilisait pour transférer le glaçage dans les poches à douille. Une fois ma tâche terminée, une fine brume de maman recouvrait la table. Je l'ai essuyée avec ma paume. Maman est restée collée à moi, et je ne pouvais quand même pas la faire partir avec de l'eau et du savon. Parce que c'était maman. Je ne pouvais pas l'envoyer dans l'évier de la cuisine.

Voilà les choses auxquelles on ne pense pas quand quelqu'un meurt. On n'a pas envie d'y penser.

Et pourtant, c'est ce qui me tient éveillée nuit après nuit. Une fine brume de maman sur ma paume.

— Je n'arrivais pas à dormir, dis-je sans rien ajouter, comme si c'était ponctuel et non un problème récurrent.

— Essayez de boire un verre de lait chaud, dit-elle, avec ça je dors toujours comme un bébé.

Je lui dis que je vais tenter. Mais je n'en ferai rien. J'ai déjà essayé, et en plus, je déteste le goût du lait chaud.

Soudain, le bruit retentit à nouveau. Ce même bruit mat. Cette fois, je suis certaine de ne pas l'avoir inventé.

Malgré moi, mes mains tremblantes se tendent pour tirer l'échelle de la trappe et je m'avance pour aller voir par moi-même ce qu'il y a là-haut.

— Je vous le déconseille, lâche sèchement Mme Geissler.

Je m'arrête net, mais n'abandonne pas.

— Il y a quelque chose là-haut.

Face à mon insistance, elle se radoucit.

— Je ne voulais pas vous faire peur. Ce sont des écureuils, dit-elle, et je suis soulagée : je n'ai pas imaginé ce bruit. Ils ont envahi l'étage, se plaint-elle. Je n'y ai pas mis les pieds depuis des lustres.

Elle dit qu'elle a fait venir le service de lutte contre les nuisibles pour les chasser, mais elle est convaincue que le service en question est plus doué pour faire entrer les écureuils dans sa maison que pour les déloger. C'est un endroit inhabitable en l'état, jusqu'à ce que ce problème soit réglé. Elle ne peut se résoudre à y aller, pas tant que les écureuils sont là et que son entrepreneur n'aura pas réparé les dégâts.

— Ils ont rongé les fils électriques et les murs au point d'y creuser des trous, se lamente-t-elle. Ils m'ont saccagé une lampe en parfait état de marche. Je tiens à dire que j'ai fait appel à d'autres services. Mais se débarrasser de ces bestioles n'est pas une mince affaire. Je dois faire venir un couvreur pour remplacer les tuiles et colmater les brèches par lesquelles ils sont entrés. Ces engeances doivent avoir une dent contre moi, dit-elle en poussant un soupir exaspéré, et à aucun moment il ne me vient qu'elle pourrait me mentir.

— Ça ressemble à un sacré bazar, je fais.

Je m'aperçois en regardant par la fenêtre que le soleil s'est couché. L'obscurité est tombée, a jeté l'ancre sur Terre pour une nuit de plus. Marquant la fin d'un autre jour.

— Il se fait tard, dis-je en m'excusant pour partir.

Je contourne la maison, coupe par le patio et la pelouse. Je m'arrête à mi-chemin, mains sur les hanches, et lève la tête vers les étoiles, perdues quelque part derrière les nuages. Je n'en vois pas une seule. La lune est bien là, mais elle ne forme qu'un mince croissant insuffisant pour éclairer la nuit. Dans la fraîcheur automnale, les poils de mes bras se dressent. Je les frictionne pour effacer la chair de poule. Ça marche, mais je redoute de passer une nuit de plus dans la remise glaciale.

La maison est nimbée d'obscurité à mon arrivée. Au point que j'ai un mal fou à insérer ma clé dans la serrure. Je la fais tomber deux fois et la cherche à tâtons sur le perron.

Un bruit de sirène dans le lointain me fait sursauter. En regardant par-dessus mon épaule, je vois le tourbillon rouge et bleu des gyrophares dans le ciel, mais j'aperçois aussi Mme Geissler sur le seuil de sa porte, celle de derrière. Éclairée par les lumières de la cuisine, elle est plus visible que moi, qui suis dans l'obscurité totale.

Et pourtant, sans erreur possible, je sens son regard sur moi. Insistant. Comme si elle se tenait là à m'observer depuis le début.

Je trouve la serrure, ouvre la porte et m'engouffre à l'intérieur.

En gravissant l'escalier bancal, je sens le poids de la fatigue sur mes épaules. Une fatigue due à l'effort physique mais aussi au manque de sommeil. Je m'allonge sur le matelas, les yeux rivés à mes mains qui tremblent face à moi. Elles ont un aspect anémié. Blême et farineuse, la peau semble disparaître au niveau des contours, évanescente, comme un fil de laine qu'on tirerait au bord d'un pull qui se détricoterait jusqu'au bout. Voilà ce que je suis. Un pull qui se détricote. Petit à petit, je disparais.

Mes yeux se posent à nouveau sur mes mains, mais cette fois elles ont l'air normales. Entières.

Même si elles tremblent toujours.

Je ferme les yeux et bien que le sommeil soit juste là, à ma portée, je sais que je ne l'atteindrai pas. Insaisissable, fuyant, il m'échappe et me nargue.

Parce que j'ai beau être à bout de forces je n'arrive toujours pas à dormir.

EDEN

21 décembre 1996
Egg Harbor

Ça fait des mois maintenant qu'Aaron et moi sommes devenus esclaves des dates entourées en rouge sur mon calendrier de poche, nos rapports intimes planifiés à l'avance. Lors de mes pics de fertilité, on fait l'amour deux, parfois trois fois par jour, bien qu'il y ait quelque chose de mécanique et contraint à tout cela désormais. Pour nous, le monde entier ne tourne plus qu'autour de cette idée : faire un bébé, et j'ai du mal à me rappeler à quoi ressemblaient nos vies avant qu'on décide de fonder une famille.

Il y a deux jours, j'ai veillé jusqu'à ce qu'il rentre du restaurant, en lisant un livre au lit. Je me suis levée deux fois pour regarder dehors, en quête du faisceau lumineux des phares progressant le long du chemin sinueux entre les arbres dénudés – un éclat jaune aveuglant dans la nuit noire. Mais il n'y avait rien. Rien d'autre que l'obscurité, sans lune ni étoiles. J'ai eu l'impression d'attendre une éternité avant qu'il rentre.

J'avais baissé la lumière de la chambre, allumé une bougie sur la commode pour créer une ambiance tamisée, mais lorsque enfin il est arrivé, Aaron a à peine lancé un regard à la bougie avant de souffler dessus, pensant qu'avec la fatigue j'avais oublié de l'éteindre. Tandis qu'il enlevait sa tenue de chef pour la laisser par terre, l'odeur nocive de la fumée s'est répandue dans la chambre. Il s'est couché à côté de moi, annonçant qu'il était épuisé, qu'il avait mal aux pieds. Il avait du mal à articuler tellement il était fatigué. Il n'a même pas eu la force d'éteindre la lumière. Il se dégageait de lui des odeurs de cuisine, un mélange d'ail, de sauce Worcestershire, de viande de bœuf.

Et pourtant, la date était cerclée de rouge sur mon calendrier.

Sous les couvertures, je portais un peignoir en satin à même la peau, bien que je ne me sois pas sentie aussi sexy que je l'aurais pensé, ou espéré plutôt, impression renforcée au moment où j'ai défait le ruban qui me ceignait la taille pour lui dévoiler mon corps et où le regard d'Aaron a accusé un instant d'hésitation, sa bouche prête à formuler une excuse.

— Tu n'as pas oublié ? ai-je fait, une lueur joueuse dans le regard. C'est mon pic d'ovulation, lui ai-je rappelé, et avant qu'il me propose de remettre cela à un autre soir, je me suis glissée sous les draps et n'ai pas eu de mal à le faire changer d'avis.

Je ne crois pas qu'il ait regretté. En fait, je pense qu'il était ravi.

À la fin, Aaron a roulé de son côté du lit, me laissant seule avec le bassin surélevé dans l'espoir que cette fois la gravité accomplirait son miracle.

Ça fait trois jours de suite que ça se passe comme ça, même si ce soir Aaron n'avait pas envie ; bien que j'aie réussi à le faire céder, l'acte s'est déroulé sans véritable plaisir, avec le sentiment qu'il se forçait. Pour moi. Pour me faire plaisir. Je sentais son amertume, chacun de ses mouvements était exécuté à contrecœur. À la fin, j'ai articulé un misérable merci, ce qui était pire que tout, et quand on s'est allongé chacun de son côté, un océan infranchissable s'est formé entre nous.

Ces temps-ci, nous faisons l'amour par obligation et non par envie. On fait l'impasse sur les préliminaires pour se plonger directement dans le vif du sujet, ce qui rend l'acte aussi agréable que de se brosser les dents ou faire la vaisselle. Tout comme nous accomplissons n'importe quelle autre tâche quotidienne, nous faisons l'amour de mauvaise grâce trois jours par mois, soulagés d'en avoir ensuite vingt-sept de répit.

9 janvier 1997
Egg Harbor

Il nous a fallu presque une demi-heure pour arriver au cabinet de l'obstétricien où nous avions rendez-vous, bercés par le crissement de la neige sous les pneus. Dehors, la température frôlait les zéro, et les nuages épais semblaient prêts à nous ensevelir sous sept centimètres de neige supplémentaires. Inquiet à l'idée de ne pas être à l'heure pour prendre son poste au restaurant, Aaron avait hésité cinq bonnes minutes devant la porte de la maison ouverte, laissant le froid s'engouffrer à l'intérieur.

Finalement, il s'est décidé à venir et, tandis qu'on roulait en silence sur la 42, je ne pouvais m'empêcher de culpabiliser ; s'il arrivait en retard au travail, ce serait ma faute.

Le cabinet de l'obstétricien se situait à Sturgeon Bay, soit à vingt-sept kilomètres de chez nous. C'était le plus proche que j'avais pu trouver. Il était par ailleurs recommandé par Miranda, la seule femme des environs que je connaissais assez bien pour lui demander conseil. Miranda qui est venue me rendre visite la semaine dernière avec ses trois garçons dans sa Dodge Caravan – le pare-brise croûté de cristaux de givre rendant la conduite quasi impossible – parce qu'il faisait bien trop froid pour venir à pied.

Miranda qui s'est affalée sur mon canapé, pieds sur la table basse, pendant que je berçais son petit Carter de deux mois en pleurs pour l'endormir.

Miranda, tellement accablée par la maternité qu'elle ne supportait pas de se retrouver seule avec ses trois enfants.

Miranda, qui m'a confié qu'elle était de nouveau enceinte, mais que cette fois ce n'était pas volontaire.

— Parce qu'il faudrait vraiment être dérangé pour vouloir un autre enfant quand on en a déjà trois, a-t-elle déclaré avec lassitude, espérant peut-être que j'allais la plaindre de ce revers de fortune, alors que je bouillonnais de rage, écœurée au point que j'aurais pu en vomir.

Miranda m'a expliqué qu'avec Joe ils avaient attendu les six semaines de rigueur après la naissance de Carter pour remettre le couvert, mais bien sûr Joe s'est débrouillé pour qu'elle tombe enceinte à leur premier essai, et déjà elle était prise de nausées matinales. En conséquence, les garçons regardaient plus que jamais la télé, parce que leur mère n'avait pas assez d'endurance pour les divertir toute la journée, sans parler de leur faire à manger.

— Quel culot il a, tu te rends compte, elle s'est écriée en parlant de Joe et de son évidente virilité, avant de me demander ce qu'on fabriquait Aaron et moi pour mettre autant de temps à concevoir. Tu ne penses quand même pas que vous êtes stériles ? m'a-t-elle demandé, les yeux écarquillés. Que ton bel étalon de mari tire des balles à blanc ?

Assise à côté de lui dans la voiture qui nous conduisait au rendez-vous avec l'obstétricien, yeux perdus dans les nuages, je ne pouvais m'empêcher de me demander si c'était le cas. Est-ce qu'Aaron était stérile ?

Lui qui était capable de tout, pouvait tout réparer, serait incapable d'avoir un enfant ?

Cette seule pensée me mettait hors de moi. Je lui en voulais de ne pas réussir à m'offrir ce que je désirais le plus au monde.

Faire porter le chapeau à l'autre semblait être devenu notre passe-temps favori ces jours-ci. À qui la faute si nous n'avions pas encore de bébé ?

11 mars 1997
Egg Harbor

Ce que j'ai appris en allant consulter un spécialiste de la fertilité, c'est que même si j'ai mes règles avec une relative régularité mon corps n'ovule pas correctement. On appelle ça l'anovulation, un mot que je ne connaissais pas jusqu'à maintenant, mais auquel je pense désormais tout le temps, même aux heures où je devrais dormir. Pour être honnête, ça ne me surprend pas tant que ça. Mon corps ne fait qu'enchaîner les étapes machinalement : préparation de l'endomètre – tapissage de l'utérus qui se prépare à recevoir un ovule fécondé – puis évacuation lorsqu'aucun œuf n'a nidifié. Non parce que l'ovocyte n'a pas été fécondé par le sperme d'Aaron. Mais parce qu'il n'y avait pas d'ovule pour commencer.

Aujourd'hui, j'entame mon troisième cycle de Clomid. Ça fait maintenant plusieurs mois, et il ne me reste plus rien d'humilité, de pudeur. Tous les médecins, infirmiers et employés techniques du centre de procréation médicalement assistée ont défilé devant mes jambes écartées – et tout ce qu'Aaron a eu à faire, lui, c'est leur donner un échantillon de sperme et se soumettre à une prise de sang. Ça me semble injuste. Le premier mois, je n'ai pas ovulé. Le mois dernier, on a augmenté le dosage du traitement, et bien que le Dr Landry ait repéré deux follicules lors de l'échographie – enfonçant la sonde endo-vaginale entre mes jambes de sorte que j'aurais eu tous les droits de me sentir humiliée et violée mais j'avais dépassé ce stade – puis nous ait envoyés à la maison pour faire l'amour, je ne suis pas tombée enceinte.

Le traitement me donne envie de pleurer, tout le temps, sans raison apparente, mais au vu de la liste des effets indésirables possibles, je me considère chanceuse d'être seulement sujette à une prédisposition aux larmes. Je pleure au marché, dans la voiture. Je pleure à la maison en passant la serpillière, en étendant le linge, plantée sur le seuil d'une chambre vide, inquiète à l'idée qu'elle n'abrite jamais d'enfant, me préparant alors pour un nouveau cycle de Clomid qui s'achèvera probablement avec l'apparition de mes règles.

Pour accroître la motilité de ses spermatozoïdes, Aaron est passé aux sous-vêtements amples (ce que je n'avoue pas à Miranda) et on lui a conseillé d'éviter les situations anxiogènes au quotidien, bien que ni lui ni moi n'ayons su qu'il était stressé. Il dort désormais jusqu'à 10 heures tous les matins, ce qui fait qu'on ne partage plus notre café sur le ponton, mais ce n'est pas plus mal car l'hiver interminable nous confine à l'intérieur, et les bateaux à voile ne seront de retour dans la baie qu'au printemps. Il prend des compléments alimentaires à base de plantes, et lorsque les températures le permettent il sort se promener ou courir, ce qui réduit notre temps passé ensemble à quelques malheureuses petites heures. Ça non plus ce n'est pas plus mal, puisqu'on n'a plus grand-chose à se dire, ou en tout cas rien en dehors des conversations sur ce que nous sommes incapables d'obtenir : des spermatozoïdes en pleine forme, une ovulation régulière, un test de grossesse positif, un bébé.

Non qu'Aaron n'ait pas assez de spermatozoïdes, mais ils ne se meuvent pas correctement et ne peuvent donc pas parcourir la dizaine de centimètres qui les sépare de l'endroit où attend, ou non, mon ovule.

Pour faire court, c'est notre faute à tous les deux, bien que je me demande à chaque instant lequel de nous est le plus responsable, et même si je pense que c'est moi, si je sais que c'est moi, ça me chagrine d'être la seule à devoir tenir un journal de ma température corporelle, passer des tests d'ovulation, pleurer en public sans raison apparente, faire tous ces allers-retours au centre de PMA, avoir mon intimité explorée par un médecin ou un assistant, alors qu'Aaron, lui, prend une gélule aux plantes de temps en temps et fait un peu de sport à l'occasion.

Ça ne me semble pas juste. Ça ne me semble pas normal.

J'en suis venue à le détester à cause de ça, en plus de plein d'autres choses.

13 mars 1997
Egg Harbor

Presque tous les jours, je suis sous le feu des questions de ma belle-mère ou de la mère d'Aaron, qui se demandent quand nous allons avoir un enfant, appelant de préférence quand il est au travail pour réclamer des petits-enfants avec un cruel manque de tact.

Pour quand est-ce prévu ? Quand aurons-nous une bonne nouvelle à annoncer ?

Ils ne manquent pourtant pas de petits-enfants. Mais Aaron et moi sommes mariés depuis deux ans, et la société n'est pas habituée à cela : deux personnes qui approchent la trentaine, mariées depuis plus de deux ans mais qui n'ont pas d'enfants, c'est comme si c'était inconcevable, voire tabou.

Est-ce que c'est mal ?

On a l'impression que oui.

Je ne me résous pas à leur dire qu'on essaie, qu'on essaie et qu'on échoue, parce que je ne veux pas de leur pitié, ni de leurs conseils. Donc, je leur réponds invariablement que c'est pour bientôt, regrettant que ma propre mère ne soit plus de ce monde, parce que ce sont de ses conseils que j'ai le plus besoin.

Je passe mes journées à attendre. Attendre qu'Aaron se lève, qu'il parte, qu'il revienne pour que je puisse fermer les yeux et dormir. Attendre qu'un nouveau cycle de Clomid commence, que se déclenche l'ovulation, puis faire l'amour avec Aaron comme si on était devenus des robots, à la hâte, sans émotion, et attendre, encore, les résultats négatifs du test de grossesse, et le sang fidèle au poste.

C'est la seule chose sur laquelle je peux compter. Tôt ou tard, mes règles finissent toujours par arriver.

14 mars 1997
Egg Harbor

Le printemps se profile à l'horizon.

Il faut encore attendre quelques semaines, mais de temps en temps une journée douce et ensoleillée éclot le matin, au bout de laquelle on arrive plus facilement que dans la grisaille perpétuelle.

Lors de ces rares journées presque printanières, je sors de la maison après le départ d'Aaron et je vais en ville. J'ai découvert une école de danse, totalement par hasard – un petit cottage de plain-pied sur Church Street où défilent de minuscules ballerines à longueur de journée.

La première fois que j'ai remarqué l'école, j'ai aussi repéré un banc public tout près, accueillant, au soleil, et bien qu'il n'ait pas fait plus de onze degrés ce jour-là, j'y étais bien au chaud, profitant de ses rayons généreux.

Je suis restée presque une heure à observer les toutes jeunes danseuses, en justaucorps avec les cheveux attachés en chignons lisses. Leurs petites voix guillerettes et suraiguës ressemblaient à des cris d'oiseaux tandis que, la main dans celle de leurs mères, elles entraient puis sortaient, environ toutes les heures.

Un groupe particulier a attiré mon attention. Elles étaient seize – huit mères et huit filles – et sont arrivées ensemble vers midi, un petit troupeau de filles rieuses, suivies de quelques pas par leurs mères qui sirotaient leur *latte* et bavardaient alors que moi, toute seule sur mon banc, je m'apitoyais sur mon sort, isolée de la société parce que je ne correspondais pas à ses standards. Parce que je n'avais pas d'enfant.

Ces femmes étaient toutes belles et, pour une raison que j'ignore, je me suis sentie sale en comparaison, complexée et honteuse. J'ai souri sur leur passage mais aucune ne m'a regardée ou n'a répondu à mon sourire. Elles portaient des blouses paysannes et des jupes flottantes, des santiags, de larges sweat-shirts, de larges sacs en cuir, alors que moi j'étais emmitouflée dans un pull d'Aaron qui s'était délavé et avait rétréci au lavage, seule, désespérée, en manque d'enfant.

Tellement différente d'elles.

Jamais je ne pourrais faire partie de leur groupe, être une de ces femmes qui se déplacent en meute, se murmurent des secrets sur leurs maris, les habitudes de leurs enfants au coucher, lesquels font encore pipi au lit. Tout ça parce que je n'ai pas d'enfant. Parce que, sans enfant, je n'ai rien à leur offrir.

Parce que je ne suis rien, ai-je conclu logiquement, si je ne suis pas mère.

Rien d'autre ne justifie ma vie.

Elles sont passées devant moi et sont entrées dans l'école. Une fois les mères disparues à l'intérieur, je pensais le défilé terminé, mais j'ai remarqué une fillette qui traînait, presque immobile sur le trottoir. Elle avait du mal à tenir la cadence. Trop occupée à examiner les bourgeons sur les branches d'arbre. La plus petite de toute la bande, ce qui m'a fait penser au porcelet dans *Le Petit Monde de Charlotte*. Wilbur, sauvé de l'abattage par la petite Fern. Je me suis retrouvée littéralement captivée, et lorsqu'elle est passée à ma hauteur pour rejoindre les autres dans l'école, j'ai même retenu mon souffle. Ce n'est qu'après l'avoir totalement perdue de vue que j'ai respiré de nouveau.

Et donc deux ou trois fois par semaine je reviens m'asseoir sur ce banc, j'observe les petites danseuses en me disant, si seulement l'une d'elles était à moi, n'importe laquelle, mais en particulier la plus petite, que les autres dépassent d'une tête, avec ses cheveux couleur de paille et sa collection de taches de rousseur, dont les pieds minuscules sont toujours à la traîne au point que j'ai peur qu'un jour on l'oublie.

C'est devenu une addiction, et les effets du manque ne sont apaisés que par le fait de voir des enfants, d'être en leur compagnie. Ils sont ma drogue, mon antidote à la nervosité, l'irritabilité, le tremblement de mes mains qui ne fait que s'accentuer à mesure que passent les mois sans grossesse.

Avec ses bras et ses jambes potelés, ses joues de bébé qu'elle perdra un jour pour finir sans aucun doute par ressembler aux femmes derrière qui elle court – aux jambes minces, cheveux longs et café à la main –, elle ne doit pas avoir plus de trois ans.

Je n'aime pas les idées qui me passent par la tête, assise là sur ce banc public à observer des enfants qui ne sont pas les miens. Mais je n'ai rien de mieux à faire de mon temps, et je ne crois pas que je pourrais m'en empêcher si j'essayais.

J'ai laissé entendre à Aaron que je pourrais chercher un travail, un moyen de faire passer ces longs après-midi où il n'est pas là. Mais il n'est pas pour. Il préfère que je ne travaille pas, ce que je ne comprends pas. La charge financière que représentent mes traitements est conséquente, un second salaire ne serait pas de trop. Même le prix d'un steak haché ou de l'électricité est devenu un sujet de frictions.

Aaron et moi suivons les cycles de Clomid à la lettre, ce qui signifie qu'à chaque échec nous jetons par la fenêtre des centaines de dollars en médicaments, analyses de sang et échographies, pour voir si mes ovaires produisent des ovocytes, et quand. Notre assurance ne prend pas en charge ces dépenses car, bien sûr, toutes ces compagnies arrogantes se fichent qu'Aaron et moi réussissions à avoir un bébé un jour, et donc tout ce processus entre dans le champ de *l'optionnel*. Selon eux, nous avons donc *opté* pour cette perte d'argent alors que d'autres parents, bien moins capables ou dignes de l'être que nous, ont un bébé gratuitement.

— Tu es déjà soumise à tellement de pression, m'a dit Aaron quand je lui ai parlé de trouver un travail. Pourquoi ne pas simplement te concentrer sur ça ? a-t-il ajouté, en faisant référence à la conception, comme si je n'étais pas assez attentive, et comme si ce manque d'investissement de ma part était la raison pour laquelle nous n'avions toujours pas d'enfant.

J'étais trop désinvolte, je prenais les choses à la légère. Ce n'est pas ce qu'il a dit, ce ne sont pas ses mots, et pourtant, c'est exactement ce que j'ai entendu.

Je lui ai crié dessus. J'ai claqué une porte. Je me suis enfermée à clé dans la chambre et il a passé la nuit sur le canapé.

C'était la première fois que je haussais le ton face à lui. Il n'a pas refusé de dormir sur le canapé. Il était 1 heure du matin. Il était fatigué.

— Eden, ça suffit, il a dit en soupirant avant de prendre son oreiller. J'ai besoin de dormir.

Moi, j'ai passé la nuit assise dans le noir, adossée contre mes oreillers. Mes mains tremblaient encore, même si notre dispute était finie depuis longtemps. Un mal de tête s'est faufilé le long de ma nuque pour envahir tout mon crâne. Mes yeux brûlaient à force d'avoir pleuré et j'avais beau rejeter la faute sur les médicaments – après tout, les sautes d'humeur et les larmes étaient des effets indésirables du Clomid très répandus – je n'étais pas entièrement sûre qu'ils soient responsables cette fois.

Le matin venu, je m'en voulais.

Mais je ne me suis pas excusée pour autant. Aaron non plus. Au lieu de ça, il est parti au travail plus tôt que jamais et moi je suis retournée à l'école de danse, comme une droguée qui avait besoin de sa dose.

19 mars 1997
Egg Harbor

Après l'échec du Clomid, le Dr Landry a suggéré que nous l'associions à l'IIU. L'insémination intra-utérine. Ce qui consiste à introduire les spermatozoïdes apathiques d'Aaron directement dans mon utérus pour leur éviter ce périple de dix centimètres à travers mes muqueuses et leur permettre de trouver et féconder mon ovule sans se perdre en nageant en rond dans ma cavité vaginale. Tous les mois, Aaron et moi avons gaspillé des follicules et des ovocytes, dépensé des centaines de dollars en médicaments et échographies pour rien du tout. Tous ces rendez-vous avec le Dr Landry se sont révélés totalement vains. Il était temps d'essayer quelque chose de nouveau. L'insémination artificielle grève de deux cents dollars supplémentaires notre budget mensuel, mais augmente par ailleurs nos chances de procréer, en particulier dans un cas comme le nôtre, où la motilité des spermatozoïdes est en cause.

L'autre avantage de l'IIU, c'est qu'Aaron et moi ne sommes plus obligés d'avoir des rapports, ce qui est un cadeau en soi. Aaron peut recueillir lui-même un échantillon de son sperme dans le confort d'une cabine privée à la clinique, avec vidéos et magazines pornographiques à disposition, où des femmes sexy, plantureuses, bien plus attirantes que moi nous aideront à concevoir un enfant. Il était mortifié de devoir se prêter à l'exercice, mais moi, après des quantités d'échographies intrusives, de prises de sang à répétition, de médicaments ingérés qui m'ont provoqué crises de larmes et sautes d'humeur, de piqûres d'hormones dans le ventre, je trouve que c'est un juste retour des choses. Ça me semble normal. L'infirmière a proposé que je me joigne à lui, mais après avoir lancé un regard dans ma direction Aaron s'est éloigné et a refermé la porte derrière lui – j'ai ressenti un éclair de jalousie, une douleur foudroyante à la tête, comme si quelqu'un m'avait enfoncé un pic à glace dans le crâne.

Je me suis imaginé Aaron de l'autre côté de cette porte, excité par une allumeuse sur un écran de télé et non par moi.

Des heures plus tard, une fois les spermatozoïdes recueillis et sélectionnés, ç'a été à mon tour d'aller au charbon, de m'allonger sur la table d'examen, nue de la taille aux pieds, avec un drap chirurgical censé procurer un sentiment d'intimité, pour que le Dr Landry pose son cathéter puis introduise les spermatozoïdes d'Aaron dans mon corps.

Après quoi il nous a envoyés attendre chez nous.

Aaron, comme toujours, est parti travailler, me laissant seule avec mon ennui, alors je suis allée en ville me réfugier sur mon banc en face de l'école de danse et j'ai scruté le défilé des petites ballerines à la recherche de la plus petite.

J'ai attendu un moment, mais elle a fini par apparaître, et alors mon cœur a fait un bond. Mes mains se sont engourdies. J'ai retenu mon souffle.

Je l'ai vue passer les portes bleues à double battant avec difficulté car personne ne les lui tenait. À peine sortie et déjà à la traîne. Sa toute petite tête arrivait à peine à hauteur de la barre sur laquelle il fallait appuyer. Sur le trottoir, les autres avaient déjà fait plus de dix mètres en direction de la ville, tout en échafaudant de joyeux plans pour jouer ensemble l'après-midi tandis que leurs mères suivaient, gobelet de café à la main. L'une d'elles s'est retournée, une seule fois, pour voir où elle était.

— Dépêche-toi, Olivia, tu es toujours à la traîne.

Puis elle a continué à avancer et ne s'est plus du tout souciée d'Olivia, qui fermait la marche, wagon de queue d'un train à grande vitesse qui aurait déraillé.

Je connaissais son prénom à présent. Olivia.

Mais la mère d'Olivia était en pleine conversation avec ses amies, dont l'une se plaignait des horaires de travail de son mari et de ses déplacements incessants. Il était à Tampa Bay cette semaine, et la nouvelle secrétaire était du voyage aussi, celle dont son mari parlait le soir au dîner, et donc elle ne pouvait que s'inquiéter.

— Tu n'es pas sérieuse ? a dit l'une des mères.

Puis la mère d'Olivia a ajouté :

— Oh ! ma pauvre chérie.

Voilà, l'affaire était emballée et pesée : le mari de cette femme avait une liaison.

Pendant tout ce temps, personne ne se souciait d'Olivia, qui était encore plus loin derrière.

Je n'avais pas l'intention de quitter mon banc lorsqu'elle est passée devant. Vraiment aucune. L'idée ne m'est venue que lorsqu'une épingle à cheveux est tombée dans son sillage, une minuscule barrette argentée qui a heurté le sol en émettant un bruit si faible que moi seule pouvais l'entendre. Sa mère continuait à avancer, avec maintenant au moins trente mètres d'avance. Je me suis penchée pour ramasser l'épingle à cheveux et j'ai suivi Olivia à cinq ou six pas de distance, muette de saisissement.

Il m'était impossible de parler.

J'aurais pu l'appeler, lui tapoter l'épaule et lui rendre sa barrette. Mais je n'en ai rien fait. Je la suivais comme son ombre, mes yeux avides détaillaient le justaucorps et le tutu couleur lavande, les collants blancs, les cheveux attachés en chignon qui commençait à se défaire, des mèches châtains et blondes voletant dans l'air presque printanier. À nos pieds, la neige avait fondu et les oiseaux, de retour, venaient boire dans les flaques. Les arbres étaient couverts de bourgeons, de minuscules boutons vert trèfle prêts à libérer leurs feuilles.

À aucun moment je n'ai envisagé de l'enlever, de la saisir, main plaquée contre sa bouche pour l'empêcher de crier. Je n'ai pas prévu de l'attirer en lui promettant une merveille de petit chiot ou une glace. Je voulais simplement l'observer de près, marcher juste derrière elle et faire comme si, l'espace d'un instant, c'était ma fille.

Tandis que je la suivais, une conversation s'est déroulée dans ma tête.

Ralentis ma chérie, lui disais-je en pensée. *Viens donner la main à maman,* et, toujours dans mon esprit, je tendais la main et la petite Olivia ralentissait, se tournait vers moi, et je voyais la couleur de ses yeux, sa collection de taches de rousseur qui la quitterait un jour ou qu'elle finirait par détester. Elle glissait sa main dans la mienne et je la serrais fort, prenant soin de ne pas la lâcher au moment de traverser le carrefour, les voitures arrêtées de part et d'autre pour nous laisser passer. Sa petite main était facile à tenir. Ses pas se calaient sur le rythme des miens.

Ce sont les éclats de rire des autres petites filles qui ont rompu le charme et m'ont ramenée sur terre. À la réalité. Elles s'étaient toutes retournées en même temps en criant à Olivia que c'était un vrai escargot, une traînarde, qu'elles l'attendaient pour pouvoir aller toutes ensemble s'acheter un cornet de glace, et j'avais beau savoir que c'était pour plaisanter – à en croire le petit rire flûté d'Olivia – je n'ai pu m'empêcher d'avoir un pincement au cœur pour elle, petit chiot qui lambinait et dont les autres se moquaient.

Puis quand elle a accéléré et rejoint ses copines, me laissant seule sur le trottoir avec son épingle à cheveux à la main, une vague de tristesse m'a envahie.

J'avais espéré qu'elle se retournerait, me regarderait, se rendrait compte que j'étais là.

J'ai gardé la barrette en guise de porte-bonheur.

Dix jours plus tard, j'avais mes règles.

Depuis, un autre mois sans bébé est passé.

JESSIE

Nuit après nuit, mes pensées suivent le même schéma, le même cycle en quatre étapes. Lavage, rinçage, séchage, retour à la case départ.

Ça commence par les pensées morbides, obsédantes. Je m'imagine en train de mourir, prise au piège d'une urne, incapable de respirer. Elles arrivent au crépuscule, quand le soleil sombre derrière la ligne d'horizon pour aller jouer avec les enfants dans l'autre moitié du monde. C'est à cet instant que je me demande combien de temps il me reste sur Terre. Je me demande quand et comment je mourrai. Et aussi : est-ce que j'aurai mal ? Est-ce que maman a eu mal quand elle est morte ?

Ces pensées ne tardent pas à se transformer en chagrin. J'ai le cœur lourd, maman me manque tellement que j'ai mal. À ce stade, le monde est plongé dans la nuit et je suis allongée sur mon matelas dans une pièce noire, captive de l'obscurité. Prisonnière de la nuit. Toute ma vie, j'ai vécu avec maman. On était comme Batman et Robin, Laurel et Hardy, Sammy et Scoubidou. On était une équipe. Sans elle, je ne sais pas quoi faire. Je passe la moitié de la nuit à la supplier de revenir. Parce que je ne sais pas qui je suis sans elle. Parce que, sans elle, je ne suis rien.

Je ne pleure pas, je n'ai plus de larmes à verser. Alors, je me dis que sans maman à mes côtés je ne veux plus faire partie de ce monde. C'est sinistre, mais c'est vrai.

J'ai l'impression que mon esprit continue sur cette lancée pendant des heures, et c'est sûrement le cas. Il s'engage ensuite sur la pente de la culpabilité. Je m'en veux d'avoir dormi pendant qu'elle mourait. D'avoir été sèche avec elle quand, vomissant pour la sixième fois, elle a raté la cuvette des toilettes de trois mètres. De ne pas lui avoir adressé la parole pendant des semaines quand elle ne voulait pas m'avouer la vérité sur mon père. De ne pas lui avoir donné la main quand elle a accompagné ma classe en sortie au planétarium à la fin de la primaire, de ne pas l'avoir remerciée de m'avoir acheté du fil à broder quand j'étais au collège – six couleurs différentes, pour faire des bracelets d'amitié. J'avais levé les yeux au ciel avant de partir comme une furie dans une autre pièce, en me demandant comment elle pouvait être aussi bête. Elle ne savait pas que je n'avais pas d'amis ? Ce sont tous ces souvenirs qui reviennent me hanter.

En vérité, maman et moi, on se disputait rarement. Les seules disputes qu'on ait jamais eues, c'était au sujet de mon père. Elle ne voulait jamais parler de lui – elle refusait catégoriquement –, alors dans son dos j'ai essayé d'en savoir davantage.

J'avais six ans quand je me suis rendu compte que je n'avais pas de père. Jusqu'alors, je n'avais pas conscience que les autres enfants en avaient un et moi pas. Maman et moi, on ne vivait que toutes les deux. On voyait très peu de monde. Je ne suis pas allée à l'école maternelle et je n'avais pas d'amis. Je ne connaissais pas grand-chose en dehors de ma vie avec maman, et c'est en allant à l'école que j'ai vu mon univers s'agrandir d'un coup, même si, comparé à celui des autres, il restait petit.

Mon premier jour d'école primaire, je me suis rendu compte que tous les enfants de ma classe, à part moi, avaient une maman et un papa. Je me souviens de cette journée ; pendant qu'on rangeait nos affaires dans des gros casiers métalliques compartimentés, nos mères se promenaient dans la classe, parlaient à l'institutrice, ou entre elles. Toutes, sauf la mienne, qui se tenait seule dans son coin. Je ne comprenais pas. Pourquoi ma mère ne parlait pas aux autres femmes ?

Ce qui m'a encore plus déstabilisée, c'est ce groupe d'hommes dans la classe. Tout un troupeau. Qui étaient-ils, qu'est-ce qu'ils fabriquaient ici ?

J'ai demandé à une petite fille. J'ai montré du doigt le géant qui se tenait à côté d'elle. « C'est qui lui ? » j'ai fait, en levant de grands yeux vers le ciel. Elle a dit que c'était son papa, et bien que j'aie déjà entendu ce mot, il ne faisait pas partie de mon vocabulaire.

J'ai compté combien il y avait d'hommes dans la pièce et j'ai compris que tous les enfants avaient un papa sauf moi.

Mais il n'a été question du mien que plus tard dans l'année scolaire, quand un enfant m'a demandé où il était. On avait fait un spectacle de musique, auquel avaient assisté les papas et les mamans – voire les papys et les mamies – mais moi, je n'avais que maman à mes côtés. Et ce genre de détail, à six ans, c'est une sacrée nouvelle. Jessie Sloane, elle n'a pas de papa.

— Il est où, ton père ? a demandé le gamin, habillé en pantalon et veste de jogging.

— J'en ai pas, j'ai répondu, me disant que ça s'arrêterait là.

Mais il a rétorqué que c'était impossible, que tout le monde avait un papa, et les autres ont commencé à rigoler.

J'ai posé la question à maman le soir même une fois à la maison. Il fallait que je sache.

— Il est où, mon papa ? ai-je demandé sur le seuil de sa chambre.

Allongée sur son lit, pieds nus, jambes croisées au niveau des chevilles, elle lisait un livre. Malgré mes six ans, je voyais qu'elle était fatiguée d'avoir fait le ménage toute la journée chez quelqu'un d'autre.

Je n'ai pas attendu sa réponse.

— Joey Malone, il dit que tout le monde a un papa, ai-je précisé tandis qu'elle décroisait les jambes et marquait la page de son livre. Alors il est où le mien ? ai-je insisté, soudain peinée - une peine de petite fille.

Maman me cachait quelque chose.

Elle avait un secret qu'elle ne voulait pas partager avec moi.

Son visage a viré au rouge cramoisi.

— Joey n'avait pas le droit de dire ça. Tout le monde n'a pas de papa. Toi, tu n'en as pas.

Mais sa réponse ne contenait aucune explication.

Peut-être qu'il était mort. Ou qu'ils étaient divorcés. Ou bien ils ne s'étaient jamais mariés pour commencer. Peut-être que je n'ai vraiment pas de père.

Quoi qu'il en soit, j'ai commencé à fureter dans la maison, à la recherche d'une preuve. D'un indice.

Quelques années plus tard, j'ai gagné en ténacité sur le sujet. J'ai redemandé à maman où était mon père. Ce qui lui était arrivé. Est-ce qu'il est mort ? ai-je voulu savoir. J'ai prononcé ce mot avec toute la morgue de ma préadolescence. L'air exaspéré. *Mort.*

Mais elle refusait de me répondre. Elle changeait de sujet, faisait semblant de ne pas m'entendre. Elle excellait dans le choix prudent des mots, avait l'art de me faire oublier ce que j'avais demandé. Se fermait comme une huître et ne disait plus rien.

Et pourtant, régulièrement, je revenais à la charge. J'ai bien dû lui poser cent fois la question. Mais pas une seule fois elle ne m'a répondu.

Alors je suis devenue impitoyable.

À douze ans, j'ai mis une assiette et des couverts pour lui à table. Quiconque puisse-t-il être. Juste au cas où il déciderait de venir. Maman a ramassé les couverts en vitesse et les a balancés dans le tiroir.

— Ne nous engageons pas dans cette voie, Jessie, elle a dit.

Dans la rue, je scrutais les visages en quête du sien. Sans savoir quoi chercher exactement, je cherchais quand même. Je me demandais s'il avait les cheveux tirant sur le blond et des fossettes comme moi. Ou s'il était brun, roux, peut-être même d'une autre origine.

Peut-être qu'on ne se ressemblait pas du tout.

Ou qu'au contraire on aurait pu passer pour des jumeaux.

J'ai appris que les fossettes c'est héréditaire. C'est un trait dominant. Donc, il suffit qu'un de mes parents en ait pour que j'en aie également. Et comme maman n'en a pas, j'en ai facilement conclu que je les tenais de lui. Qu'exception faite d'une sorte de mutation génétique mon père m'avait transmis ses fossettes.

Une fossette, en fait, c'est une anomalie congénitale. Un muscle du visage un peu court qui tire sur la peau quand on sourit, et creuse les joues. Mon père et moi sommes donc malformés.

Je lui ai inventé des noms. Des métiers. Je jaugeais des hommes au hasard, avec des fossettes, me demandant s'il pouvait s'agir de lui.

Je l'ai imaginé avec une autre femme et leurs enfants. Moi, avec des demi-frères et des demi-sœurs, une famille. Dans mon imagination, toute la fratrie avait des fossettes.

Avant d'aller me coucher, je laissais la lumière de dehors allumée, pour qu'il trouve notre maison si jamais il venait nous rendre visite. Pour qu'il parvienne à la distinguer dans cet océan de pavillons.

À quatorze ans, j'ai voulu mettre un haut court pour aller à l'école. Ce n'était pas mon genre, de montrer mon nombril. Mais c'était un T-shirt vert camouflage, et j'avais quatorze ans. Je me sentais rebelle. J'essayais de m'intégrer, sans succès. Je faisais tache, à des années-lumière de la dernière tendance.

Maman s'est décroché la mâchoire. Elle a secoué la tête. Elle a refusé que je mette ce haut et m'a envoyée me changer en terminant par « Une, deux ! » J'ai résisté, mains sur les hanches, moue boudeuse, et déblatéré les inepties d'une fille de quatorze ans.

Mais maman n'a pas cédé. La conversation était terminée. Et, doigt pointé en direction de l'escalier, elle a répété « *Une, deux ! Une, deux !* »

Je lui ai répondu sèchement. « Je parie que si mon père était là, il me laisserait faire ». Elle a eu l'air blessée. Je l'avais vexée et j'en étais bien contente.

« Est-ce que tu vas me parler de lui un jour ? » ai-je demandé. J'avais le droit de savoir, ou c'est en tout cas ce que l'adolescente que j'étais croyait. Pas une seule fois je n'ai réfléchi aux raisons de son refus, ou aux conséquences que pourraient avoir ses révélations. Elle, si.

« Qui vivra verra[1] », a-t-elle répondu en levant les mains au ciel. Son dicton préféré, qu'elle me servait une fois de plus pour éluder ma question.

Dans une colère folle, j'ai monté l'escalier en tapant des pieds et claqué la porte de ma chambre. J'ai enfilé un sweat qui recouvrait chaque petit centimètre carré de ma peau.

1. En français dans le texte. (Note de la traductrice.)

À peine un an plus tard, le cancer se déclarait.

Et alors j'ai commencé à regretter de lui avoir posé toutes ces questions sur mon père.

Je vis avec ces souvenirs maintenant, et me déteste pour ce que je lui ai fait subir.

Mais toutes les nuits, vers 3 heures du matin, quand je suis venue à bout des pensées morbides, du chagrin et de la culpabilité, c'est mon imagination qui prend le relais. Mon imagination ou mes souvenirs, parfois je n'arrive plus à faire la distinction. Ce soir, c'est un souvenir, enfin je crois, enfoui si profondément que mon cerveau doit assembler les morceaux, combler les vides pour former un tout logique. Je revois cette classe de primaire, avec sa règle d'or scotchée au mur de parpaings. Une grande bibliothèque, un tapis rectangulaire avec un motif alphabet accompagné de dessins simples – A comme avion, B comme baignoire –, le drapeau américain. Un tableau noir sur lequel l'institutrice a écrit son prénom, parfaitement calligraphié. Je vois maman lui parler, elle se présente, dit qu'elle c'est Eden, et que je m'appelle Jessie, et l'institutrice s'accroupit pour me serrer la main. Elle se redresse avec un sourire chaleureux et sincère.

Porte-bloc à la main, Mme Roberts s'assure que le dossier de chaque enfant est complet et qu'ils ont bien apporté leurs fournitures. Maman se tient face à elle les mains entrelacées dans son dos, avec timidité. Elles se parlent, et je distingue certains mots, comme *acte de naissance*, et d'un coup maman se raidit.

— Excusez-moi ? elle demande, et Mme Roberts lui explique que le bureau de la vie scolaire a signalé qu'elle n'avait toujours pas fourni de copie de mon acte de naissance. Une copie certifiée conforme.

Du tac au tac, maman évoque un incendie.

— On a tout perdu, dit-elle, et Mme Roberts fait une moue triste.

— Mais c'est terrible, dit-elle pour la réconforter, et moi, du haut de mes six ans, je demande innocemment :

— Quel incendie ?

Parce qu'il n'y a jamais eu d'incendie. Maman me fait taire. Mme Roberts pose une main sur son bras et lui dit que ce n'est rien, que l'école attendra qu'elle s'en procure un autre.

Mais soudain le souvenir disparaît, et je me retrouve à me demander s'il s'agissait bien d'un souvenir ou de mon imagination.

Ce soir, je m'allonge sur mon matelas avec un faux espoir : si je reste allongée suffisamment longtemps, je m'endormirai. Je pense à une petite Jessica Sloane de trois ans, morte, et dois me rappeler que c'est une simple erreur de saisie, qu'elle n'existe pas.

Dans le silence de ma chambre, je me demande à quoi elle ressemblait, cette petite fille de trois ans. J'imagine des poignets et des genoux potelés, un regard innocent, un sourire infini. Puis, je me souviens. Il n'y a pas d'autre Jessica Sloane. C'est de moi qu'il s'agit.

Le silence, lourd, me cloue au lit, s'infiltre jusque dans les moindres fissures, comme un gaz toxique. Je me dis qu'il pourrait me tuer. En aspirant tout l'oxygène de la pièce, sans bruit. Je n'entends que le tic-tac de la pendule murale, qui bat la mesure.

Je me dresse sur les genoux et jette un œil dans la cour par la fenêtre. Je ne vois que l'arrière de la maison de Mme Geissler, imposante avec ses trois niveaux de pierre et de brique. Une si grande demeure pour une femme seule.

Je remarque un balcon, assez rudimentaire. Une planche soutenue par des tasseaux, le tout en bois, rien qui n'ait l'air très stable ou très sûr. Ni aux normes.

Je m'agenouille à la fenêtre et pose les coudes sur le rebord. En croyant bêtement que je me fonds dans l'obscurité, que personne ne peut me voir. En face, la maison est plongée dans le noir, à l'exception d'une lumière restée allumée : une lueur teintée de jaune apparaît au ras d'une fenêtre. Je ne vois pas l'intérieur de la pièce, masquée par le store baissé.

Mme Geissler a sûrement oublié d'éteindre une lampe avant d'aller se coucher.

Mais à force de regarder je perçois du mouvement derrière le store, et le store lui-même bouge aussi. Comme si une personne s'était tenue juste derrière et l'avait écarté pour voir dehors avant de s'éloigner.

Je l'imagine à la fenêtre, me voyant allongée sur mon matelas, moi qui fais semblant de dormir. Je pense à ce qu'elle m'a confié – *J'ai vu votre lumière allumée tard hier soir* – et je me dis qu'hier soir elle était sans doute postée à sa fenêtre à m'observer, tout comme ce soir. Et moi qui croyais naïvement que je n'avais pas besoin de baisser mes stores.

Dans la maison d'en face, le store ne bouge presque plus et finit par s'immobiliser.

Et soudain la lumière s'éteint.

Le halo de lumière jaune s'évanouit. Toute la maison sombre dans l'obscurité. Je laisserais bien les choses où elles en sont, mais un détail me frappe soudain : la lumière venait du deuxième étage. L'endroit infesté d'écureuils. Où Mme Geissler ne met pas les pieds.

Elle m'a menti.

Mais pourquoi ?

Je retourne au lit et enfouis ma tête sous les couvertures.

J'essaie de me calmer, de me convaincre que la lumière est reliée à une minuterie automatique. Qu'elle s'allume et s'éteint à heures fixes. Qu'une grille de ventilation crachait de l'air chaud directement sur le store et l'a fait osciller.

Mais j'ai du mal à y croire.

EDEN

14 mai 2001
Chicago

Je regarde Jessie dormir à côté de moi. Elle s'est endormie – enfin, après une longue nuit de fièvre – allongée sur une couverture à même le sol, les bras déployés de chaque côté de son corps comme les ailes d'un avion. Après la fièvre de la nuit dernière qui a fait rougir peu à peu son cou pour mettre le feu à ses joues et à son front, elle a retrouvé un visage paisible. Elle se sentait si mal qu'elle a crié, pleuré à s'en couper le souffle. Sa température s'est stabilisée à trente-neuf cinq, ce qui m'a soulagée, car je me suis dit que ça ne nécessitait pas un passage par les urgences. Je ne sais pas si j'aurais eu le cran d'aller à l'hôpital. Le simple fait d'y penser – les odeurs d'antiseptique, les couloirs blancs, les regards vigilants – me met les nerfs à vif, comme une sorte de stress post-traumatique. Rien qu'à l'idée de me retrouver dans un hôpital, j'ai la tête qui tourne et un poids sur la poitrine. Je ne suis pas sûre de pouvoir y remettre les pieds un jour, après ce que j'ai fait. Je suis persuadée qu'ils verraient clair en moi, que malgré les kilomètres de distance les médecins, les infirmières, les dames de l'accueil sauraient exactement qui je suis, comme si j'avais la lettre A cousue en rouge sur mon chemisier en guise de symbole de ma culpabilité.

Jessie dort toujours à poings fermés sur la couverture à côté de moi, les cheveux étalés autour du visage. Maintenant, ses deux bras sont relevés au-dessus de sa tête comme des buts de rugby. Il n'y a pas la moindre ride sur sa peau et, bien que je ne veuille pas la réveiller, je ne résiste pas à l'envie de passer délicatement un doigt sur sa joue ivoire.

Ça me sidère parfois de voir à quel point elle ne me ressemble pas, avec ses cheveux blonds et ses yeux bleus. Et puis ces fossettes – ces fossettes ! –, les plus distinctifs de ses traits. J'essaye d'aspirer mes joues de temps en temps dans l'espoir de recréer les mêmes sur mon visage, mais bien sûr ça ne marche pas. Je me retrouve à la place à faire une tête de poisson qui la fait rire. Parfois, je me surprends à devoir me rappeler que je suis mère, que je suis sa mère, et je me demande si les autres perçoivent cette hésitation, ce doute, ou si je me fais des idées.

Hier, alors qu'on sortait de la boulangerie française, celle qui vend les succulents petits-fours dont j'ai eu une envie subite, la femme derrière le comptoir m'a souhaité une bonne fête des Mères, et il y avait une sorte d'interrogation dans son intonation qui ne m'a pas plu. Ça m'a prise à rebrousse-poil. Ce qui a commencé comme une politesse s'est transformé en question, comme si elle avait douté au dernier moment qu'il fallait bien me souhaiter une joyeuse fête des Mères – mais les mots étaient déjà sortis, il était trop tard pour les retirer.

Étais-je la mère de cet enfant ? Étais-je une mère tout court ? Après tout, on ne se ressemblait pas du tout, et de toute évidence l'absence d'alliance à mon annulaire éveillait les soupçons. J'étais peut-être la baby-sitter, la nounou, la fille au pair.

En remerciant la femme, je l'ai vue rougir de honte à l'idée qu'elle avait commis une erreur. Mais j'ai simplement pris Jessie par la main en disant :

— Allez viens, ma chérie.

Comme si ça prouvait là mon statut de mère.

Tout l'après-midi, j'ai ressassé ce moment. Qu'est-ce que cette femme avait pu déceler qui l'ait fait douter que j'étais la mère de Jessie ? La manière dont je me comportais, ma façon de parler, le manque de ressemblance physique ? J'y ai pensé toute la nuit aussi, je voulais savoir, j'avais besoin de comprendre ce qui m'avait trahie, pour pouvoir, la prochaine fois, mieux le cacher.

JESSIE

La journée commence par un ménage, le premier depuis deux semaines. C'est une bonne chose, pour plusieurs raisons. D'une part, je commence à être à court d'argent, et d'autre part, il faut que je m'occupe. J'ai besoin de penser à autre chose qu'à mon numéro de sécurité sociale, à Mme Geissler qui m'espionne derrière sa fenêtre – ce qui, même en plein jour, me fait frissonner. Au point qu'avant de partir je décide de baisser tous les stores de la remise pour que personne ne puisse voir chez moi en mon absence.

Je sors sans bruit et verrouille la porte derrière moi.

Je descends l'allée de derrière pour éviter Mme Geissler.

À 7 h 30, j'arrive à destination, une maison ouvrière typique de Paulina Street. Je dois appuyer deux fois sur la sonnette avant que Mme Pugh vienne ouvrir et, même alors, je perçois une sorte de prudence chez elle, qui pourtant m'accueille d'habitude à bras ouverts. Ce matin, sa voix est différente, dénuée de la gaieté que je lui connais.

— Jessie, dit-elle platement en baissant les yeux sur le seau et la serpillière que je tiens à la main, mon petit chariot de ménage coincé sous mon bras.

Soit bien plus que mes deux bras ne peuvent contenir, et bien que je n'aie encore rien fait tomber je me sens très encombrée.

Le soleil qui se lève réchauffe ma nuque, une sensation bien agréable après la nuit glacée passée dans la remise à calèche, où j'ai frôlé l'hypothermie. Frigorifiée, j'ai claqué des dents toute la nuit, enveloppée dans l'unique couverture que j'ai pu trouver, trois paires de chaussettes aux pieds.

Je n'ai pas l'impression d'être la bienvenue. Mme Pugh semble surprise de me voir. En peignoir et chaussons, elle s'abrite derrière la porte. Moi qui m'attendais à la trouver en tenue de sport. Mais je n'aperçois aucun tapis de yoga et elle ne porte pas ses baskets. Elle ne doit pas se sentir bien, parce que son cours de yoga commence habituellement à 8 heures, et lorsque je me présente devant sa porte à 7 h 30 elle est toujours prête, cheveux attachés en queue-de-cheval avec des mèches qui encadrent son visage. Mais pas aujourd'hui.

— Je suis en avance ? je demande en jetant un œil à ma montre.

Je ne suis pas en avance, je suis pile à l'heure. J'entends la voix de M. Pugh à l'intérieur.

— Qui est-ce ?

— C'est Jessie, répond Mme Pugh.

— Jessie ? répète-t-il, interloqué.

Comme s'il ne me connaissait pas. Alors que je fais le ménage chez eux depuis des années. Tous les mardis.

— Jessie, tu n'es pas en avance. On est mercredi, me dit Mme Pugh.

Je ne déchiffre pas très bien l'expression de son visage, mais je comprends qu'elle est mécontente.

— Tu as un jour de retard. C'est hier que tu étais censée venir.

Je n'en reviens pas. On est mercredi. Et non mardi, comme je le croyais. Je me demande ce que j'ai pu rater d'autre, cette semaine. Tout à coup, je me sens comme en suspens, debout sur la corniche d'un gratte-ciel sans rien à quoi m'accrocher.

Je me confonds en excuses.

— Je suis désolée, je bredouille. Je m'en veux terriblement.

J'essaie de me faufiler à l'intérieur pour faire le ménage sans plus tarder, mais elle me bloque le passage et dit que ce n'est pas la peine.

— On recevait des amis hier soir, Jessie. D'autres parents de l'école maternelle. Il fallait que la maison soit propre, dit-elle en renouant la ceinture de son peignoir pour ne rien montrer de ce qu'il cachait. J'ai dû faire appel à quelqu'un d'autre.

Elle me regarde, mais pas dans les yeux, un peu plus bas. Puis elle lève un doigt, le pointe en direction de ma poitrine, et j'ai beau baisser la tête, je ne vois rien.

— Jessie, ton...

Mais sa voix s'éteint. Elle réfléchit. Abaisse sa main.

— J'ai essayé de t'appeler, mais tu n'as pas répondu.

— Je suis tellement désolée, dis-je. Je pourrais passer un coup de râteau.

Mais il n'y a quasiment pas de feuilles mortes sur la pelouse. Ce n'est pas encore la saison mais je propose quand même.

— Ou tondre la pelouse, peut-être ? j'insiste, bien consciente d'avoir l'air désemparée, mais elle secoue la tête.

— On a déjà quelqu'un pour le jardinage.

— Oui, bien sûr, dis-je, me sentant bête.

Je recule sans regarder où je mets les pieds et rate la marche qui sépare le perron de l'allée. Une seule marche, mais un dénivelé de trente centimètres. La descente est brusque et j'atterris je ne sais trop comment sur la pointe des pieds, mes dents s'entrechoquant sous l'effet du choc. Je ne tombe pas, mais la serpillière m'échappe et un fracas métallique retentit dans toute la rue.

Je m'apprête à partir, non sans trébucher sur le manche à terre, et ce n'est qu'à cet instant que Mme Pugh a pitié de moi.

— Nos invités d'hier, dit-elle. Six enfants et douze adultes De quoi laisser une maison en sacrée pagaille.

Elle ouvre la porte en grand et m'invite à entrer. Mes remerciements sont aussi effusifs que mes excuses. Ça n'a rien à voir avec l'argent, je suis simplement contente d'avoir quelque chose à faire. Je suis prête à tout pour rester occupée.

Je nettoie les plans de travail et les placards de la cuisine, je lave le sol. Puis je récure la salle de bains de fond en comble, passant mon angoisse sur le carrelage blanc semblable à celui des stations de métro. Mais rien n'y fait.

En entrant dans la chambre de M. et Mme Pugh, je remarque un ordinateur sur un secrétaire et ça me donne une idée. Les lignes épurées du bureau sont semblables à celles de l'ordinateur. Un portable fin de couleur argentée qui me demande un mot de passe lorsque je l'ouvre et appuie sur la touche Entrée, en tendant l'oreille au cas où un bruit de pas résonnerait dans le couloir. Démarrer l'appareil est un jeu d'enfant. Le mot de passe est scotché juste sous mon nez, à côté des coordonnées bancaires de M. et Mme Pugh. Les codes de leurs cartes de crédit. Mais aussi ceux de leurs fonds de placement Vanguard. J'entre le mot de passe et l'ordinateur se déverrouille instantanément. Je pourrais facilement détourner quelques centaines de milliers de dollars, mais ce n'est pas ce qui m'amène.

M. Pugh étant parti travailler, il n'y a plus que sa femme et moi dans la maison. Elle s'est assise dans la véranda avec son café et un livre lorsque j'ai commencé à faire le ménage. Je prie pour qu'elle n'en bouge pas, ne surgisse pas soudain dans sa chambre pour me trouver en train de fouiller dans ses affaires.

J'ouvre la page d'un moteur de recherche et tape mon propre nom dans la barre. Jessica Sloane. Sans trop savoir à quoi m'attendre. Ou plutôt, si : je m'attends à faire chou blanc. Au lieu de quoi je découvre qu'une décoratrice d'intérieur qui porte le même nom que le mien occupe les deux premières pages de résultats. À la troisième page apparaît un médecin du nom de Jessica Sloane. Un peu plus bas, une professeure de Pilates. Puis, le compte Tumblr d'une quatrième femme avec le même patronyme.

Mais moi je n'apparais nulle part. Enfin, je ne vois pas pour quelle raison je serais sur Internet. Je n'ai rien fait de remarquable de ma vie ; je ne suis pas sur les réseaux sociaux ; je ne suis jamais passée aux infos. Pendant les vingt dernières années, maman et moi avons mené une vie aussi recluse que possible. Comme des nonnes, sauf qu'on ne priait pas. On ne voyait jamais personne.

Je clique sur « Images ». Des centaines de photos s'affichent à l'écran. Des photos d'intérieurs décorés par Jessica Sloane pour la plupart, dans un style très spectaculaire, très chargé, pas du tout à mon goût. Il y a également des photos d'elle. Et du Dr Jessica Sloane, en blouse médicale blanche, stéthoscope autour du cou, tout sourire. Qui fait de son mieux pour avoir l'air de receler des trésors d'empathie mais aussi d'intelligence. Je clique ensuite sur « Actualités » et vois défiler des articles sur elles.

En entendant du bruit à l'autre bout du couloir, je reste interdite, mains figées au-dessus du clavier. La maison est étroite, toute en longueur, avec de petites pièces. Je tends l'oreille, entends le robinet de la cuisine, puis la cafetière en train de chauffer. Mme Pugh se refait du café.

Ce n'est qu'après avoir entendu ses pas s'éloigner que je reviens à mon écran.

Sans réfléchir, je tape mon deuxième prénom dans la barre de recherche, certaine de n'aboutir à rien. Mais j'obtiens trente-deux résultats, ce qui me facilite la tâche et n'est absolument pas ce à quoi je m'attendais. Au début, je me dis que l'ordinateur s'est trompé.

C'est le premier résultat, en haut de page, qui attire mon regard, une coupure de presse vieille de dix-sept ans. Le titre annonce : « Une fillette de trois ans meurt renversée par un chauffard qui prend la fuite. »

Je suis soufflée. Je n'en crois pas mes yeux. Ces mots. Cette photo. La légende, en italique : « Jessica Jane Sloane ».

C'est moi.

Mes mains s'agrippent au bord du bureau, si fort que mes phalanges deviennent toutes blanches.

Je lis l'article qui détaille les faits. Une enfant s'aventure sur la chaussée, se fait renverser par une voiture. Le chauffard prend la fuite, laisse la petite pour morte. Selon plusieurs témoignages, le conducteur allait trop vite et ne maîtrisait pas son véhicule. Certains ont supposé qu'il était ivre, bien que personne n'ait pu l'identifier, ni relever la plaque d'immatriculation. Les avis divergeaient quant à la couleur du véhicule, preuve de l'impossibilité de se fier aux témoins oculaires. Une ambulance a transporté la fillette, Jessica Jane Sloane, à l'hôpital, où elle est morte.

Je clique à nouveau sur « Images » et tombe sur une photo de la petite Jessica Sloane en maillot de bain violet. Elle a l'air heureuse. Elle a trois ans.

J'ai la tête qui tourne. Mes doigts s'engourdissent. Je ne les sens même plus. Je fixe le visage de la petite fille et me demande qui elle est, et ce qu'elle peut bien avoir en commun avec moi.

EDEN

29 mars 1997
Egg Harbor

Il paraît que la vodka est inodore, et pourtant j'en ai indéniablement senti les effluves dans l'haleine d'Aaron lorsqu'il s'est couché à côté de moi au moment où le réveil indiquait 1 h 13 du matin. Au fil des dernières semaines, j'avais remarqué un léger changement dans ses horaires ; il rentrait chaque soir un peu plus tard.

Au début il n'a rien dit, il m'a juste regardée l'air interdit quand je lui ai demandé s'il avait bu. Mais je n'avais pas besoin de sa confirmation, l'odeur se suffisait à elle-même.

Aaron et deux de ses collègues avaient traîné pour boire un verre après la fermeture. Une soirée de merde, a-t-il précisé, lui qui ne se plaignait jamais. Damien ne s'était pas présenté au travail et Aaron avait eu du mal à tenir la cadence.

— C'était juste un verre à la fin du service. C'est pas comme si je rentrais soûl, bon sang, il a dit en mettant son oreiller sur sa tête.

Inutile que je lui rappelle les effets néfastes de l'alcool sur la fertilité masculine. Il était au courant. Il le savait parce que le Dr Landry nous l'avait dit des mois auparavant, quand on avait abordé les façons d'améliorer la motilité des spermatozoïdes d'Aaron.

Inutile aussi que je lui raconte que j'avais passé la journée toute seule, onze heures d'affilée cette fois. Presque douze. Il le savait aussi. Il savait que je n'aimais pas m'endormir avant qu'il soit rentré. Il savait que la plupart du temps je me consumais d'ennui et de solitude, et à quoi pouvais-je penser pendant ces onze ou douze heures à part à quel point je voulais un bébé ?

J'ai roulé de mon côté du lit en tirant la couverture à moi.

— Quoi ? Tu m'en veux, c'est ça ? a demandé Aaron en se redressant.

Je n'ai pas répondu non plus, à quoi bon de toute façon, il comprenait rien qu'à ma posture, à la tension qui se dégageait de moi. Il a tendu la main vers moi, mais j'ai reculé. Il a soupiré.

— J'ai eu besoin de décompresser. De m'amuser un peu.

Tu parles d'une explication. Ça n'a fait qu'alimenter ma rage, de l'imaginer là en train de boire de la vodka et de s'amuser avec ses collègues.

— Qu'est-ce qu'il y a de mal à ça ? Tu as une idée du stress que je subis au boulot ?

Mais je réfléchissais déjà à tout autre chose. Non seulement Aaron rentrait de plus en plus tard parce qu'il buvait un verre avec des collègues de travail – des femmes ? ai-je eu envie de demander, mais je n'ai pas pu, par peur de la vérité, peur qu'Aaron passe du bon temps avec de jolies chefs et serveuses pendant que je l'attendais, prisonnière de ma propre maison – mais il gaspillait notre argent dans de l'alcool. De l'argent qu'on aurait pu économiser pour les traitements de PMA. Pour avoir un bébé.

— Ce n'est pas la peine de gâcher notre fric comme ça, j'ai fait. Déjà qu'on n'en a pas beaucoup.

Après quoi je lui ai demandé avec qui il était et il a énuméré des prénoms. Casey. Riley. Pat. Comme par hasard, des prénoms unisexes. Qui m'ont gardée éveillée la moitié de la nuit, à me demander s'ils étaient masculins ou féminins.

— C'est qui, Casey ? ai-je demandé sévèrement.

En l'absence de réponse, je l'ai imaginée : grande, svelte, cheveux caramel et yeux noisette. Charmeuse et tactile, avec une tendance à se tenir trop près des autres, je l'ai soudain vue poser une main leste sur le bras d'Aaron.

Des dents parfaites.

Une peau sans défaut.

Un rire facile.

Moi, j'ai pris cinq kilos avec tous ces traitements contre l'infertilité. Je suis sans arrêt ballonnée, sans parler des sautes d'humeur et de la contrariété. La rétention d'eau fait gonfler mes doigts. Mon alliance ne me va plus, je la laisse la plupart du temps dans un tiroir.

— Qu'est-ce qui t'est arrivé, Eden ? m'a demandé Aaron tout à coup. Tu étais si amusante, avant.

Il a tiré la couverture à son tour, son dernier coup d'éclat.

Allongée dans le noir, j'étais complètement à nu.

Une part de moi se rappelait cette Eden, cette fille si gaie que j'avais été autrefois. Mais ce souvenir me semblait si lointain aujourd'hui…

14 avril 1997
Egg Harbor

Aujourd'hui, j'ai vu une tourterelle pleureuse se faire bombarder de grêle dans notre gouttière. Une femelle, bientôt mère, au magnifique plumage beige, très délicat, couvant ses trois œufs dans la gouttière en aluminium. Avec son partenaire, elle avait passé des jours à construire ce nid de brindilles et de brins d'herbe – de la fenêtre du premier étage, je les regardais voleter des branchages à l'abreuvoir, récoltant de la matière qu'ils assemblaient solidement – sans songer une seule fois à l'eau de pluie qui allait ruisseler devant sa maison ni à la grêle qui lui ôterait la vie.

Des grêlons de la taille de balles de golf, des munitions mitraillées en direct du ciel vert pâle. Je ne me suis jamais sentie aussi impuissante qu'en la voyant couver ses œufs, les protéger jusqu'au bout. Son calvaire a duré six minutes, au terme desquelles elle gisait à la même place, immobile, pliée sur ses œufs comme une cape, et je ne savais pas quoi faire. Il n'y avait pas de sang. Je me serais attendue au contraire, mais les lésions internes étaient probablement très importantes, preuve de ce que certaines mères sont prêtes à endurer pour sauver leurs petits. Elle aurait pu s'envoler, se réfugier sous l'orme ou les peupliers du jardin qui nous bloquaient en partie la vue sur le lac.

Mais non. Elle est restée.

L'orage est passé. Les nuages se sont dissipés et le soleil est revenu. Un arc-en-ciel est apparu dans le ciel. La grêle a fondu. L'eau de pluie s'est évaporée. La seule trace de la tempête était cet oiseau mort.

Aaron m'a regardée traîner la vieille échelle en bois à l'arrière de la maison et commencer à grimper. Il m'a demandé ce que je faisais pendant que mes pieds nus chancelaient sur l'échelle bancale. Arrivée tout en haut, je l'ai vue, étendue de travers, tête tombant dans la gouttière. J'ai posé un doigt sur son poitrail, en quête de battements, en vain. Je l'ai prise dans mes mains. Sous son corps, les œufs étaient intacts.

Elle est morte en martyr.

Je l'ai enterrée sous le treillis, que la clématite avait envahi de ses fleurs blanches à cette époque de l'année.

Il paraît que les tourterelles pleureuses n'ont qu'un partenaire dans toute leur vie. Pour autant que je sache, le mâle n'est jamais revenu pleurer sa partenaire ni prendre des nouvelles des œufs.

C'est comme ça parfois avec les hommes.

24 avril 1997
Egg Harbor

Je ne peux plus rester toute seule à la maison à longueur de journée, je ne me fais plus confiance.

Trop souvent, je vais en ville et me gare devant l'école de danse pour observer les allées et venues des petites ballerines. Il pleut beaucoup à cette époque de l'année, alors avec leur parapluie à la main, elles sautent par-dessus les flaques et marchent plus vite que d'habitude, bien que la petite Olivia soit toujours à la traîne. Un jour où la météo sera vraiment abominable, au point que personne n'ait envie d'être dehors, je suis persuadée qu'on l'oubliera. Ça me rend malade d'être là à les regarder dans leurs petits justaucorps et leurs tutus, j'ai l'impression d'être devenue une vraie voyeuse ; il n'y a rien de pervers ni de dépravé dans les pensées qui me passent par la tête, et pourtant je le sais en mon for intérieur, c'est malsain de se languir à ce point de l'enfant de quelqu'un d'autre.

Et donc, contre la volonté d'Aaron, j'ai trouvé un travail. Une façon utile de passer mes journées au lieu de monter la garde à l'école de danse.

On ne se parle quasiment plus, à part lors de ce moment flou qui revient tous les mois, lorsqu'à la clinique ils sélectionnent le sperme d'Aaron avant de l'injecter dans mon corps. Là, on parle. De quoi, je ne sais pas. De rien. Quand je lui pose des questions, je suis stupéfaite de la brièveté de ses réponses, un ou deux mots au plus, qui ne laissent aucune chance au dialogue. Il s'arrange pour ne pas croiser mon regard. Il ne me demande rien. On tue le temps dans la salle d'attente de la clinique jusqu'à ce que quelqu'un m'appelle, et enfin on m'accorde l'amnistie, un acte de grâce, une raison de ne pas être obligée de rester assise et de parler à mon mari.

Le travail que j'ai trouvé, c'est à l'hôpital. Au service facturation, dans le codage des informations médicales, domaine dans lequel j'ai beaucoup d'expérience après toutes ces années passées au service d'un pédiatre de Green Bay. Je passe donc huit heures par jour à éplucher les dossiers médicaux des patients pour voir ce que l'on doit leur facturer ; à entrer des données ; à contacter des compagnies d'assurances ; à envoyer des factures aux patients. Ça fait du bien de faire quelque chose de mon temps, de gagner un salaire.

Et pourtant, le poste n'a pas que des avantages, loin de là.

Hier, en feuilletant des dossiers, je suis tombée sur celui d'une petite fille tuée dans un accident de voiture. Elle a échappé à la vigilance de sa mère, s'est aventurée sur la route, et s'est fait renverser par une voiture sur la quatre-voies qui traverse la ville. La fillette – bien que je ne l'aie jamais vue, j'ai imaginé son fragile petit corps brisé encore vêtu d'une salopette en jean, et ses cheveux châtain clair attachés en couettes piquetés de taches de sang – a été transportée à l'hôpital en ambulance, où elle a passé des examens et reçu des soins, du scanner pour estimer la gravité des lésions cérébrales à l'opération censée contrôler l'hémorragie interne et la pression intracrânienne. Une craniectomie décompressive, comme l'indique son épais dossier. Il y a eu des transfusions sanguines. On lui a donné des narcotiques contre la douleur. Un anesthésiste a été appelé pour une anesthésie locale avant l'opération. Opération qui a duré six heures, et chacun de ces éléments coûtait un prix exorbitant, que la modeste assurance santé de la famille refusait de prendre en charge. Pendant six heures de supplice, tandis que la mère de cette fillette – j'ose à peine l'imaginer – est restée assise dans la salle d'attente à se ronger les ongles jusqu'au sang, un neurochirurgien, avec toute une équipe de médecins, d'infirmiers et de techniciens, a retiré une partie du cerveau de la petite pour laisser de la place au gonflement interne.

Malgré cela, elle n'a pas survécu.

Le temps que toute cette paperasse me parvienne, ça faisait des jours que les anges l'avaient emmenée. Sa mère ne sanglotait plus entre les murs de l'hôpital. Son corps avait été retiré de la morgue, transporté aux pompes funèbres, et enterré.

Pourtant, pour moi, c'est comme si cela venait de se produire et cette douleur restera longtemps avec moi. En entrant les codes de facturation dans l'ordinateur, j'ai pleuré cette petite fille que je n'ai jamais rencontrée, mes larmes ont roulé le long de mes joues pour atterrir sur le clavier. Bien que je ne connaisse que son nom et son numéro de sécurité sociale, cela m'attriste et me fait enrager de savoir, alors que j'aurais préféré l'ignorer, que comme les personnes âgées ou malades les petites filles en parfaite santé meurent, elles aussi.

Mais mon travail présente également des avantages.

Je porte un badge qui me donne accès aux moindres recoins de l'hôpital, y compris la maternité, où je peux regarder les bébés se faire choyer à la nurserie, immobiles dans leurs petits couffins à roulettes, emmaillotés comme des burritos avec des petits bonnets en tricot sur leurs adorables têtes déformées.

Je ne les ai pas cherchés – je m'étais même interdit de rendre visite aux nouveau-nés – jusqu'au jour où un couple de futurs grands-parents m'a arrêtée dans un couloir pour me demander où se trouvait le service de néonatologie. Je n'ai eu d'autre choix que de les y accompagner, de les guider à travers le dédale de couloirs, de doubles portes, jusqu'à l'unité où les nourrissons m'ont fait de l'œil.

J'ai l'impression de rester là-bas durant des heures, à regarder par la vitre, finissant par accepter ma dépendance. Pas une journée de travail sans que je ne fasse au moins un détour par la nurserie, et quand je suis assise à mon bureau en train de coder des actes médicaux je ne pense qu'à ça, voir ces bébés. Me procurer ma dose. À force d'y aller, je connais bien les infirmières. Elles m'appellent par mon prénom, me montrent les derniers arrivés, avec leurs yeux bouffis mi-clos, leurs petites jambes encore repliées comme à l'intérieur du ventre douillet de leur mère, avant que leur tête, aspirée par le monde extérieur, ne prenne une forme légèrement conique.

Quand elles m'interrogent, je leur dis que je suis en formation pour devenir infirmière puéricultrice moi aussi, et que dès que j'aurai mon diplôme je postulerai ici, pour travailler à la nurserie de notre hôpital. J'explique que je viens pour observer, apprendre, voir comment s'y prennent les professionnelles. Je les flatte pour ne pas qu'elles trouvent étrange que je passe tout mon temps libre en dehors de la facturation à regarder des bébés qui ne sont pas les miens. Elles sourient, elles trouvent ça fantastique, et parfois, si j'ai de la chance, elles me laissent me faufiler à l'intérieur pour pouvoir caresser la peau toute douce d'un minuscule bébé.

Même si, bien sûr, ce n'est pas pour cela que je visite la nurserie.

JESSIE

Il n'est même pas 10 heures quand je quitte la maison des Pugh. La journée s'étire devant moi comme le Sahara, immense, déserte, aride. Je suis encore plus agitée qu'avant, une vraie boule de nerfs alors que je n'ai plus rien à faire. Nulle part où aller. Personne à qui parler.

J'ai emporté dans mon sac l'impression de l'article de presse que je viens de trouver sur Internet, soulagée d'entendre Mme Pugh me lancer depuis l'autre bout du couloir qu'elle sortait prendre l'air et de pouvoir faire fonctionner l'imprimante sans lui mettre la puce à l'oreille. Parce qu'il était hors de question que je reparte sans cet article.

Je chevauche Fidèle Destrier et pédale sans but, tourne au hasard des carrefours, la tête dans les nuages. Je tourne en rond, passe trois fois devant le même traiteur sans le vouloir. Je parle à maman. Je l'interroge sur ces histoires d'acte de naissance, de carte de sécurité sociale, sur la fillette de l'article. Qui est-elle, qu'est-ce qu'elle a à voir avec moi ? *Dis-moi, maman,* je crie dans ma tête, *j'ai besoin de savoir !*

Ce n'est qu'en voyant une femme me dévisager au coin d'une rue comme si j'étais folle que je me rends compte que je parle tout haut.

Je finis par me retrouver dans le quartier du Loop. Toujours sans le vouloir. Ça se fait malgré moi, comme un message subliminal qui m'incite à pédaler plus vite, jusqu'à l'Art Institute sur Michigan Avenue, où je gare mon vélo à quelques pas des lions en bronze.

Mais je ne vais pas au musée.

Je me dirige vers l'aile sud du bâtiment et me glisse dans ce monde secret de parterres de fleurs et de bosquets d'aubépines. Moi, je n'aurais jamais deviné de quelle espèce d'arbre il s'agissait, c'est maman qui me l'avait indiquée ; tout comme c'était elle qui avait découvert cet endroit par hasard, quand j'étais petite et qu'on se promenait. C'était l'automne, les arbres, irréguliers, se dépouillaient, quelques pointes couleur cuivre perçaient à travers le vert environnant, comme c'est le cas aujourd'hui.

« Allons jeter un œil par ici », avait dit maman ce jour-là en me prenant par la main. Cette première fois, je ne voulais pas y aller. Je préférais chevaucher les lions en bronze, mais maman avait dit non. Les lions, on pouvait les regarder, c'est tout. On ne pouvait pas grimper dessus, bien qu'elle m'ait laissée les caresser quand on est passées devant.

L'entrée du jardin est gardée par des carouges à miel, qui séparent le reste du parc de la jungle urbaine. J'entre. Je descends quelques marches en dessous du niveau de la rue. Je me faufile entre les arbres, me perds sous une marquise de feuillage, transportée à des centaines de kilomètres de la ville.

Il y a des gens. Je ne suis pas la seule à connaître cet endroit. Mais tout le monde est calme. Paisible. Ils boivent du café, des smoothies, lisent des livres, regardent dans le vide. Une femme gratte un emballage de muffin et lance des miettes à un petit oiseau.

Ici, c'était l'un des endroits préférés de maman. Elle pouvait passer des heures assise sur le rebord d'une plate-bande surélevée. Elle me regardait marcher sur ces bordures les bras tendus de part et d'autre de mon corps, comme une funambule. Elles sont grandes, au moins six ou sept mètres de côté, alors réussir à faire tout le tour sans tomber me faisait toujours l'effet d'avoir accompli un exploit.

Maman me laissait faire pendant des heures. Elle ne s'est jamais lassée.

Il y avait un endroit qu'elle appréciait en particulier, parce qu'il était isolé, en retrait de l'entrée qui donnait sur la rue, c'était la fontaine et le petit bassin. Même dans les endroits secrets, il fallait qu'elle déniche le recoin le plus à l'écart.

C'est vers là que je me dirige, en me disant que je me sentirai peut-être plus proche d'elle si je m'assois là-bas. Qu'on pourra en quelque sorte entrer en communion.

Mais la place est déjà prise. Un homme est assis là avec son journal. Ce qui a pour effet de m'agacer au plus haut point : mais quel culot il a de prendre la place de maman. Alors je m'assois en face de lui sur le rebord d'une jardinière, à cinq mètres de distance, et je le regarde en attendant qu'il s'en aille. Je me dis que si je le fixe ça devrait le mettre mal à l'aise et il sera bien forcé de partir.

Mais ça ne le dérange pas. Il ne me voit même pas. Il est trop absorbé par le journal qu'il a entre les mains.

Vu qu'il est assis, il m'est difficile de savoir s'il est grand ou petit. Une cheville posée sur le genou opposé, il porte une tenue passe-partout. Pantalon, chemise, chaussures. Rien de particulier. Des vêtements simples. Les manches de sa chemise sont retroussées jusqu'à ses coudes. Sur son avant-bras gauche, je distingue une cicatrice. Une plaie d'une quinzaine de centimètres qui a mal cicatrisé. La peau tout autour est rose et boursouflée.

Il a l'air triste. C'est la première pensée qui me vient. Il se dégage de son visage et de ses gestes une certaine mélancolie. Ça se voit à ses commissures tombantes qui le font grimacer légèrement. À ses épaules affaissées. J'en sais quelque chose, parce que chaque fois que je regarde mon reflet dans un miroir je vois la même chose. Il porte une barbe courte, entretenue qui lui donne un air noble et mystérieux. Il a la peau tannée comme celle d'un élan, étendue et séchée au soleil avant d'être fumée au feu de bois. Il ne feuillette pas son journal, il a les yeux rivés à un article, et comme il plie les pages, personne ne peut voir de quoi il s'agit. Quelque chose de terrible a dû se produire dans le monde. Ça arrive tout le temps. Je me demande ce que c'est, cette fois. Une attaque terroriste. Des femmes et des enfants massacrés par leurs propres chefs d'État. Une fusillade dans une école primaire. Des enfants assassinés par leurs parents.

Je regarde le mouvement de ses yeux à mesure qu'ils parcourent l'article. De gauche à droite. Passant à la ligne suivante. Mais comme son regard est dirigé vers le bas, je ne distingue pas grand-chose à part ses paupières et ses cils. Il se mord la lèvre. Il mord fort, pour que la douleur l'emporte sur celle qu'il éprouve à l'intérieur. Moi aussi je fais ça.

Il tend la main vers son gobelet de café posé sur le rebord à côté de lui. Je déchiffre les mots sur le carton ondulé qui l'entoure. Il l'a acheté dans un café de Dearborn Street. Je n'y suis jamais allée, mais je visualise l'endroit.

Puis il se lève et s'en va, et je me prépare à aller prendre sa place. Il glisse une casquette orange sur ses cheveux châtains, mais il part en oubliant son journal. Parce qu'il est triste. Il a la tête ailleurs.

Tandis qu'il s'éloigne, je remarque qu'un de ses lacets est défait et que le bas de son pantalon est coincé derrière la languette de sa chaussure. Il laisse les choses comme elles sont. Je le regarde encore quelques secondes.

Mais quand j'arrive près de l'endroit où il était assis, je l'appelle.

— Monsieur ! je crie en attrapant le journal avant que le vent ne l'éparpille aux quatre coins du jardin. Monsieur, votre journal.

Mais il poursuit son chemin et, avant que j'aie le temps de lui courir après, quelque chose sur la page me saute aux yeux. Ça me prend à la gorge, m'ôte la parole et me cloue sur place. Je suis comme les lions de bronze qui gardent l'entrée du musée.

Sur la page de journal, il y a le beau visage de maman. Ses beaux yeux noisette et ses beaux cheveux châtains, affadis par l'impression en noir et blanc.

C'est sa notice nécrologique. Celle que j'ai rédigée parce que j'avais besoin que le monde entier sache qu'elle était morte. C'était une façon de concrétiser son décès. De rendre la chose réelle. Je m'étais dit qu'une fois les mots imprimés je ne pourrais plus en douter.

Cet homme… L'homme triste assis à l'endroit préféré de maman. Il lisait sa notice nécrologique.

Il avait tourné les pages et plié le tout de sorte que maman se retrouvait en première page, et c'étaient ces mots qu'il lisait en se mordant la lèvre pour s'empêcher de pleurer.

La mort de maman, c'était ça qui le rendait triste.

Je relis les mots. Brefs, parce qu'il n'y avait pas énormément d'informations à fournir. Pas de cérémonie commémorative. Personne à qui envoyer des fleurs.

À la dernière ligne, on peut lire : *Eden Sloane laisse derrière elle une fille, Jessica.*

Mes jambes s'engourdissent. Je reste interdite. Parce que l'homme a entouré un mot de la rubrique, et c'est mon prénom. Jessica.

EDEN

12 juillet 2003
Chicago

Le parc porte le nom d'un poète, à ce qu'il paraît. Mais personne ne prête attention à ce genre de détails, parce que pour la plupart des gens il ne s'agit que d'un endroit où les enfants peuvent se défouler, avec, de l'autre côté d'un grillage, un terrain de basket où jouent des garçons, leurs matchs inlassablement rythmés par les rebonds du ballon sur le ciment. Ce sont surtout des adolescents, et de leur bouche s'échappent régulièrement des chapelets d'injures ; je suis bien contente que Jessie soit trop jeune pour comprendre ce qu'elles signifient, bien qu'il lui arrive de marquer un temps d'arrêt pour les regarder. Elle se fige sur l'aire de jeux et les observe.

Il y a des terrains de base-ball au loin, et de l'autre côté d'un pont un chemin qui serpente le long du fleuve qu'on emprunte de temps en temps, mais pas aujourd'hui. Aujourd'hui, elle a joué dans l'aire de jeux et, pour la première fois, s'est fait une copine. Pas une copine qu'elle reverra ou qu'on invitera à la maison, non, Jessie et moi ne nouons pas ce genre de relations.

Mais une copine qui, l'espace de quinze ou vingt minutes, devient une meilleure amie. Une âme sœur.

Je les ai regardées se courir après à en avoir le tournis, le long de l'échelle, du toboggan. Encore et encore. Pour autant que je sache, elles ne se sont pas dit comment elles s'appelaient. Parce que c'est comme ça avec les enfants. Simple. Direct. Facile.

Il n'y avait personne d'autre qu'elles deux sur l'aire de jeux, et les seules personnes assises non loin étaient la mère de la petite fille avec un nouveau-né dans une poussette vieillotte, et moi. Il a fallu un bon moment et quelques regards maladroits avant qu'elle se lève de son banc et se dirige vers le mien pour me dire bonjour. Je l'ai saluée également et j'ai jeté un coup d'œil au bébé qui dormait à poings fermés sous sa couverture jaune.

— Elle est adorable, ai-je fait.

La petite Piper, née le 1er juillet, avait douze jours. Sa mère se déplaçait avec précaution, comme si elle avait mal, et je n'ai pas eu le temps de lui poser la question qu'elle me racontait déjà son accouchement difficile :

— Piper se présentait par le siège, m'a-t-elle dit. Les médecins ont tout tenté pour la faire changer de position, mais rien n'y a fait.

Elle s'est assise tout doucement à côté de moi en me décrivant sa césarienne dans le détail. L'incision. Les agrafes chirurgicales. La cicatrice qu'elle garderait à coup sûr. Elle a soulevé son chemisier pour que je me rende compte par moi-même, et j'ai rougi à la vue de son ventre encore bombé, du papillon tatoué tout boursouflé à quelques centimètres de la cicatrice, de la peau blanche rafistolée. Elle m'en disait trop, en montrait trop, et j'ai mis cette maladresse sur le compte de son accouchement encore tout récent. Son monde ne tournait qu'autour de ça en ce moment.

— Avec Amelia, ç'a été différent, m'a-t-elle confié, et j'ai supposé qu'il s'agissait de l'aînée avec qui Jessie jouait, qui devait avoir dans les cinq ans.

Agrippées l'une à l'autre en haut du toboggan – les jambes de Jessie enroulées autour de la fillette qu'elle connaissait à peine –, elles ont fait la glissade ensemble et ont atterri le derrière dans les copeaux de bois dans un grand éclat de rire.

— Vingt-quatre heures de travail, et j'ai poussé pendant trois heures, m'a-t-elle précisé, avant de s'étendre sur les flots provoqués par la rupture de la poche des eaux, qui lui avait fait l'effet d'une bombe à eau qui éclate.

Son inquiétude du moment avait été de déféquer sur le lit, comme c'était arrivé à une de ses amies. Elle m'a parlé des petits capillaires sanguins qui avaient éclaté au niveau de son visage à force de pousser, et qui avaient laissé des traces, ici, et puis là. Du médecin qu'elle ne connaissait pas qui l'avait accouchée. De ses seins engorgés, de son incapacité à allaiter tout de suite après la naissance. Le recours au lait maternisé, dont les groupes de parole entre mamans auxquels elle participait avaient horreur.

Pour être honnête, je me suis sentie mal à l'aise en écoutant toutes ces révélations de la part d'une femme que je ne connaissais pas. Mais je me suis fait la réflexion que c'est pourtant précisément ce que font les femmes entre elles, les mères, particulièrement : elles partagent leurs expériences, échangent leurs anecdotes, encouragent la solidarité.

Est venu le moment où elle a posé sur moi un regard plein d'attente, comme si c'était à mon tour de lui raconter mon accouchement. Comme je ne réagissais pas, elle m'a gentiment forcé la main :

— Et ta fille ?

Il fallait que je dise quelque chose, que je façonne une version de la vérité. J'ai imaginé quatre murs d'hôpital, des lumières criardes.

— Tu as accouché par voie basse ? a-t-elle insisté, et l'évocation implicite de mon vagin a suffi à me faire rougir davantage.

Parce que je n'étais pas habituée à ce genre de conversations, intimes et amicales.

La plupart de mes conversations s'arrêtaient à « Bonjour ».

J'ai fait oui de la tête malgré moi, mais je savais que je devais développer, qu'un simple hochement de tête ne suffirait pas.

Alors je lui ai parlé de la salle d'accouchement. De tout cet attroupement autour de moi, des infirmières cramponnées à chacune de mes jambes en m'exhortant à pousser. Leur incantation au creux de mes oreilles – *poussez, poussez* – tandis que je serrais les draps à pleines poignées et que je poussais de toutes mes forces. La péridurale ne faisait plus effet. J'étais une boule de douleur, comme si mes entrailles étaient en feu, sur le point de rompre. J'étais persuadée que j'allais exploser. Une main dégageait doucement mes cheveux collés à mon visage par la sueur, une voix me murmurait des mots d'encouragement et moi je criais comme une bête, mais je me moquais d'être obscène. Les infirmières appuyaient sur mes jambes, m'écartelaient. *Poussez*, elles disaient, *poussez*, ce que j'ai fait, de toutes mes forces, et alors une forme noire a jailli de moi pour atterrir dans les mains délicates du médecin.

Mais je me suis rappelé qu'il ne s'agissait pas de moi.

JESSIE

Avant que j'aie le temps de détacher mes yeux du visage de maman imprimé dans le journal et de mon prénom entouré au stylo, l'homme est sorti du jardin et s'est volatilisé. J'essaie de lui courir après, de franchir les aubépines aussi vite que possible, mais quand j'arrive sur Michigan Avenue, à bout de souffle, il a disparu. Le trottoir grouille de monde, d'enfants en sortie scolaire au musée rangés deux par deux devant les marches. Ils bloquent le passage. Je me faufile entre eux, ces préados qui bavardent en toute insouciance, indifférents à mon désespoir. Le temps que j'atteigne l'autre côté, il ne reste aucune trace de l'homme. De l'inconnu au regard triste et au lacet défait.

Atterrée, je scrute la rue d'un bout à l'autre. Le muscle de ma paupière tressaute. Un spasme involontaire que je n'arrive pas à faire cesser. C'est extrêmement agaçant. L'avenue, avec ses six voies encombrées de voitures et ses trottoirs grouillants de monde, est divisée par un terre-plein planté d'arbres et de fleurs qui bouchent la vue d'en face. Mais je continue à marcher à la recherche de l'inconnu.

Je descends Michigan Avenue d'un pas lourd et désespéré. Le vent s'est renforcé, c'est un vrai mur contre lequel je lutte. Ça m'épuise. Et ma paupière continue à tressauter. Je prends à gauche sur Randolph Street, momentanément à l'abri des bourrasques hostiles qui ne me frappent plus de plein fouet mais sur le côté, de telle sorte que je penche à un angle latéral de soixante-quinze degrés. Au carrefour avec Clark Street, je prends à droite, sans trop savoir où je vais, tâchant à tout prix de retrouver cet homme. Je poursuis vers le nord en scrutant les vitrines pour voir si je l'aperçois. Je jette un œil dans chaque ruelle, hors d'haleine au moment où j'arrive devant un immeuble de cinq étages sur Superior Street, tout en baies vitrées, qui me semble vaguement familier.

Je tourne sur moi-même pour avoir une vue d'ensemble, le portier, le panneau qui vante des lofts spacieux : À VENDRE – RENSEIGNEMENTS À L'INTÉRIEUR. Je sais où je me trouve. Je suis déjà venue ici.

Je suis devant l'immeuble de Liam.

Je ne savais pas que je me dirigeais dans cette direction. Je ne l'ai pas fait exprès. Mais maintenant que je suis là, j'essaie de me faufiler à l'intérieur à l'insu du portier. Peut-être que Liam pourra m'aider à y voir plus clair. La petite fille de l'accident de voiture, l'homme du parc. Il me démontrera qu'il n'y a pas de quoi s'alarmer. Que c'est une simple coïncidence.

Au bord du trottoir, le portier est en train de héler un taxi pour une résidente.

— Je peux vous aider, mademoiselle ? demande-t-il en m'apercevant du coin de l'œil.

Après avoir mis la dame dans le taxi, il se rapproche de moi.

— Je suis venue voir Liam, dis-je.

L'air las, il simule un sourire.

— Liam comment ? demande-t-il, jouant l'abruti, et je me fige.

Je me rends compte seulement maintenant que je ne connais pas son nom de famille. Pour moi, c'est Liam tout court. Jusqu'à hier, il était même moins que ça, parce que je ne connaissais pas son prénom. C'était seulement le garçon de l'hôpital, celui avec les yeux bleus.

Mais je ne tarde pas à comprendre que le portier connaît parfaitement le nom de Liam. Ce n'est pas de la curiosité, c'est une façon de s'assurer que je connais bien Liam avant de me laisser entrer.

— Je ne connais pas son nom de famille, j'avoue, mal à l'aise, dansant d'un pied sur l'autre.

Au début, il hésite, il ne sait pas s'il doit prévenir Liam ou non. Il se pourrait que Liam cherche à m'éviter, qu'il ne veuille pas me voir. Et lui, c'est son travail de tenir les indésirables comme moi à l'écart.

Il me jauge des pieds à la tête. Il me demande deux fois comment je m'appelle. Les deux fois je réponds Jessie, mais pour la première fois, je viens à en douter. Je me sens débraillée, perdue, et même si je n'ai pas d'idée précise de mon allure je vois dans l'œil du portier que ce n'est pas brillant. Je passe une main dans mes cheveux, frotte mes yeux qui continuent à cligner malgré moi.

— Liam vous attend-il ? veut-il savoir, et je n'ai pas la présence d'esprit de mentir.

— Non. Mais, vous pourriez l'appeler de ma part ? je fais, d'une voix qui transpire le désespoir.

Il s'exécute à contrecœur, mais Liam ne répond pas.

— Il n'est pas chez lui, me dit-il en raccrochant.

Je sens le doute commencer à me tarauder. Il me ment. Il ne l'a pas appelé. Il a fait semblant. Le numéro qu'il a composé n'est pas celui de Liam, ou bien il n'a pas enfoncé la touche d'appel. À moins qu'il ait raccroché avant de lui laisser le temps de répondre.

Je suis sur le point de m'énerver, mais alors je me rappelle. Les funérailles. C'est aujourd'hui. Liam est à l'enterrement de son frère. Il n'est pas chez lui.

Je prends congé et m'en vais, l'esprit confus. Il y a une supérette à côté de l'immeuble, où j'entre m'acheter un Coca, dans l'espoir que la caféine me remette les idées d'aplomb. Ou tout au moins qu'elle apaise mon mal de tête.

Je ressors et m'assois à même le trottoir pour faire une pause. J'ai besoin de réfléchir, mais mon esprit est obnubilé par une seule chose. Et si la Jessica Sloane qui a mon numéro de sécurité sociale était bien morte à trois ans ? Si elle n'avait pas été déclarée décédée par erreur, mais était bel et bien morte ? Auquel cas cela signifierait que je vis avec un numéro de sécurité sociale erroné depuis tout ce temps, et une identité à l'avenant.

Est-il possible que l'autre Jessica Sloane et moi ayons des numéros de sécurité sociale si proches qu'ils ne diffèrent que d'un seul chiffre ou aient deux chiffres inversés ? Peut-être qu'à sa mort quelqu'un a entré mon numéro de sécurité sociale par erreur dans le registre des décès. Comme le nom correspondait, ils n'ont pas vérifié à deux fois. Une simple négligence.

Mais j'en doute.

Mon esprit dérive ensuite jusqu'à l'inconnu du jardin. Qui est-il ? Que faisait-il là ? Sommes-nous liés d'une quelconque manière ?

— Jessie ?

Je lève les yeux et aperçois Liam qui se dirige vers moi. En costume noir et cravate. Il est très élégant, c'est certain, mais il semble aussi fatigué que moi.

Je me lève du trottoir pour aller à sa rencontre. À mesure que j'approche, sa mine s'assombrit.

— Ta chemise, dit-il en me montrant du doigt, tu l'as mise à l'envers.

Ce qui ne serait pas si évident si je n'avais pas une étiquette juste sous le menton. Je tire sur le tissu pour mieux voir.

Non seulement je l'ai mise à l'envers, mais j'ai aussi enfilé le derrière devant. Et maintenant que Liam me le fait remarquer, je sens le col trop haut, le tissu trop tendu par endroits. Je n'ai aucun souvenir du moment où je l'ai sortie de la penderie et ôtée de son cintre avant de la passer.

Une chance que je sois habillée.

— Viens, entre, dit-il, son regard s'attardant un peu plus que d'habitude. Tu pourras la remettre à l'endroit à l'intérieur.

— Non, c'est bon, dis-je, me sentant soudain toute bête. C'est qu'une chemise, personne n'a remarqué.

Je soupire, exaspérée. Il perçoit l'épuisement dans ma voix.

— Jessie, dit-il avec plus de détermination. Entre, viens me tenir compagnie.

On entre dans son immeuble et on attend l'ascenseur.

— Tu as dormi la nuit dernière ?

Je ne dis pas oui, ni non, mais mon silence suffit à me trahir. Dans ma tête, je compte les jours. Je perds le fil au bout de quatre, et je recommence en comptant sur mes doigts. J'arrive à sept.

Sept jours que je ne dors pas.

— J'ai vérifié, me dit Liam tandis que l'ascenseur arrive.

Mais la base est légèrement surélevée par rapport au niveau du sol – ce dont je m'aperçois trop tard – et je trébuche en entrant. Liam attrape mon bras, m'empêche de tomber. Il ne me lâche pas. Pas avant que je retire mon bras moi-même et me rapproche d'une paroi à laquelle me tenir si besoin.

— Vérifié quoi ? je lui demande tandis que l'ascenseur nous emmène au cinquième étage.

Mes pieds me soutiennent à peine, je me sens toute barbouillée.

— Le plus longtemps qu'ait tenu une personne sans dormir, répond-il.

Il me dit qu'on peut finir par en mourir. Des rats de laboratoire sont morts à cause d'un manque de sommeil.

— Alors, combien de temps ?

— Onze jours. Onze, Jessie, me répète-t-il pour que ça me rentre dans le crâne, je suppose. Il faut que tu dormes.

— D'accord.

Mais il y a toutes les chances que je n'y arrive pas.

Je lui demande comment s'est passé l'enterrement parce que je n'ai pas envie de parler de mes insomnies ni du fait qu'elles sont susceptibles d'entraîner ma mort dans quatre jours.

— Aussi bien que possible pour un enterrement, me répond-il.

Il hausse les épaules et prend une expression neutre avant de se taire.

L'ascenseur arrive. Liam me précède dans le couloir. Devant sa porte, je reste quelques pas en retrait tandis qu'il l'ouvre. Je découvre une pièce immense, des murs en brique, un éclairage sur rails, et une hauteur sous plafond extraordinaire. Grâce à la baie vitrée, l'espace est inondé de lumière.

— Tu entres ?

Je m'exécute et il referme la porte derrière moi.

Il me propose quelque chose à boire mais je refuse, parce que j'ai déjà mon Coca dont je prends une gorgée. Mais en portant la bouteille à ma bouche ma main se met à trembler sans que je puisse l'en empêcher.

Liam desserre le nœud de sa cravate et enlève sa veste, qu'il lance sur une chaise. Il déboutonne le col de sa chemise, retrousse les manches jusqu'au coude. Se trouve de l'eau fraîche au réfrigérateur et s'affale dans un fauteuil bas. À aucun moment il ne me demande ce que je faisais là.

Je lui tends l'article, la main toujours tremblante et m'assois dans un fauteuil face à lui. Je ne prends pas la peine de remettre ma chemise à l'endroit.

— Qu'est-ce que c'est ? me demande-t-il, mais ce n'est pas vraiment une question parce que déjà il lit l'histoire de Jessica Sloane, tuée à l'âge de trois ans par un chauffard qui a pris la fuite.

Arrivé à la fin de l'article, il me dit ce dont je suis déjà persuadée.

— Étrange.

— Mais c'est une simple coïncidence, pas vrai ? Une erreur ?

Son visage demeure impassible. Il ne prononce pas le oui appuyé que j'espérais, il ne me rassure pas. Cette fois, trop de pièces ne s'assemblent pas.

— Je ne sais pas, Jessie, c'est quand même curieux. Je veux dire, hier, ça pouvait encore passer pour une coïncidence. Pour une simple erreur. Mais maintenant ça ressemble moins à un accident qu'à une volonté de te rendre invisible. Tu n'as pas d'acte de naissance, tu n'arrives pas à mettre la main sur ta carte de sécurité sociale, et le numéro de sécurité sociale que tu penses être le tien appartient à une fille décédée. Qui se trouve porter justement le même nom que toi.

Je lis sur son visage tout ce qu'il y a à savoir. Il a dû m'arriver quelque chose de sordide.

— C'est difficile de croire qu'il ne s'agit pas de toi, dit-il en désignant la photo qui accompagne l'article, mais quand je regarde le visage de la fillette, c'est une inconnue qui me regarde en retour. Je ne l'ai jamais vue avant.

— Mais ce n'est pas moi, je fais, la voix tremblante. On n'a rien en commun. Regarde la forme de ses yeux, son nez. Elle ne me ressemble pas, dis-je en me levant. On n'a rien à voir l'une avec l'autre.

— Ce n'est pas ce que je voulais dire, reprend-il d'une voix douce. Jessie. Écoute-moi. J'insinue simplement qu'il se passe quelque chose, de l'ordre d'une usurpation d'identité, je dirais.

— Comment ça, une usurpation d'identité ? je répète, même si je vois très bien ce qu'il veut dire.

Ce qu'il suggère, ce n'est pas que quelqu'un m'a volé mon identité, mais que moi j'ai volé celle de quelqu'un – sans préméditation, mais cela n'en demeure pas moins une usurpation d'identité.

— Jessie, se lance-t-il, mais je secoue la tête et il s'interrompt.

Le silence se fait. Je me laisse tomber dans mon fauteuil et réfléchis tout haut.

— Tu veux dire que ma mère a changé mon nom, m'a donné une fausse identité et m'a fait passer pour morte ?

Mais c'est impensable. Maman n'aurait jamais fait une chose pareille. Soudain, mon estomac se soulève, acidifié par le Coca. Je n'ai quasiment rien mangé, ce qui, combiné au reste, n'arrange rien. Le malaise part de mon nombril et remonte jusque dans ma poitrine. Une boule de douleur qui se loge sous mon sternum.

— Mais non, dis-je en me relevant brusquement pour faire les cent pas.

Pourquoi maman aurait fait une chose pareille ? Voler l'identité d'une fillette décédée pour me la donner ?

— Pourquoi ? je demande tout haut, bien que lentement la réponse commence à se faire jour en moi : si maman me faisait passer pour cette petite fille, personne n'aurait pu suspecter qu'elle avait volé l'identité d'un autre enfant. Parce que cet enfant était mort.

Je regarde Liam se saisir d'un ordinateur portable posé sur la table basse et taper des mots en vitesse sur le clavier. Il se lève et me rejoint avec le portable. Ensemble, on fixe les mots à l'écran.

— C'est tout un monde, déclare-t-il. Ça s'appelle le ghosting. Les voleurs ouvrent des comptes en banque et souscrivent à des cartes de crédit en empruntant le numéro de sécurité sociale de personnes décédées. Ils épluchent les notices nécrologiques et accumulent des milliers de dollars de dette au nom d'un cadavre.

— Mais pourquoi ? je demande bêtement, même si je ne suis pas bête à ce point.

Seulement, quelque chose m'échappe. Les gens font ça par appât du gain, mais maman et moi n'avons jamais été riches. On ne menait pas grand train, loin de là. On avait souvent du mal à joindre les deux bouts.

Et puis, maman n'aurait jamais causé de tort à qui que ce soit ; jamais elle ne se serait rendue coupable de vol.

Il doit y avoir autre chose.

Si – et rien n'est moins sûr – elle a volé l'identité d'une fillette décédée pour me la donner, sa raison n'était pas d'ordre financier. Mais alors de quoi pouvait-il s'agir ? Je n'ai pas le début d'une réponse.

Je vide mon Coca. Autant remuer le couteau dans la plaie. La douleur dans ma poitrine empire, je tousse, et l'image qui me vient est celle de tuyaux rongés, l'intérieur de mon œsophage bouché et rouillé.

Je laisse une idée planer dans mon esprit un instant, avant de la chasser.

« Découvre qui tu es », m'a dit maman. Un des deux souhaits qu'elle a émis avant de mourir.

Elle ne parlait peut-être pas de mon inscription à l'université. C'était peut-être beaucoup moins ésotérique que ça. Et bien plus littéral.

Découvre qui tu es. Parce que tu n'es pas Jessie Sloane.

EDEN

28 mai 1997
Egg Harbor

À l'approche de l'été, les touristes font leur retour. La ville retrouve la vivacité qui lui faisait défaut pendant les tristes journées d'hiver. Les arbres bourgeonnent, les fleurs éclosent.

Miranda et ses trois garçons apparaissent comme par magie sur le seuil de ma maison tous les jours où je ne travaille pas – et peut-être même quand je ne suis pas là – avec des cakes aux myrtilles et des tartes aux pommes.

Pendant que les garçons jouent à la balançoire – qui, depuis le temps, aurait dû m'accueillir moi et mon bébé, serrés douillettement l'un contre l'autre, lui sur mes genoux, tout sourire à chaque fois que l'élan nous soulèverait de terre –, Miranda et moi sirotons une limonade. Comme toujours, elle passe son temps à critiquer les joies du mariage et de la maternité, pendant que le petit Carter crapahute sur la pelouse et mange de la terre. Elle se plaint de tout : de son abruti de mari qui rentre tard du travail, ne dîne pas avec eux, ne l'aide pas à coucher les enfants ; de la monotonie des jours qui passent et se répètent ; de la quantité de nourriture qu'ingurgitent trois garçons en pleine croissance. Elle n'arrive jamais à garder des provisions d'avance dans ses placards, me dit-elle, à la minute où les choses sont achetées, elles sont dévorées, ce qui nous amène ensuite à l'énumération des détails qui rendent impossible le fait de faire des courses avec trois enfants : ils se tapent, se bousculent, s'insultent – tête de linotte, imbécile, idiot – courent dans les rayons, se cognent contre les gens, pleurent et se roulent par terre pour obtenir des choses qu'elle leur a déjà refusées, essaient quand même de les glisser en douce dans le Caddie, lui crient qu'elle est méchante quand elle les reprend de leurs mains toutes sales et les repose dans le rayon.

— Ça doit être tellement difficile, dis-je en essayant de compatir.

— Tu n'as pas idée, Eden. Tu te rends compte de la chance que tu as de pouvoir aller faire tes courses toute seule ?

Et là, je me retiens de ne pas crier.

Elle ne me demande même pas comment se passent les traitements contre l'infertilité, bien qu'hier soir Aaron et moi ayons pris la décision de tenter une fécondation in-vitro. Ou plutôt j'ai pris la décision. Le prix est exorbitant, plusieurs milliers de dollars pour un seul cycle. Le Dr Landry prélèvera un ovocyte ou deux de mes ovaires, qu'il combinera à un spermatozoïde d'Aaron afin de créer un embryon, tout ceci dans une boîte de Petri. Comme on cultive des bactéries. Ça semble très scientifique, très artificiel, mais je suis prête à tout pour avoir un enfant.

Je le sais, maintenant.

Mais Aaron, lui, hésite. Hier soir, dans la cuisine, on s'est encore disputé. Il a calculé tout ce que ça nous a coûté en un an, les échographies, les cycles de Clomid, les piqûres d'hormones, l'insémination intra-utérine. Le total dépasse les dix mille dollars. Et cette somme doublera presque avec une seule tentative de FIV. Or, cet argent, on ne l'a pas. Il me le rappelle constamment, comme il me rappelle à quel point on était heureux avant, avant de décider de fonder une famille, et en effet je me souviens très vaguement d'un couple, d'un homme et d'une femme assis sur un ponton, se tenant la main, regardant les voiliers sur un lac – comme dans une autre vie.

— Eden. Je crois qu'on devrait arrêter, il a dit en essayant de m'attirer contre lui, mais je me suis dégagée. On devrait se contenter de ce qu'on a.

— À savoir ? j'ai fait, scandalisée, parce que je me demandais bien ce qu'on avait, sans bébé.

— Nous, a-t-il répondu, l'air triste. Toi et moi. Voilà ce qu'on a.

Mais rien ne me ferait reculer.

— Hors de question qu'on arrête, ai-je décrété, mains sur les hanches.

Je suis sortie de la pièce pour montrer que c'était non négociable.

Suite à cela, j'ai souscrit à trois cartes de crédit à mon nom, avec lesquelles je paie les rendez-vous chez le Dr Landry à tour de rôle. Crédits qu'on n'est absolument pas en mesure de rembourser, même en choisissant les mensualités minimales. Les taux d'intérêt s'envolent tandis que notre maison se délabre petit bout par petit bout. La chaudière est en panne ; il faudrait aussi remplacer toute la plomberie avant que les tuyaux vieux de plusieurs dizaines d'années finissent par lâcher complètement. Les fenêtres laissent passer les courants d'air ; elles aussi il faudra les remplacer avant l'hiver prochain, sinon on dépensera une fortune en chauffage, jetant littéralement notre argent par les fenêtres.

Mais tout cela est secondaire par rapport à mon envie d'avoir un enfant.

Aaron et moi nous disputons tous les jours à cause de l'argent. Le coût de la nourriture, des vêtements.

Quelles concessions peut-on faire pour économiser davantage ?

A-t-on vraiment besoin de deux voitures, du câble, d'une nouvelle paire de chaussures ?

— C'est ridicule, me lance Aaron en brandissant une chaussure dont la semelle bâille comme une bouche ouverte. Je ne peux pas aller travailler avec ça aux pieds.

Mais je ne lâche pas, soutiens qu'il va faire des folies alors qu'il pourrait la rafistoler.

— Tu peux au moins les faire durer encore un mois, dis-je, pensant à ce que l'on pourrait se payer avec les cent dollars que lui coûtera une nouvelle paire.

Un rendez-vous avec le Dr Landry, une piqûre d'hormones, un mois de Clomid…

Mais Aaron n'en démord pas non plus, ce qui me fait bouillir.

Quel égoïste. Où sont ses priorités ?

À chacune des visites impromptues de Miranda, son ventre est plus gros. Un autre bébé pour bientôt.

— Espérons que ce sera une fille, dit-elle en croisant les doigts.

Si Aaron et moi on se dépêche, me rappelle-t-elle pour la énième fois tandis qu'elle me rejoint dans le jardin pour un verre de limonade, son bébé et le mien iront à l'école ensemble. Ils seront amis.

Je souris.

Je ne le dis pas tout haut, mais j'aimerais mieux mourir que voir mon enfant devenir copain avec celui de Miranda.

13 juin 1997
Egg Harbor

Les roses trémières sont en fleur. La simple vue de leurs couleurs fièrement alignées devant les piquets de clôture délavés me serre le cœur. Elles dépassent largement les autres fleurs du jardin, culminant à plus d'un mètre cinquante. Leurs éclosions rouges en forme de cloche ressortent contre la verdure.

Ça fait un an qu'Aaron et moi avons planté ces graines près de la clôture, à l'abri du vent et de la pluie. Et voilà qu'elles se pavanent dans mon parterre, éclipsant les roses et les lys.

Et me rappellent tout le temps qu'Aaron et moi avons gâché à essayer d'avoir un bébé.

Quand Aaron est parti au restaurant, j'ai pris une paire de ciseaux et j'ai coupé toutes les tiges. De rage, en pleurs, je me suis défoulée sur ces fleurs de toute la colère accumulée depuis un an. Je criais à m'en déchirer les poumons, bien contente qu'à l'abri derrière nos arbres je ne pouvais être ni vue ni entendue. J'ai tiré sur les tiges à pleines mains, arraché les racines, tout piétiné comme une enfant. J'ai saccagé les fleurs, déchiré leurs pétales en milliers de morceaux jusqu'à en avoir les mains jaunes de pollen et le souffle court.

Une fois la crise passée, j'ai tout jeté à la poubelle, là où atterrissent mes tests de grossesse.

Les chevreuils, dirai-je quand Aaron demandera ce qui est arrivé aux roses trémières. Je dirai que les chevreuils n'en ont fait qu'une bouchée, les mangeant à même la tige.

Et ça le mettra plus en rogne que de ne pas réussir à faire un bébé.

Après tout le mal qu'on s'est donné.

— Quel dommage, dira-t-il avant de déclarer la guerre aux innocents chevreuils.

JESSIE

Je prends la ligne marron du métro pour rentrer chez moi, et je fais les deux derniers pâtés de maisons à pied. Je me sens perdue sans mon vélo. J'ai laissé Fidèle Destrier devant le musée, attaché à un range-vélos, lorsque, courant après l'homme mystère, je me suis retrouvée devant chez Liam.

Le temps que j'arrive, il fait sombre, la nuit tombe vite. Je tire la porte derrière moi en actionnant plusieurs fois la poignée pour m'assurer que tout est bien fermé. En proie à une sorte de transe, je ne pense à rien d'autre qu'à Jessica Sloane. Celle qui est morte à trois ans et avec qui je partage mon identité, semble-t-il. Des bribes de l'article que mon cerveau a déjà enregistrées tournent en boucle dans ma tête.

Une quatre-voies où la vitesse est limitée à 40 km/h.

La route serpente à travers la petite station balnéaire.

Le conducteur est sorti d'un virage en roulant deux fois plus vite que la vitesse autorisée.

Chaque fois que je ferme les yeux, je vois son visage.

Je n'ai qu'un vague souvenir d'avoir pris l'ascenseur pour partir de chez Liam, d'avoir franchi les portes tambour, d'avoir marché avec lui jusqu'à Merchandise Mart pour rejoindre le métro. Il m'avait proposé de me payer un taxi mais j'ai refusé.

Alors, il m'a raccompagnée et a acheté un ticket juste pour accéder au quai, et attendre avec moi que le métro arrive.

Je baisse les yeux, et j'aperçois sa veste qui me tient chaud, posée sur mes épaules. C'est lui qui a dû la placer là, mais je ne m'en souviens pas.

Je monte l'escalier de la remise, de vieilles marches branlantes, affaissées en leur milieu et aux bords érodés. Elles grincent. Au bout d'un siècle de passages, la descente s'est raidie et je me tiens à la rampe pour ne pas tomber.

Arrivée en haut, je marque un temps d'arrêt pour reprendre mon souffle. Mais ce n'est pas à cause de l'escalier, ni, pour une fois, du manque de sommeil.

Non, ce qui me coupe le souffle, c'est tout autre chose.

Dès que mes pieds entrent en contact avec le plancher et que mon regard balaie la pièce, je vois que les stores blancs que j'avais tirés avant de partir pour que personne ne puisse voir à l'intérieur en mon absence sont désormais grands ouverts.

C'est comme si mon sang s'épaississait dans mes veines et me paralysait.

Quelqu'un est venu ici.

Instinctivement, je cherche où me cacher. Il y a une penderie tout près, un fourre-tout pour chaussures et manteaux. Je jette un regard dans sa direction. Je pourrais m'y glisser. M'enfouir dans le noir et trembler de peur à même le sol. Parce que la personne qui a touché aux stores est peut-être encore là. Dans cette vieille maison.

Je guette un éventuel bruit suspect. Des pas qui viendraient vers moi. Un souffle lent, contrôlé, tout le contraire du mien. Un grincement du plancher. Mais tout ce que j'entends, ce sont mes battements de cœur.

Je ne me cache pas.

Je n'ai jamais été très courageuse. Maman m'a toujours dit d'affronter mes peurs, de prendre les choses en main, de me battre pour ce qui m'appartient. Alors je traverse lentement la pièce, en quête de signes de vie.

La majeure partie de la maison est visible de l'endroit où je me tiens. Mais il y a quelques recoins qui m'échappent. Un placard, la salle de bains, sous le toit mansardé, où l'ombre emplit l'espace. Tout cela se trouve en haut d'une autre volée de marches, au deuxième étage.

Je les monte sur la pointe des pieds, bientôt prise de crampes. Convaincue que si je me déplace à pas de loup l'intrus ne m'entendra pas arriver.

Une fois en haut, je distingue une silhouette tapie sous la soupente et j'arrête de respirer. Elle est en partie cachée par le matelas, essaie de se tenir immobile mais oscille légèrement.

Ce que je vois, c'est un homme accroupi, qui attend de me sauter dessus lorsque je ferai un pas de plus.

Un cri de surprise m'échappe et je me prépare à l'assaut. Au lieu de quoi je perds l'équilibre, glisse en arrière et atterris sur la marche d'en dessous. Là, je m'accroche à la rampe pour éviter de tomber à la renverse et dégringoler tout en bas de l'escalier. De me briser la nuque.

Mon cœur bat à tout rompre.

Toujours cramponnée à la rampe, je me rends compte que personne ne m'a sauté dessus.

Cette fois, quand je regarde, il n'y a personne.

Rien que l'ombre d'un arbre projetée à travers la fenêtre. Les feuilles m'ont semblé être des cheveux, les branches des bras et des jambes. L'oscillation était due au vent. Il n'y a personne.

Je me dirige ensuite vers la salle de bains. Une toute petite pièce, dont je remarque que la porte n'est pas fermée comme elle le devrait. Derrière, il y a assez d'espace pour accueillir quelqu'un.

Je rassemble tout mon courage avant de continuer. Mais mes pieds refusent d'avancer. Je finis par les contraindre et, très lentement, je m'avance.

Une fois devant la porte, je n'entre pas dans la pièce. Je ne regarde pas non plus derrière la porte.

J'agis violemment, instinctivement, en donnant un coup de pied dedans, de toutes mes forces. Elle rebondit contre le mur, le bois tape contre la cale en caoutchouc. Aucun corps n'a ralenti sa course. Je ne vois toujours personne.

En entrant dans la salle de bains, je trouve le rideau de douche entièrement déplié, étiré d'un mur à l'autre. Il ondule légèrement. Une grille d'aération tout près crache de l'air chaud, mais ce n'est pas ça qui fait bouger le rideau. Je me représente plutôt une silhouette de l'autre côté, dont le souffle agite le tissu.

Quelqu'un est caché derrière ce rideau de douche.

J'avance tout doucement. Sur la pointe des pieds. Je fais deux pas. Trois pas.

Je tends la main, consciente que mon sang s'est figé dans mes veines. Que je retiens mon souffle. Que mon cœur a cessé de battre.

Je sens le coton au creux de ma main tremblante, le plastique de la doublure. J'en attrape une pleine poignée et je tire d'un coup sec. Je me retrouve face à face avec les carreaux blancs du mur de la douche.

Il n'y a personne d'autre que moi.

La remise à calèche est vide. La personne qui était là est partie.

Après ça, je me rue sur le coffre ignifugé dans lequel je garde mon argent pour m'assurer qu'on ne m'a pas volé jusqu'à mon dernier *cent*. Pour quelle autre raison quelqu'un serait-il entré dans la remise, si ce n'est pour me cambrioler ? Ces derniers temps, je cache le coffre dans la penderie, sous un long manteau d'hiver, là où, je l'espère, personne ne penserait à le chercher. J'ouvre le placard, tombe à genoux et prends le coffre dans mes mains. Il est toujours verrouillé. Je glisse la clé dans le cadenas et constate avec soulagement que pas un dollar ne manque.

J'essaie de ne pas me laisser emporter par mon imagination mais au contraire de me ranger du côté de la logique. Je me dis que c'est sans doute moi qui ai oublié de fermer les stores avant de partir. Que j'y ai songé, mais que ça a dû me sortir de la tête. Je réfléchis longuement, essaie de me rappeler le toucher tout doux du tissu lorsque j'aurais tiré dessus avant de le lâcher et de m'assurer qu'il tenait bien en place.

Est-ce que ça s'est passé ainsi, ou l'ai-je seulement imaginé ?

À moins que le mécanisme à ressort se soit déclenché à un moment et que le store se soit enroulé en mon absence ? Le cliquet censé maintenir le store en position fermée aura eu un raté. Une simple défaillance technique.

Ou alors quelqu'un est entré et a ouvert tous les stores de façon à ce qu'à mon retour je sois visible. Je me dis que c'est impossible. La porte d'entrée était fermée à clé. Et que la seule autre personne à part moi à avoir une clé est ma propriétaire.

Je m'éloigne de la penderie pour me poster près d'une fenêtre par laquelle j'observe la maison de Mme Geissler. Il fait chaud ici, tout à coup. Je transpire.

Je ne vois personne chez elle.

Et pourtant, comme la nuit dernière, il y a de la lumière au deuxième étage. Les stores sont baissés, mais pas complètement.

Ils n'atteignent pas le rebord de fenêtre, il reste un interstice de quelques centimètres.

C'est toujours ça.

Les yeux rivés à cette fenêtre la moitié de la soirée, je vois, vers minuit, une ombre passer. Juste une ombre, rien de plus.

EDEN

2 juillet 1997
Egg harbor

Tiens-toi tranquille, ô, mon cœur qui bat, ça a marché ! On va avoir un bébé !

Suite à une tentative de FIV, je me suis assise sur la lunette des toilettes une fois Aaron parti au travail, un test de grossesse entre les mains pour la énième fois. Mais cette fois-ci non pas une mais deux lignes sont apparues dans la petite fenêtre. Deux ! Deux lignes roses parallèles.

Mon cœur s'est mis à cogner contre ma poitrine. J'ai bien failli pousser un cri de joie.

J'ai quand même eu un doute – après des mois de tests qui n'affichaient qu'une seule ligne, il était facile de me convaincre que j'imaginais la seconde, que c'était mon esprit qui l'avait fabriquée. La ligne habituelle était là, rose bubble-gum, cette ligne sempiternelle qui s'affichait tous les mois et me faisait pleurer.

Mais l'autre, la nouvelle, était rose layette, rose vraiment pâle, une suggestion de couleur, le murmure que quelque chose était peut-être présent.

Je prie pour qu'il ne s'agisse pas d'une vue de mon esprit.

Je suis allée au supermarché avec des chaussures dépareillées. J'ai roulé la fenêtre ouverte alors qu'il pleuvait des cordes, dépassé la limite de vitesse. J'ai couru jusque dans le magasin sans parapluie, les cheveux dégoulinants. Si quelqu'un a remarqué mes chaussures, personne n'en a rien dit.

J'ai acheté trois autres tests de grossesse de trois marques différentes au cas où une en particulier serait encline à délivrer de faux résultats. Une fois à la maison, j'ai uriné sur chacune des trois languettes, et je me suis retrouvée avec six lignes au total.

Trois tests de grossesse supplémentaires.

Six lignes roses.

Aaron et moi allons avoir un bébé.

5 juillet 1997
Egg Harbor

Depuis plusieurs jours, on vit dans une euphorie permanente.

Je traverse la maison sur des coussins d'air. J'invente des prénoms de fille, de garçon. Je vais au magasin de bricolage me procurer des échantillons de peinture pour la chambre du bébé.

Toute seule à la maison, je me surprends à danser. À décrire de gracieuses arabesques dans le salon. Moi qui n'ai jamais dansé de toute ma vie. Mais là, c'est plus fort que moi. Mes pieds ont la bougeotte, mes bras se serrent contre mon ventre, cramponnés à la vie que j'abrite. Je danse avec mon futur bébé. Je trouve un vieux disque et le mets sur la platine. Je pose le saphir délicatement sur le vinyle et bouge en rythme sur la chanson que me fredonne Gladys Knight.

Le jour des tests de grossesse positifs, j'ai appelé Aaron au restaurant pour lui apprendre la nouvelle. Je l'avais rarement senti aussi heureux. Il est parti du travail aussitôt pour rentrer plus tôt que jamais, se garant dans l'allée avant 20 heures.

Il m'a apporté de la crème glacée au lit ; il me l'a fait manger avec une cuillère toute tordue. Il m'a frotté le dos. Massé les pieds. Caressé les cheveux. Dit à quel point j'étais incroyable, magnifique, que j'avais déjà cette bonne mine de femme enceinte.

Après quoi il m'a dévisagée, mangée du regard, et mon cœur s'est emballé, un tourbillon de papillons voletant autour de moi. J'ai tout de suite compris ce que la suite nous réservait lorsque mon corps s'est mis à le désirer comme ça n'était pas arrivé depuis longtemps. J'ai soupiré à son contact, il a suffi qu'il pose une main sur mon bras avant d'entrelacer ses doigts aux miens pour que tous mes poils se dressent. Sans me quitter des yeux, il a dit que si notre petite fille me ressemblait elle serait la plus jolie des petites filles. Puis il a coincé une mèche de mes cheveux derrière mon oreille, et j'ai su à cet instant que j'étais à ses yeux la plus belle femme du monde.

Notre petite fille.

Il m'a serrée fort contre lui et m'a embrassée comme il ne l'avait pas fait depuis des mois, d'abord lentement, puis profondément, avec avidité, et je me suis rendu compte à cet instant que cela m'avait manqué autant qu'à lui.

Mon souffle s'est accéléré lorsqu'il a glissé une main sous ma chemise de nuit.

— Tu penses que ça ne craint rien ? ai-je soufflé tandis qu'il m'enlevait ma culotte, même si je désirais plus que tout qu'un nouveau départ nous soit offert à lui, notre bébé, et moi, que toute cette hostilité soit balayée d'un seul coup, par un seul acte. Tu crois qu'on peut ? l'ai-je supplié, et Aaron m'a assuré que tout irait bien, et tandis qu'on défaisait les draps je l'ai cru.

Pour la première fois depuis longtemps, je l'ai cru.

14 juillet 1997
Egg Harbor

Une échographie avec le Dr Landry a confirmé que j'étais enceinte, bien que je n'aie pas eu de doutes à ce sujet : autant de tests de grossesse n'avaient pas pu se tromper. La lutte contre les nausées matinales avait déjà commencé – terme des plus inappropriés car en ce qui me concerne c'était matin, midi et soir. Mais je ne m'en suis pas plainte une seule fois, j'accueillais cette nausée et la fatigue comme un cadeau.

Le Dr Landry nous a dit que notre minuscule embryon mesurait cinq millimètres de long. Allongée sur la table d'examen, les pieds dans les étriers, pour une fois sans éprouver de gêne face à la sonde qui explorait mes entrailles – j'avais fini par accepter cette violation récurrente de mon intimité –, j'ai regardé lorsque le Dr Landry nous a montré le sac gestationnel et le sac vitellin, mais je n'avais d'yeux que pour ce petit bouchon qui serait un jour notre bébé.

Aaron ne m'a pas lâché la main de tout l'examen. Il m'a caressé les cheveux. Il m'a embrassée lorsque l'image est apparue à l'écran, sombre, et avec tellement de grain qu'on n'aurait rien vu sans les indications du Dr Landry. Une fois que je l'ai vu, ce tout petit embryon – un demi-centimètre de long avec des bras en forme de raquette et les mains et les pieds palmés, que je ne pouvais distinguer malgré les affirmations du docteur –, la chose que j'aimais le plus au monde, je n'ai pas pu en détacher mes yeux.

Son cœur battait. On ne pouvait pas encore l'entendre, mais on pouvait le voir. Là, les ondulations sur l'écran. Notre bébé avait un cœur qui battait, et du sang qui circulait dans son corps minuscule. Son cœur avait des cavités – quatre, a dit le Dr Landry ! – et battait comme un cheval au galop, à un rythme qui dépassait allègrement le mien, lui-même au pas de course.

Je suis à six semaines de grossesse. La date de l'accouchement a été fixée.

En mai, Aaron et moi aurons enfin un bébé. On sera parents !

Comment vais-je pouvoir attendre aussi longtemps avant de tenir mon bébé dans mes bras ?

16 juillet 1997
Egg Harbor

J'ai mis ma belle-mère au courant aujourd'hui. Je n'ai pas fait exprès, ça s'est fait comme ça. On était au téléphone et elle m'a demandé, comme tant de fois par le passé :

— Combien de temps on va devoir attendre avant qu'Aaron et toi ayez un bébé ?

J'ai marqué une pause, et c'est ce qui m'a trahie. Le silence qui se prolongeait, parce que j'étais trop occupée à sourire au combiné, sans essayer le moins du monde d'inventer un mensonge.

Si Nora avait été là, elle aurait vu mes joues se teinter de rose ; comme Aaron, elle aurait vu comme je resplendissais. Elle m'aurait vue passer une main délicatement sur le tissu de mon chemisier – mon lien avec cette vie intérieure – et sourire d'un air de triomphe.

Au début, elle n'a rien dit, un silence en réponse au mien.

— Et quand pensais-tu nous mettre au courant ? a-t-elle voulu savoir avec un brin de taquinerie – parce que Nora, bien sûr, doit toujours tout savoir avant les autres. Est-ce que la mère d'Aaron est déjà au courant ? s'est-elle empressée de demander, la jalousie l'emportant avant qu'elle ne finisse par me féliciter et me dire à quel point elle était heureuse pour Aaron et moi.

J'ai ensuite appelé la mère d'Aaron avant de laisser à Nora le temps de le faire afin d'éviter qu'elle se vante d'avoir été mise au courant trente secondes avant elle.

La nouvelle s'est alors répandue comme une traînée de poudre, un brasier se propageant dans toute la famille de coup de fil en coup de fil. À la fin de la journée, presque tout le monde serait au courant.

Arrivée au moment où je disais au revoir à la mère d'Aaron, Miranda a aperçu ma main toujours posée en coupe sur mon ventre.

— Mince alors, t'en as mis du temps.

Elle m'a serrée contre elle brièvement, négligemment, avant d'envoyer ses enfants jouer dehors pour qu'elle puisse s'allonger sur mon canapé et se reposer. Le petit Carter ne voulait pas y aller, lui-même n'étant encore qu'un bébé, alors elle l'a placé dans les bras de Jack en leur disant de sortir et on les a regardés s'éloigner, le petit Carter en pleurs. Pourtant à plusieurs mois du terme de sa quatrième grossesse, elle était de nouveau énorme. Et à voir ses yeux fatigués, ses cheveux sales et ses jambes enflées, il était clair que la grossesse ne convenait pas à Miranda.

Ses vêtements de grossesse ne lui allaient plus, ils laissaient entrevoir une partie de son ventre, une bande de peau couleur cendre tendue à l'extrême, marquée d'une ligne noire verticale qui partait de son nombril. Elle n'affichait pas cette bonne mine typique des femmes enceintes, mais des taches brunes un peu partout ; les hormones ne travaillaient pas en sa faveur.

— Attends d'être aussi grosse que moi et tu verras, a-t-elle dit en me surprenant en train de la regarder se laisser tomber dans les coussins, telle une girafe maladroite tentant de s'asseoir.

Tu sais que moi aussi j'ai une grande nouvelle, a-t-elle ajouté, comme si elle ne supportait pas de me voir heureuse, comme si elle ne pouvait pas s'effacer derrière mon bonheur rien que pour cette fois. On va avoir une fille ! s'est-elle écriée en tapant dans ses mains.

Joe n'était pas encore au courant, mais elle avait jeté un œil à son dossier médical lorsque l'obstétricien était sorti de son cabinet lors de son dernier rendez-vous, et là, dans la marge, elle avait vu le symbole de Vénus dessiné à l'encre noire.

— Enfin, a-t-elle fait en regardant de travers ses trois garçons par la fenêtre, le Jack de vingt-deux kilos qui traînait le petit Carter de dix kilos, toujours en larmes. Après tout ce que j'ai subi.

J'avais envie d'être contente pour elle. Vraiment. Mais je n'ai pas réussi.

Elle ne méritait pas d'avoir un autre bébé, pas plus qu'un assassin ne mérite miséricorde.

J'ai été soulagée lorsqu'une heure plus tard Paul s'est oublié sur lui et qu'ils ont dû partir.

Aaron voulait garder le secret un peu plus longtemps, mais c'était plus fort que moi. J'avais envie de le crier sur tous les toits, d'annoncer au monde entier que j'allais être mère.

— À quoi bon attendre ? lui ai-je demandé plus tard cet après-midi-là, tandis qu'il se préparait à aller au travail.

Je fronçais les sourcils, vexée qu'il veuille garder le secret. On a mis un an à y arriver, vu nos vies et notre mariage battre de l'aile pour faire ce bébé, accumulé des dettes astronomiques pour payer les traitements qui ont englouti nos économies.

Et pourtant, je suis au comble de la joie. Rien ne me rendrait plus heureuse.

J'ai enfin ce que je désirais le plus au monde.

Je veux que tout le monde le sache.

— Juste au cas où, a répondu Aaron quand je lui ai demandé à quoi bon garder le secret.

— Au cas où quoi ? ai-je insisté, le poussant dans ses retranchements, mais il n'a pas osé dire les mots tout haut.

Il faisait preuve d'un optimisme prudent, je le savais, mais ce que je voulais, c'était qu'il exulte de joie, comme moi. Assis dans la cuisine, il était en train d'enfiler ses chaussures neuves, des mocassins noirs imperméables et antidérapants qui avaient coûté une fortune, mais tout cela ne compte plus à présent. Que nous importe le coût de la nourriture, celui des chaussures ?

Puisqu'on va avoir un bébé.

Il s'est levé et m'a prise dans ses bras, les mains posées au creux de mon dos. J'ai respiré son odeur à pleins poumons, ce mélange de savon et d'après-rasage, car bien sûr Aaron ne porte pas de parfum. Ses mains étaient rêches à force d'avoir travaillé toutes ces années, fait la vaisselle, reçu des éclaboussures de sauce brûlante. Sans compter les entailles de couteaux d'office. Toutes ces coupures, cicatrisées mais toujours présentes. Les mains d'Aaron, bien que rugueuses et calleuses, étaient la chose la plus douce au monde lorsqu'il les a glissées sous mon chemisier pour les passer sur ma peau nue.

Il ne voulait pas dire les mots tout haut mais c'était inutile. Je savais exactement à quoi il pensait.

— On a vu notre bébé, lui ai-je murmuré au creux de l'oreille. On a vu les battements de son cœur. Tout va bien.

JESSIE

Je sors de bonne heure, contourne la remise à calèche pour prendre mon vélo, mais sur place je m'aperçois qu'il a disparu. L'endroit où je l'ai accroché hier est désert.

La panique me submerge.

On m'a volé Fidèle Destrier.

Mon cœur s'emballe, mes joues s'échauffent à cause de la colère et de la peur qui s'emparent de moi. Je scrute la ruelle d'un bout à l'autre, le moral au plus bas. Je sens les larmes me monter aux yeux. Je suis à deux doigts de pleurer.

Mais ça me revient. J'ai laissé Fidèle Destrier devant le musée. On ne me l'a pas volé. Je suis rentrée en métro hier.

Je prends la ligne marron en direction d'Albany Park, et descends à Kimball. Puis je marche jusqu'à notre ancienne maison, un pavillon typique de Chicago, cubique, en brique, avec un toit à deux pans, dans une rue où chaque maison est une réplique de la suivante. Le désespoir s'est infiltré dans mes veines ; il faut à tout prix que je mette la main sur mon acte de naissance et ma carte de sécurité sociale, c'est une question de vie ou de mort. Il faut que je découvre qui je suis. Je dois écumer la maison une dernière fois pour voir si je parviens à trouver quelque chose qui m'aurait échappé jusqu'alors. Parce que la vente de succession a lieu bientôt, et après il sera trop tard. Tout ce qui m'appartenait à une époque disparaîtra.

Ça ne fait que deux jours que je suis partie, et pourtant, en avançant sur le trottoir, je me sens nostalgique. Maman me manque plus que jamais. Ma maison me manque. Le panneau À VENDRE planté dans l'herbe verte, affichant le visage de l'agent immobilier décoloré dans un coin, me retourne le ventre. J'ai choisi cette femme parce que j'avais vu son visage sur un panneau similaire plus loin dans la rue. Il y avait un numéro, alors j'ai appelé. En un rien de temps, la maison était sur le marché, et bientôt, toute trace du temps que j'y ai passé avec maman aura disparu.

La maison a l'air différente. Les seuls éléments encore présents sont les fantômes qu'on y a laissés. À part notre pavillon, toute la rue est conforme à ce qu'elle était, comme si personne n'avait remarqué que j'étais partie ou que maman était morte, ce qui, même si ça m'énerve, est probablement le cas. La seule personne en vue est notre voisin, M. Henderson. Debout sur sa galerie, ses cheveux clairsemés dressés sur la tête, il fume un cigare, le visage entouré de volutes de fumée. Il porte un pantalon en velours, des chaussons, un pull de marin. Même si, pour autant que je sache, il ne pêche pas. Il enseigne la littérature dans une fac du coin et il est prétentieux comme tout. Pas le genre de personne à donner un coup de main quand le cancer de maman s'est étendu à ses os et qu'elle était plus sujette aux fractures. Un matin où j'étais à l'école, elle est tombée et s'est brisé la hanche. Allongée sur le dos sans pouvoir se relever, elle appelait à l'aide par la fenêtre ouverte.

Il l'a entendue, de son salon, son cigare à la main. Il l'a forcément entendue crier. Bien qu'à l'arrivée de l'ambulance il se soit planté devant chez lui pour profiter du spectacle en affirmant qu'aucun cri n'était parvenu à ses oreilles.

Je me concentre sur le trottoir pour ne pas tomber de la bordure sur laquelle je marche comme sur un fil. Parce que si je tombe dans la fosse à crocodiles maman ne sera pas là pour me repêcher.

Je traverse la rue et mets un point d'honneur à ne pas saluer M. Henderson ni à croiser son regard de fouine. Je monte les marches du perron en fouillant dans mon sac en quête des clés.

Ce quartier existe depuis une éternité. La plupart des maisons datent des années 1920, époque d'un boom immobilier qui a vu des milliers de pavillons sortir de terre du jour au lendemain, exauçant les rêves de propriété de la classe moyenne, en pleine expansion, elle aussi. Parce que ces maisons étaient pratiques et abordables. Et parce qu'il y en avait des tas. Où qu'on se tourne dans ce quartier, on ne voit que ça, de la brique, des arbres, et de la brique. À perte de vue. Il ne fait aucun doute que maman a choisi de vivre à Albany Park parce que c'est relativement bon marché et que c'est un bon endroit pour élever des enfants.

On avait prévu une sortie au restaurant quand on a su qu'elle était en rémission pour la seconde fois. Au Gibsons Steakhouse. Elle allait s'acheter une robe pour l'occasion parce qu'elle ne dépensait jamais d'argent pour elle. Dès qu'on avait un peu d'argent de côté, elle voulait que ce soit moi qui en profite.

Inutile de dire qu'on n'est jamais allées chez Gibsons.

Le jour où maman a appris que le cancer était de retour, je l'ai trouvée assise devant la maison en rentrant de l'école. Elle était allée chez le médecin à cause d'une douleur dans le dos que les anti-inflammatoires n'arrivaient pas à calmer. Et dont elle ne m'avait rien dit jusqu'à cet après-midi-là. Elle avait cru à une hernie discale, un tour de reins, une sciatique. Quelque chose à voir avec son travail.

Mais c'était le cancer du sein, revenu se venger. Métastasé aux os, aux poumons.

Elle m'a dit de m'asseoir. Elle m'a pris la main et a caressé chacun de mes doigts pendant que j'enregistrais dans ma mémoire la longueur effilée des siens, l'asymétrie de ses jointures, les vaisseaux sanguins comme autant de rivières bleues sous sa peau fine.

Ce jour-là, sur le perron, elle m'a dit :

— Jessie, je suis mourante. Je vais mourir.

J'ai pleuré. Mais elle a dit que ce n'était rien. Qu'elle n'avait pas peur de la mort.

— Quand ? j'ai demandé, comme une stupide petite fille.

Comme si elle pouvait savoir à quel moment exact ça allait arriver.

— Tôt ou tard, on meurt tous, Jessie. Ce n'est qu'une question de temps. Et mon heure est venue.

Je déverrouille la porte et entre. Presque aussitôt, l'odeur me submerge. L'odeur de maman. Celle de sa crème pour les mains, la senteur *Summer Hill* de Crabtree & Evelyn. Je manque tomber à la renverse. Elle est imprégnée dans toutes les pièces, et si je n'étais pas au courant de sa mort je jurerais qu'elle est ici avec moi. Vivante. J'entends son râle d'agonie, la salive qui s'accumule dans son arrière-gorge. Les pas des infirmières, si proches que je pourrais les toucher. Comme si elles étaient toujours ici, à décrire des orbites autour de moi. À enduire les mains et les pieds de maman de crème hydratante, la changer de position régulièrement pour éviter que des escarres se forment.

La puissante odeur de cette crème se prend dans les millions de cils de mes narines et me crève le cœur à chaque fois que j'inspire. *Maman.*

Je me surprends à la chercher, à moitié certaine de la trouver sur le seuil de la cuisine, appuyée contre le montant de la porte parce qu'elle n'a plus la force de se tenir droite, la tête couverte d'un bonnet doux en coton. Prête à me demander comment s'est passée ma journée à l'école, en serrant les dents à cause de la douleur, que laissaient parfois passer les mailles de filet des narcotiques.

— Alors, c'était comment l'école aujourd'hui ?

Mais tout ça, c'est dans ma tête.

Les infirmières ne sont pas là.

Maman est morte.

Soudain, je prends conscience du silence ambiant. Du silence assourdissant qui envahit notre maison jusque dans ses moindres fissures.

Je ne sais pas par où commencer. J'ai déjà fouillé partout, mais je regarde à nouveau, en commençant par ma chambre, où je me livre à une quête méthodique de cette carte de sécurité sociale. Je sors les tiroirs de la commode et de mon bureau. Je fouille derrière les vêtements dont je n'ai plus besoin que j'ai laissés dans la penderie. Je vérifie sous les tapis. Je ne trouve rien du tout.

Je passe à la chambre de maman, où je remarque que le liquidateur a déjà commencé à étiqueter les objets à vendre. Ses vêtements pendent sur des cintres accrochés à un portant à côté de son lit. Je caresse un gilet en laine, son préféré. Si j'avais été moins déboussolée, je l'aurais fait incinérer dans ce gilet pour qu'il puisse la réconforter pour l'éternité. Au lieu de quoi, elle portait une blouse d'hôpital blanche et froissée avec des flocons, ouverte dans le dos, nouée par un simple cordon. Les pompes funèbres sont venues chercher son corps à l'hôpital quelques heures après son décès. Mais il y a une période d'attente obligatoire à respecter avant une incinération. Vingt-quatre heures, au cas où les proches changeraient d'avis.

J'ai passé ces vingt-quatre heures devant les portes des pompes funèbres, assise sur le trottoir, parce qu'il n'y avait pas de banc.

Et parce que je ne pouvais pas me résoudre à rentrer à la maison sans maman.

Le liquidateur empochera quarante pour cent du total des ventes, ce qui me convient. Tant que je n'ai pas à être impliquée dans le processus, à regarder nos biens être emportés par des inconnus.

J'ouvre le dressing, vidé de son contenu car tous les vêtements de maman sont sur le portant. Il ne reste que des patères et un miroir – un miroir ovale au cadre argenté devant lequel maman et moi on faisait des grimaces quand j'étais petite. Je montais sur une chaise pour être à la bonne hauteur, et côte à côte, on regardait nos reflets.

Il doit s'agir d'un oubli de la part du liquidateur, il le retirera bientôt de la cloison du dressing pour lui coller un prix, emportant avec lui le souvenir de mes yeux qui louchent, de la tête de poisson de maman.

J'effleure sa surface du bout du doigt, et me rappelle que parfois je m'asseyais par terre, à ses pieds, et je la regardais observer ses cheveux bruns et ses yeux foncés, si différents de mes cheveux blond lavasse, de mes sourcils fournis et drus. Maman, elle, n'avait pas de fossettes. Mes fossettes, ce sont bien plus que deux simples trous dans mes joues, ce sont des gouffres en forme de virgule. Et je ne les ai pas héritées de maman. Il n'y a pas un seul trait de mon visage que je tienne d'elle.

Même petite, je remarquais la façon dont maman se regardait dans le miroir. Elle avait l'air triste. Je me demandais ce qu'elle pouvait bien y voir. Je ne pense pas que c'était le joli minois que moi j'observais.

Je m'apprête à sortir quand je remarque un détail du coin de l'œil, une chose que je n'ai jamais vue dans ce dressing, que les vêtements devaient cacher jusqu'à maintenant.

J'y regarde à deux fois pour m'assurer que ce n'est pas une vue de mon esprit. Mais je ne rêve pas : il y a une porte noire avec une persienne. Une petite porte à trente centimètres du plancher.

Je me mets à genoux, tire sur la poignée et tombe sur un espace réduit de l'autre côté. Un vide sanitaire. Je ne savais pas qu'on avait un vide sanitaire.

C'est un endroit sombre, miteux, bas de plafond. Au sol, de la terre, recouverte d'une bâche en plastique. Je n'arrive pas à croire que je n'ai jamais vu cet endroit auparavant. Combien de fois je me suis faufilée ici pourtant, en quête d'indices concernant mon père ? Apparemment, je n'ai jamais poussé assez loin mes recherches. J'ai toujours abandonné en arrivant aux vêtements, certaine qu'ils ne cachaient qu'un simple mur.

Une seule fois maman a abordé le sujet spontanément, sans que je la supplie. J'avais douze ans. Elle avait bu un verre de vin ce soir-là, avant de s'endormir, la tête posée sur l'accoudoir tout dur du canapé.

— Jessie, il y a bien longtemps, j'ai fait une chose dont je ne suis pas fière. Dont j'ai honte. Et c'est comme ça que je t'ai eue.

Quelques secondes après, grisée par le vin, elle ronflait, mais le lendemain matin je n'ai pas osé lui demander ce qu'elle avait voulu dire.

Je tends un bras dans le vide sanitaire et tire quelque chose. Je ne sais pas de quoi il s'agit. À la lumière du dressing, je découvre un bac de rangement en plastique, et je sens une montée d'adrénaline à l'idée de ce que je pourrais trouver à l'intérieur. Ma carte de sécurité sociale, mais surtout des indices sur mon père, et cette idée prend soudain le dessus. Quelque chose que maman aurait caché pour m'empêcher de le voir.

En soulevant le couvercle, je tombe sur des albums photo. Gonflée d'espoir, je me demande ce qu'ils contiennent. Des clichés de maman, de mon père, de maman avec ses parents, peut-être.

Mais bien sûr, rien de tel. Il n'y a que moi. Moi et encore moi.

Je pose un album à part pour le rapporter chez moi.

Je me rapproche à quatre pattes du vide sanitaire et tâtonne à l'intérieur en quête d'un autre bac. Comme je ne sens rien, je décide de m'y introduire en entier. Dans cet espace dont la hauteur ne dépasse pas les quatre-vingt-dix centimètres, il ne me faut pas longtemps pour me sentir claustrophobe. Le sol et les poutres en bois se resserrent sur moi. L'obscurité m'étouffe. La seule source de lumière est derrière moi. J'aperçois un autre bac de rangement et le tire vers la sortie, contente de récupérer un peu d'aisance une fois dans le dressing.

Je soulève à nouveau le couvercle avec l'espoir de décrocher le gros lot. De trouver la réponse à toutes mes questions. Mais je ne découvre que des babioles sans importance entassées là, ce qui me fait penser qu'il ne s'agit pas d'une cachette secrète, mais bien d'un simple vide sanitaire. Ou d'un espace de rangement, à la rigueur, où maman stockait les choses qu'elle n'avait pas la place de mettre ailleurs.

Ce n'est pas un endroit dont elle a volontairement gardé le secret. J'ignorais son existence, voilà tout.

Courbatue et morose, je soupire. Je me lève, cambre le dos, étire mes bras au-dessus de ma tête. Le changement brutal de position me fait tourner la tête. Je commence sérieusement à payer le prix de toutes ces nuits blanches. Je tends une main vers le mur pour me stabiliser, et fais tomber le miroir. Je tourne la tête mais le regarde se décrocher du mur, impuissante. Je n'ai pas le temps de le rattraper ni d'empêcher sa chute.

Il griffe la peinture du mur sur un mètre puis se brise en mille morceaux. Les bris de miroir s'étalent sur le plancher comme des toiles d'araignée. Tout ce qui me vient à l'esprit, c'est ce qui m'attend désormais. Sept longues années de malheur.

Je lâche une bordée de jurons en me demandant s'il y a moyen de le réparer. Je commence à récolter les plus gros morceaux au creux de ma main, en prenant garde de ne pas marcher sur les plus petits éclats.

Je suis tellement concentrée qu'au début je ne vois pas la minuscule niche creusée dans le mur. Une cavité que le miroir cachait. Un renfoncement où l'on a entreposé une boîte en métal.

Je crois au début que mes yeux me jouent un tour. Que tout cela n'est que le fruit de mon imagination. Pourquoi il y aurait une niche secrète dans le mur du dressing de maman ? Je me frotte les yeux, certaine qu'elle aura disparu quand je les rouvrirai. Mais elle est toujours là.

Pendant vingt bonnes secondes, je fixe la boîte sans bouger.

Maman me cachait donc bel et bien certaines de ses affaires personnelles.

Je repense à toutes les fois où on s'est regardées ensemble dans ce miroir quand j'étais petite. Je n'y ai toujours vu qu'un miroir, le reflet de nos grimaces, mais pour maman, c'était une porte vers son jardin secret, une cloison qui abritait les choses qu'elle voulait me cacher.

J'ai l'impression de m'immiscer dans sa vie intime, mais c'est plus fort que moi. Je tends une main vers la boîte aux secrets. Il n'y a qu'un seul élément à l'intérieur. Un bout de papier blanc et brillant coincé contre une paroi. Ma poitrine se serre. Je retiens mon souffle.

Je tiens peut-être quelque chose.

À moins que comme pour les bacs de rangement tout retombe comme un soufflé.

À l'aide d'un ongle, je déloge le papier. Je le retourne pour voir de quoi il s'agit. C'est une photo. Je me rappelle l'avoir déjà vue.

Avec ce souvenir me revient celui du visage de maman. La bouche ouverte, sa peur lorsqu'elle s'est aperçue que j'avais vu ce cliché. Mais ce qui s'est passé ensuite a été complètement effacé de ma mémoire. Ou bien enseveli sous un milliard d'autres souvenirs qui rendent son extraction presque impossible.

Maman voulait me cacher cette photo.

Le cliché me semble un peu daté. Il doit avoir été pris avant ma naissance. Les couleurs sont passées, le bleu est un peu moins bleu, le vert un peu moins vert. On voit un lac. Un littoral bleu tout en longueur. Du sable, plus foncé à l'endroit où il rejoint les eaux du lac. Un ponton avance dans l'eau, il a l'air instable. Comme s'il pouvait s'écrouler à tout moment et se faire emporter par les vagues. En plissant les yeux, je distingue un bateau. Un voilier, une coque toute simple avec un mât blanc. Voilà ce que je vois.

Maman savait distinguer les différents types de voiliers, un savoir qu'elle m'a transmis quand on se baladait main dans la main le long de DuSable Harbor. « Tu vois celui-là, là-bas ? » elle me demandait en me lâchant la main le temps de m'en montrer un. Je faisais semblant de regarder, parce que ça ne m'intéressait pas vraiment. « C'est une vedette », disait-elle, ou « Ça, c'est un catamaran ». Elle avait même un ouvrage sur le sujet, un beau livre bien lourd qui s'appelait *Voiliers*. Même si, pour ce que j'en savais, elle n'avait jamais mis les pieds sur un bateau à voile. Du moins pas après ma naissance. J'ai tendance à oublier qu'elle a eu une vie avant moi.

Mais ce qui attire mon attention, c'est l'homme qui apparaît sur la photo. Brun, de stature carrée, il est grand, costaud, avec des poignets épais que révèle sa chemise à carreaux retroussée jusqu'aux coudes. Il porte une montre au poignet droit et tient une casquette dans sa main. Il est dos à l'objectif, et sa silhouette est floue parce qu'il n'était pas immobile au moment où la photo a été prise. Il n'est pas non plus parfaitement au milieu du cadre, comme s'il s'apprêtait à s'en aller.

J'en conclus qu'il n'était pas censé être le sujet principal de la photo.

Ça devait être un cliché du voilier. Et cet homme s'est aventuré dans le champ.

Il est debout, mains sur les hanches, le genou gauche légèrement fléchi. La tête penchée vers la droite. Il porte un jean bleu un peu lâche, dont les bords s'effrangent. Le lacet d'une de ses baskets est défait. Des mèches de ses cheveux volettent au vent.

Je voudrais qu'il se retourne pour me regarder, pour voir ses yeux, la forme de son nez. Vérifier si on se ressemble.

Est-ce qu'il s'agit de mon père ?

Pourquoi maman me cachait-elle cette photo ?

Pourquoi voulait-elle que j'ignore tout de ce lac, de ce bateau, ou de cet homme ?

Je repense à toutes les fois où je me suis assise en tailleur par terre, à côté de ses pieds, pour regarder l'air maussade avec lequel elle se dévisageait dans le miroir. Je croyais à l'époque qu'elle n'aimait pas ce reflet. Un visage simple, sans artifices, un peu terreux, avec des yeux et des cheveux sombres.

Et puis, des années plus tard, avec le cancer, ce même visage est devenu cadavérique. Elle a perdu plus de poids qu'elle ne pouvait se le permettre, son visage s'est amaigri, ses joues se sont creusées – une image qu'elle détestait. Voilà ce qu'elle voyait selon moi quand elle fixait ce miroir.

Mais je me dis à présent qu'elle ne regardait pas tant dans le miroir qu'au travers, happée par la vie qu'elle avait laissée derrière elle, et qu'elle gardait secrètement de l'autre côté.

EDEN

21 juillet 1997
Egg Harbor

Quand Aaron s'est adressé au médecin des urgences, il a dit qu'il y avait « un peu de sang », ce qui, pour moi, évoque seulement quelques gouttes, de l'ordre des saignements qui surviennent durant les règles, rien de plus. Or, la quantité de sang que j'ai vue se mesurait en litres.

C'est un torrent qui a jailli de moi, un déluge de sang tombé du ciel, des fleuves sortis de leur lit pour inonder la terre, emportant des maisons sur leur passage. Partout où je regardais, il n'y avait que ça, du sang.

Il faisait chaud et je portais un short. Le sang a d'abord imprégné le tissu de ma culotte puis a coulé en zigzag le long de ma jambe nue, un filet rouge vif sur ma peau blanche.

— J'ai mes règles, ai-je dit à Aaron.

On était dans le jardin, et il m'a regardée bouche bée, à genoux en train d'installer du grillage autour du parterre de fleurs pour empêcher le chevreuil de revenir saccager nos belles roses trémières.

Avec le recul, je dirais qu'il y a peut-être eu des signes avant-coureurs : une vague crampe en bas du ventre, une douleur au niveau des reins, autant de symptômes tant de la grossesse que des règles ou de la fausse couche. Le fait que la nausée se soit calmée dans les dernières vingt-quatre heures était pour moi un répit bienvenu et non l'annonce d'une catastrophe.

— Mais, tu es enceinte, a-t-il répondu avec légèreté.

Il s'est levé pour venir vers moi, mais je ne comprenais pas ses mots, ce qui arrivait n'avait aucun sens. J'avais encore mes règles, comme tous les mois. Il avait de la terre sur le front, et les mains rouges, imprimées du motif du grillage.

— Non, ce ne sont pas tes règles, Eden, il a fait en plantant la pince coupante dans la terre avant de prendre mes mains dans les siennes.

Il a essuyé le sang qui coulait sur ma jambe avec son T-shirt imbibé de sueur.

Dans la voiture, je me suis assise sur un torchon de cuisine.

On ne s'est pas dit un mot sur tout le trajet jusqu'aux urgences.

J'ai passé une échographie. Les battements de cœur du bébé avaient disparu.

Les yeux d'Aaron et ceux du médecin se sont aventurés vers les miens, mais je refusais de les regarder, trop occupée à fixer le sac gestationnel noir sur l'écran, cet écran trop immobile, où rien ne bougeait. Où rien ne battait.

J'ai bien vu qu'Aaron tendait une main vers la mienne mais je n'ai rien senti quand ses doigts ont touché les miens.

J'étais insensible au monde extérieur. Impassible.

— Et maintenant ? a demandé Aaron au médecin, une femme qu'on avait fait descendre de la maternité et qui retournerait bientôt en salle de travail mettre au monde le nouveau-né en parfaite santé d'une autre. — Nous allons procéder à une dilatation et à un curetage, a-t-elle expliqué, pour éliminer les tissus subsistant dans l'utérus.

Les tissus. Comme si quelques heures plus tôt ces tissus n'avaient pas été un enfant.

Sur le moment, j'étais incapable de parler. Ou même de verser une larme.

On m'a endormie pour l'opération.

J'ai prié pour ne jamais me réveiller.

JESSIE

Je quitte Albany Park, prends le métro jusqu'au Loop, puis me dirige vers le musée pour récupérer mon vélo. De là, je pédale jusqu'au café de Dearborn Street, celui où l'homme mystère du parc avait acheté son café. Il y a des gens pour qui le café du matin est quelque chose de sacré, alors il me semble logique de me dire que s'il était là hier il reviendra aujourd'hui. Il faut que je le retrouve. Je dois absolument lui demander ce qu'il faisait dans ce jardin – notre jardin à maman et à moi – assis là, en train de lire sa notice nécrologique. J'ai besoin de savoir pourquoi sa mort l'a attristé à ce point. Comment est-ce qu'il la connaissait ?

J'ai la photo de l'autre homme avec moi, je l'ai mise dans la poche avant de mon sac.

Celui qui est peut-être mon père.

À certains feux rouges, je plonge une main dans mon sac et la sors pour la regarder. J'essaie de repérer une subtilité qui m'aurait échappé jusqu'ici, un détail mineur sur lequel je ne me serais pas arrêtée, comme les nuages bouffants ou l'oiseau tout en longueur perché sur un rocher au bord de l'eau.

Les manches de sa chemise à carreaux sont retroussées jusqu'à ses coudes. Une ligne rouge boursouflée traverse son avant-bras. Une cicatrice, on dirait, à moins qu'il s'agisse d'un défaut de la photo, un rai de lumière ou un reflet. Je me demande si ce détail a une quelconque importance. Si les nuages, les oiseaux ou la cicatrice peuvent fournir des détails sur cet homme ou sur l'endroit où il se trouve.

Où a été prise cette photo ?

Et surtout, qui est cet homme ?

Je cherche en vain la preuve irréfutable qui m'indiquera qui il est. Le lien qui nous unit. Je me demande si la réponse est là, sous mon nez, sans que j'arrive à mettre le doigt dessus.

Puis le feu passe au vert, alors je remets soigneusement la photo à sa place et je pédale en direction du café.

En entrant, je croise des gens qui sortent du café. La décoration est faite de bric et de broc, avec des tables et des chaises dépareillées. Il y a aussi des piles de livres et de magazines.

Entre les moulins à grain, le gargouillis des percolateurs et le brouhaha des conversations, l'ambiance est très sonore. Je commande un café que j'arrose de sucre. Il y a un canapé en velours bleu contre le mur et je m'enfonce dans ses coussins moelleux. Je regarde les clients en manque de caféine aller et venir. Bientôt c'est la cohue, la file d'attente s'allonge jusqu'à l'entrée, avec un client coincé sur le seuil. Il bloque la porte en position ouverte, laissant entrer l'air automnal. Des serviettes s'envolent et jonchent le sol.

En attendant que l'homme du parc apparaisse comme par magie, je sors à nouveau la photo de mon sac, m'attarde sur la stature du sujet, la couleur de ses cheveux. Sur le cliché, son regard est dirigé vers le voilier et non vers l'objectif. Je ne peux pas savoir à quoi ressemblent ses yeux, mais rien ne m'empêche de les imaginer.

Ils sont bleus, comme les miens, et il a aussi des fossettes.

Je sirote mon café, range la photo dans mon sac.

Mon esprit vagabonde et bientôt je songe à l'autre Jessica Sloane. Et je comprends avec une évidence soudaine que je ne suis pas Jessica Sloane, mais que je suis quelqu'un d'autre. Que Jessica Sloane est morte quand elle avait trois ans, et pour une raison que j'ignore, maman a volé son numéro de sécurité sociale et me l'a attribué. Ce n'est plus une hypothèse. J'en ai l'intime conviction.

Mais il y a d'autres façons de savoir qui l'on est. Parce que si je ne suis pas Jessica Sloane j'ai besoin de découvrir ma véritable identité. Je pense à l'identification médico-légale, aux empreintes digitales, à l'ADN, l'analyse graphologique, la dentition. Toutes ces façons de prouver son identité sans avoir à se référer à un acte de naissance ou à un numéro de sécurité sociale. Chaque individu au monde est censé être unique, comme les rayures d'un zèbre ou les taches d'une girafe. Les flocons de neige. Il est mathématiquement et scientifiquement impossible que deux êtres humains soient parfaitement semblables. Même les lignes de notre voûte plantaire sont uniques, raison pour laquelle on prend les empreintes de pied des bébés à la naissance. Pour des besoins d'identification. Parce qu'il n'y a pas deux empreintes identiques. Comme ça, l'hôpital sait différencier les bébés en cas de séparation de l'enfant et de ses parents. Au cas où son petit bracelet se détache de son poignet ou de sa cheville. Je fixe le bout de mes doigts en me disant que la réponse est là, nichée dans ces lignes infimes qui me rendent unique, qui font de moi un flocon dont il n'existe qu'un seul exemplaire, un flocon parmi vingt milliards d'autres dans une tempête de neige, qui dérive seul et sans but.

Je ne sais pas qui je suis, mais je ne suis pas Jessica Sloane.

Quelques heures plus tard, j'aperçois un flash orange par la vitrine et je sais immédiatement que c'est lui. C'est la casquette orange qu'il portait, qu'il a enfoncée sur sa tête avant de partir du parc. Il est là, il est entré prendre un café et repart déjà ; perdue dans mes rêveries, je l'ai raté.

Je me lève trop précipitamment et renverse mon café tiède sur moi, le troisième que j'avais commandé. Mon chemisier vire au marron clair. Sans prendre la peine d'éponger mes bêtises avec des serviettes en papier, je cours vers la porte en faisant tomber un petit poteau métallique au passage. Le fracas fait sursauter plusieurs clients, certains se retournent.

— Pressée, on dirait, souffle quelqu'un.

— Mais qu'est-ce qui lui prend à celle-là, dit un autre en pouffant.

Je me faufile dans la rue et suis le petit point orange, dans le lointain, comme un flambeau qui slalome sur le trottoir. Je cours, bouscule les gens qui marchent trop lentement, tâchant à tout prix de réduire la distance qui nous sépare.

Je me rapproche, ça y est. Je tends la main et je tire brusquement sur quelque chose. Un petit garçon pousse un cri et se retourne. C'est alors que je comprends : c'est un enfant déguisé en Flash, le super-héros, perché sur les épaules de son père. Son costume est rouge et jaune, un masque lui recouvre le haut du visage. Le déguisement n'est pas orange mais jaune et rouge ; mon cerveau s'est chargé de faire le mélange.

Une fois de plus, mes yeux m'ont joué un tour.

Il ne s'agit pas du tout de l'homme du parc.

EDEN

17 juin 2005
Chicago

Ça fait un peu plus de deux heures que c'est arrivé maintenant, mais je n'arrive toujours pas à faire redescendre mon rythme cardiaque. Je me sens mal, une migraine sourde m'élance à la base du crâne, mon écriture ressemble à des pattes de mouche tellement mes mains tremblent. Jessie s'est calmée, je l'ai bordée dans son lit et ai éteint la lumière. Je lui ai lu une histoire avant qu'elle s'endorme pour lui changer les idées. Pour lui faire oublier la photo qu'elle a vue et la remplacer par un joyeux défilé de bêtes imaginaires dans sa chambre. Elle gloussait à la fin de l'histoire, et je prie pour qu'elle rêve des Maxi monstres, et non d'Aaron.

Quant à moi, c'est sûr, je ne rêverai que de lui.

Je pense avoir étouffé les soupçons de Jessie, mais je n'en serai jamais certaine. Impossible de savoir ce qui se passe dans la tête d'une petite fille, quels sont les détails qu'elle garde en mémoire et lesquels passent à la trappe.

Pour la première fois ce soir, passé et présent sont entrés en collision, et ça m'a fait comprendre une chose : il faut que je cache mes affaires mieux que cela. Jessie est plus grande maintenant, plus curieuse. Elle aura bientôt des questions auxquelles je ne pourrai pas répondre parce que je ne veux pas qu'elle apprenne la vérité. Le mieux est encore de ne pas les provoquer et de lui dissimuler mon passé.

Non parce que je ne l'aime pas. Mais parce que je l'aime tellement, au contraire.

On venait de finir de dîner quand ça s'est produit. J'étais dans la cuisine en train de nettoyer le plan de travail, et elle était partie jouer sagement dans sa chambre. C'est en tout cas ce que je pensais. Et c'est d'ailleurs ce calme qui aurait dû me mettre la puce à l'oreille, car Jessie est plutôt d'un naturel fougueux et plein d'entrain.

J'ignore combien de temps s'est écoulé – dix minutes, une heure, pendant lesquelles je profitais du silence sans penser un seul instant à vérifier ce qu'elle faisait. Soudain, elle est apparue sur le seuil de la cuisine avec quelque chose à la main, en me demandant :

— C'est qui, ça ?

Elle avait un regard de biche et ses cheveux tombaient devant ses yeux, comme si elle ne les avait pas brossés depuis des semaines. Des moutons de poussière recouvraient son pantalon, et j'ai tout de suite su qu'elle était allée fouiner à quatre pattes là où elle n'aurait pas dû.

— Où est-ce que tu as trouvé ça ? je lui ai demandé en lui prenant sa trouvaille des mains.

J'ai entendu ma voix se briser, et même si je ne me voyais pas, j'étais certaine d'avoir l'air effrayé. Parce que je n'étais pas en colère, j'avais simplement peur.

Elle l'avait trouvée sous mon lit, bien sûr, où elle était allée fouiner. La photo était rangée dans une enveloppe, elle-même enfermée dans une boîte, cachée sous le lit, elle n'était pas tombée dessus par hasard. Elle la cherchait. Ou plutôt, elle cherchait quelque chose, et elle l'a trouvée. Quelques minutes plus tôt, elle ignorait encore l'existence de cette photo, que j'avais prise tant d'années auparavant dans le jardin de notre cottage, une photo de notre magnifique vue – le lac et un voilier au large – censée n'être qu'un paysage, mais Aaron avait fait un pas dans le champ au moment où j'appuyais sur le bouton. Il s'était excusé, et la regardant après l'avoir fait développer on avait ri. Aaron trouvait qu'il avait gâché ma photo, mais c'était le contraire. Il l'avait complétée. Elle était parfaite.

Quelques minutes plus tôt donc, Jessie ignorait l'existence d'Aaron parce que ses questions sur son père ont tout juste commencé à faire surface, et jusqu'à maintenant j'ai réussi à les dissiper en détournant son attention, à savoir en lui proposant un verre de lait et des cookies ou de la glace.

— C'est qui, maman ? a-t-elle répété face à mon silence.

— Un vieil ami, j'ai répondu, en essayant de maîtriser ma voix chevrotante.

J'ai ouvert le tiroir de la cuisine le plus proche et j'ai glissé la photo à l'intérieur en me disant que je trouverais une cachette plus sûre une fois qu'elle serait couchée. J'ai senti mes joues s'empourprer, et mes mains tremblaient toujours.

— T'es fâchée contre moi ? a voulu savoir Jessie, les yeux soudain emplis de larmes, prenant pour de la colère ce qui n'était que de la tristesse, des regrets et de la honte.

— Non, ma chérie, viens là, ai-je dit en me mettant à genoux pour la prendre dans mes bras. Maman ne sera jamais fâchée contre toi, ai-je ajouté avant d'afficher le plus grand sourire dont j'étais capable et de la prendre par la main. Et si on mangeait un peu de glace avant de se préparer à aller au lit ?

Ça n'a pas fait un pli. Jessie a crié un grand oui en faisant des bonds, et on a emporté nos bols de glace au chocolat dehors sur la galerie pour la déguster en regardant le soleil descendre derrière l'horizon. Je l'ai aidée à prendre son bain, puis on a lu la parade des Maxi monstres. J'ai éteint la lumière. Elle m'a demandé de m'allonger un peu avec elle comme elle le fait tous les soirs en ce moment, alors je me suis lovée tout contre elle sous les couvertures, et elle a passé un bras sur moi pour m'empêcher de partir.

C'est tout ce dont j'ai toujours rêvé, et plus encore.

Je suis restée jusqu'à ce que sa respiration se fasse plus lente et régulière, puis je suis allée dans ma chambre. Assise sur le lit, la photo d'Aaron à la main, j'avais toujours du mal à respirer normalement. Ce cliché était caché sous mon lit depuis des années. Je savais qu'il était là, bien sûr, mais je ne supportais pas l'idée de le regarder, jusqu'à ce qu'il se retrouve de force dans ma main. C'est le seul souvenir que j'ai gardé de lui – pas nos photos de mariage, ni même mon alliance – parce que, sur cette photo, il ne regarde pas l'objectif. Ainsi, je ne peux pas voir tout l'amour et l'adoration qu'il avait pour moi.

Je ne vois pas non plus la colère.

Les yeux rivés à la photo, je me demande à quoi Aaron ressemble à présent. Est-ce que ses cheveux grisonnent peu à peu comme les miens, ou sont-ils toujours châtains ? Est-ce qu'il s'est un peu empâté, ou au contraire, est-ce qu'il a minci ? Puis je commence à me demander s'il mange bien, s'il dort bien, si une autre femme passe ses nuits avec lui dans le même lit. Mon esprit bloque sur cette image, comme un disque rayé. Même si elle sort tout droit de mon imagination, je n'arrive pas à chasser de mes pensées cette femme allongée à côté d'Aaron – paisiblement endormie, la tête sur son épaule, sa main à lui au creux de son dos. Cette femme qui a pris ma place.

Mais je refuse de m'attarder sur le passé.

Il faut que je me débarrasse de cette preuve avant que Jessie se réveille et se remette à fouiner. Je range la photo là où elle ne la trouvera jamais, puis je retourne sur la pointe des pieds dans sa chambre et là, devant son lit, j'enfouis le passé dans un compartiment de mon esprit fermé à double tour, celui où j'ai aussi enterré la voix de cette femme, ce cri aigu qu'elle a poussé en me courant après dans la rue.

« Enlevez vos sales pattes de ma fille. »

Je me glisse à nouveau sous les couvertures à côté de Jessie pour qu'à son réveil elle ne se doute pas un seul instant que je me suis absentée. Un simple tour de passe-passe.

JESSIE

Le soir venu, je ne prends pas la peine d'enlever mes vêtements. J'ai juste envie de me coucher, d'être au lit. Avant, c'était un endroit rassurant. Mais avec toutes ces nuits blanches – huit au total, huit jours et autant de nuits passés sans dormir – le lit est devenu ma chambre de torture.

J'ai lu quelque part qu'un homme est mort parce qu'il n'arrivait pas à dormir. Il souffrait d'une « insomnie fatale familiale ». Douze mois après l'apparition des premiers symptômes, il était mort.

Je crois que c'est ce qui est en train de m'arriver.

Ça a commencé par une nuit agitée. Pour une raison ou une autre, son esprit refusait de se mettre en veille. De le laisser se reposer. Une nuit, puis deux, et le temps passant il a accumulé plusieurs semaines sans une seule bonne nuit de sommeil. Il ne dépassait jamais le stade 1 du sommeil non paradoxal, c'est-à-dire l'état entre la veille détendue et le sommeil. Il ne rêvait jamais. Dans le meilleur des cas, il dormait d'un sommeil très léger, moins de dix minutes d'affilée, interrompu par un sursaut hypnagogique, une impression irrépressible de chute.

Dans mon cas, je crois que c'est pire encore. Parce qu'un sommeil léger, déjà, ce serait le rêve.

Il traversait ses journées en état de stupeur, comme s'il dormait éveillé. Ou l'inverse. Il avait des hallucinations, ne savait plus s'il était vivant ou mort. Il entendait un bourdonnement permanent. Des gens qui l'appelaient par son prénom alors qu'il n'y avait personne avec lui. Une voix qui lui donnait continuellement des ordres des plus sinistres. *Allez, finissons-en. Saute, je te dis.* Une main touchait son bras, il se tournait brusquement, la peur au ventre, avant de se rendre compte qu'il était tout seul. Les crises d'angoisse revenaient sans cesse. Son cerveau tournait en surrégime en permanence. Il lui était impossible de le mettre en veille.

En conséquence de quoi ses fonctions cérébrales se sont détraquées. Ses muscles se contractaient involontairement. Son cœur s'emballait. Sa pression artérielle augmentait. Il n'arrivait plus à coordonner ses mouvements. Ça a continué comme ça jusqu'à ce qu'il meure.

Le plus sordide dans tout cela ? Bien que le corps se dégrade, l'esprit demeure. Les mécanismes de pensée restent relativement intacts. Le malade est donc parfaitement conscient de sa mort imminente.

Il transpire abondamment. Cesse de s'alimenter, de parler.

Il se dessèche sur pied, ne reste plus qu'un regard vitreux, des yeux réduits à deux têtes d'épingle, comme les miens. Puis il meurt. Parce qu'après toutes ces longues nuits de souffrance à ne pas pouvoir dormir l'insomnie fatale familiale n'est finalement rien d'autre qu'une condamnation à mort. La Faucheuse venant lui ôter la vie.

Moi, j'attends mon heure.

Je m'assois dans mon lit. Je ne suis pas dupe : inutile de rester allongée, je sais que je ne dormirai pas. Alors je me redresse dans le noir, jambes repliées contre ma poitrine. J'ai repoussé la couverture à l'autre bout de mon lit car, bien qu'il fasse froid dans la remise, j'ai commencé à transpirer. Je sens la sueur perler à mon front, sous mes bras. J'ai les mains moites. Les pieds aussi. Mon cœur bat vite.

J'ai le tournis.

Les yeux écarquillés dans l'obscurité, je vois des choses que j'espère irréelles. Les étapes s'enchaînent. Les pensées morbides, suivies de la peine immense, ces moments où maman me manque tellement que j'ai mal. C'est une douleur au niveau du sternum cette fois, comme une brûlure d'estomac ou l'effet d'une indigestion. Sauf que c'est le deuil.

Vient ensuite la haine de soi, ces récriminations à mon encontre faites de « si seulement », « j'aurais dû », « j'aurais pu ». Dire je t'aime tant qu'elle pouvait m'entendre. La serrer contre moi plus longtemps, plus souvent. Passer une main sur le duvet couleur chocolat qui recouvrait son crâne après la dernière série de chimio.

Je dresse une liste mentale de toutes les choses que j'aurais dû faire.

Soudain, le silence et l'obscurité ambiants m'oppressent, j'ai l'impression d'étouffer. Je me noie dans le silence. Il m'asphyxie.

Je me dresse sur les genoux et soulève le store pour regarder à l'extérieur. Le monde est gris anthracite. Pas tout à fait noir, mais presque. Peu à peu, mes yeux s'habituent et je finis par distinguer certaines choses. Le halo lumineux d'un lampadaire à une rue d'ici. Orion le Chasseur, qui éclaire le ciel. Son bouclier est dirigé vers moi, sa massue brandie au-dessus de sa tête, son chien à ses pieds. Pour une raison que j'ignore, la lumière atténue ma solitude et ma peur.

Tout à coup, la lune émerge des nuages et sa lumière se déverse sur la maison principale, dont mes yeux distinguent petit à petit les contours, puis la porte vitrée coulissante de la cuisine, la véranda, et, en remontant la façade de derrière, une silhouette informe postée à la fenêtre ouverte du deuxième étage. La même fenêtre qui était illuminée les deux soirs précédents.

Sauf que ce soir il n'y a pas de lumière, mais une paire d'yeux qui me fixe.

Je sens mon estomac se soulever, je suis à deux doigts d'être malade. Je pose une main sur ma bouche pour réprimer un cri.

Le clair de lune se reflète dans ces deux yeux et les fait scintiller dans la nuit noire. Impossible que je les invente. Ils sont bien là. Ce n'est pas mon imagination.

Mais à part ces yeux je ne distingue pas grand-chose. À peine une silhouette engloutie dans l'ombre, juste de quoi suggérer qu'il y a quelqu'un à la fenêtre en train de m'observer.

Je lâche le store qui se referme.

J'attrape maman dans son urne posée sur la table de chevet et me lève, avec l'envie urgente de partir, d'être n'importe où ailleurs que dans cette remise à calèche. Mais je me rends compte que je n'ai nulle part où aller. Je serre maman fort contre moi, parce que quand je la prends dans mes bras je me sens moins seule. Je cours m'adosser au mur, le cœur battant. J'essaie de désamorcer mes peurs, de me calmer, en me disant qu'il ne s'agit que de Mme Geissler à la fenêtre.

Mais ça ne me rassure pas. Parce que Mme Geissler est une inconnue pour moi. Je viens de la rencontrer. Je ne sais rien d'elle, si ce n'est qu'elle m'a menti sur cette histoire d'écureuils, mais pour quelle raison, je l'ignore.

Mon cœur bat trop vite et j'ai les mains moites. À nouveau, je suis persuadée que je vais mourir. Que la transpiration est un symptôme de l'insomnie fatale familiale, la maladie qui m'a dérobé mon sommeil et vient cueillir ma vie.

Il faut que je m'en aille. J'ai envie de sortir. Mais cette location m'a coûté mes dernières économies. Je ne peux pas partir, je n'ai nulle part où aller.

Je replie mes genoux contre moi, laisse tomber ma tête entre mes jambes et ferme les yeux. Je prie pour m'endormir. *S'il Vous plaît, laissez-moi dormir. Je Vous en prie. Je Vous en supplie.* J'exhorte le matin à venir, le soleil à se lever, à s'élever dans le ciel, à chasser la nuit.

Ça fait huit jours que ça dure maintenant. Huit nuits.

Combien de temps encore je peux tenir sans dormir ?

Soudain, j'entends quelque chose. Un simple murmure, comme un air de piano échappé d'une autre pièce. Une douce mélodie. Mais c'est impossible : il n'y a pas de piano dans la remise.

L'oreille dressée, la tête penchée, j'écoute, et bien que j'aie envie de rester collée à mon mur, d'où je peux voir à travers l'obscurité les menaces environnantes, je me lève. Malgré moi, je pose une paume à terre et me hisse sur les pieds. Mon autre main s'agrippe à maman, la serre contre ma poitrine comme un nouveau-né. Je me retrouve presque droite, mais un peu voûtée pour ne pas me cogner la tête contre le plafond mansardé. Malgré mes précautions, je heurte une poutre en bois, assez violemment : je reconnais la texture gluante du sang au bout de mes doigts quand je tâte mon crâne.

Je descends les marches sur la pointe des pieds, si lentement que j'ai l'impression de ne pas bouger. À mesure que je progresse, je distingue des voix. Pas une seule, mais trois ou quatre. Une qui chante et les autres qui font les chœurs au son du piano. J'en ai le souffle coupé. Mes jambes flanchent, se dérobent sous moi, et je m'agrippe si fort à la rampe que j'en ai des crampes aux mains.

Il y a forcément une explication rationnelle à ces bruits. La radio d'une voiture garée près de la remise à calèche peut-être, dont la musique me parvient par une fenêtre ouverte.

Je n'en aurai pas le cœur net si je reste plantée là.

Alors je me force à descendre l'escalier, malgré la peur qui m'envahit. Puis je traverse la pièce, m'encourageant à chaque pas. Je me laisse guider par le son, qui ne vient pas de dehors, parce que la fenêtre est bien fermée.

La musique vient donc de l'intérieur de la remise à calèche.

Je traque l'origine du son, et me retrouve face à un vieux garde-manger plaqué contre le mur, assez petit, avec deux étagères et une porte. C'était l'un des rares meubles déjà présents lorsque j'ai emménagé.

Je tire d'un coup sur la poignée, ouvre grand et me mets à genoux. J'ai beau regarder, l'intérieur est vide, ce qui n'a aucun sens puisque c'est de là que vient la chanson. Mes mains tâtonnent le long des étagères, en quête de je ne sais quoi.

C'est là que me vient une idée.

Et si le son ne venait pas du garde-manger ? S'il venait de derrière ?

Sans réfléchir davantage, je pousse le meuble, qui n'est pas très lourd. En m'aidant de mon épaule, je réussis à le faire glisser suffisamment.

Je découvre alors sur le mur une grille d'aération en fer forgé. Un mécanisme de ventilation incrusté relié à un conduit. C'est un retour d'air, c'est-à-dire qu'il aspire l'air vicié et le recycle dans les conduits, qui doivent mener, en toute logique, à la grille de sol de l'étage où j'ai entendu le bip l'autre soir. Sauf que cette grille n'aspire rien du tout, elle recrache.

Et surtout, ce n'est pas de l'air, mais de la musique. Gladys Knight & the Pips, *Midnight Train to Georgia*.

Comment est-ce possible ?

J'appuie tout mon corps contre cette grille pour écouter la chanson. La préférée de maman. Qu'elle passait encore et encore, au point de m'en écœurer. De lui dire de l'éteindre, que c'était de la musique de vieux. Ce sont les mots que j'ai utilisés. De la musique de vieux.

Me vient alors la plus invraisemblable des pensées, et elle me donne la chair de poule.

Maman est là. Dans les conduits de la maison.

Je pose l'urne par terre et j'essaie de démonter la grille en tirant dessus de mes deux mains. En vain. Je me cramponne, tire à nouveau, mais ne trouve pas de prise. Je finis par tomber à la renverse. La grille est maintenue en place par quatre vis, une dans chaque coin. J'essaie de les retirer à mains nues, je pince, je tourne, mais ma peau se fendille sur un bord tranchant et mon doigt se met à saigner.

Les vis, elles, ne bougent pas d'un millimètre.

Je serre les dents et tourne de toutes mes forces, sans succès. Elles restent immobiles.

Alors je loge un ongle dans la fente d'une tête de vis et je recommence à tourner. Mais tout ce que je réussis à faire, c'est casser mon ongle, qui se déchire en deux. La douleur me fait jurer mais je file chercher un couteau dans la cuisine. Je fouille dans le tiroir à couverts en faisant tomber par terre les fourchettes et les cuillères qui se mettent sur mon chemin et trouve un couteau à beurre.

Je retourne à la grille et me remets à genoux.

Je fiche la lame dans la tête de vis et tourne de toutes mes forces dans le sens inverse des aiguilles d'une montre. Je pèse sur le couteau de tout mon poids.

Cette fois, ça marche.

Je tourne ce couteau, encore et encore, hors d'haleine, comme si j'allais tomber sur maman de l'autre côté de la grille. Parce que c'est exactement ce que je me figure. Qu'elle est dans ce conduit. Je ne sais pas comment ni pourquoi, mais elle est là. J'en suis persuadée.

Une vis se détache du mur et je passe à la suivante. Je renouvelle l'opération jusqu'à ce que la dernière tombe par terre.

La grille tombe, elle aussi, dans un fracas métallique. Je jette un œil à la cavité exposée, une sorte de boîtier en aluminium d'environ trente centimètres de profondeur, qui se termine par un coude. Je ne vois pas la suite du conduit, et j'ai beau tendre un bras à l'intérieur pour essayer d'agripper quelque chose, ma main ressort vide. Pourtant, au-delà de ce coude, il y a des kilomètres et des kilomètres de tuyaux qui, d'une façon ou d'une autre, conduisent à ma mère. Elle est là, à l'autre bout, en train d'écouter sa musique, de me parler.

J'essaie d'y entrer par la tête, puis par les pieds, mais c'est trop petit. Je finis par renoncer.

Je passe le reste de la nuit allongée à même le sol près du conduit d'aération, en position fœtale, à écouter la chanson de Gladys Knight.

EDEN

16 septembre 2010
Chicago

On a acheté notre premier ordinateur aujourd'hui, sur l'insistance de Jessie. J'économisais depuis quelque temps pour lui faire la surprise, parce que comme elle le dit on doit être les deux dernières personnes au monde à ne pas avoir d'ordinateur, et elle n'a sans doute pas tort.

On a pris un taxi pour rentrer, afin de pouvoir tout transporter. Le chauffeur nous a patiemment regardées charger les cartons dans le coffre puis les décharger, tandis que le compteur tournait, sans nous proposer son aide une seule fois. À la maison, une fois les cartons entreposés dans le bureau, on s'est assises par terre pour lire le mode d'emploi scrupuleusement, tâchant de déterminer quels cordons brancher aux bons endroits. La notice aurait pu être rédigée en japonais et les illustrations réalisées par des enfants de quatre ans.

Après avoir effectué les derniers branchements, ç'a été le choc de découvrir que quand on appuyait sur le bouton de démarrage l'engin prenait vie, une sorte d'image tournoyante – un économiseur d'écran, m'a expliqué Jessie – bougeant sous nos yeux.

Elle s'est alors empressée d'ouvrir le navigateur Internet.

— Regarde ce qu'il y a sur toi, m'a-t-elle encouragée, et je lui ai demandé ce qu'elle entendait par là, m'étant dit qu'elle ne se servirait de cet ordinateur que pour taper ses devoirs à rendre pour l'école.

Je n'avais pas vraiment pensé qu'elle traînerait sur Internet, mais j'ai vite compris que c'était la raison pour laquelle elle avait tenu à acheter cet ordinateur.

— Allez, vas-y, a-t-elle dit en hochant vigoureusement la tête, ses cheveux blond paille tombant devant ses yeux. Tape ton nom, tu verras ce que ça donne.

Mais je me suis contentée de rire, en répondant qu'on ne trouverait rien. Que sur Internet on ne trouvait que des personnes célèbres et des politiques. Pas des gens ordinaires, comme moi. Mais Jessie était sûre d'elle.

— Internet sait tout, tu sais, a-t-elle répliqué en insistant bien sur « tout » et soudain j'ai eu peur.

Mais j'ai essayé de me rassurer. Ce n'étaient que les divagations d'une préado débordante d'enthousiasme. Internet ne pouvait pas tout savoir, évidemment, ce n'était pas un dieu omniscient.

Mais les mains de Jessie m'ont devancée et ses doigts agiles ont tapé *Eden Sloane* sur le clavier avant d'appuyer sur Entrée.

Il y a eu un temps de latence.

Un instant d'incrédulité pendant que l'ordinateur accomplissait son miracle. Moi, j'étais convaincue qu'il ne trouverait rien. Rien du tout. Évidemment qu'Internet n'avait jamais entendu parler de moi. Pour quelles raisons je serais sur Internet ?

Mais alors une image est apparue à l'écran. Mon nom apparaissait aussi en surbrillance sur de nombreux résultats de recherche. Ma mâchoire s'est décrochée. Tous les résultats que l'ordinateur avait récoltés à partir de mon nom, je n'en revenais pas. Certains, ai-je remarqué – à mesure que mes yeux parcouraient les occurrences une à une pour déchiffrer quels secrets découvrirait bientôt Jessie – ne me concernaient pas. L'espace d'un instant, j'ai éprouvé un profond soulagement.

Il s'agissait d'une autre Eden Sloane. Ce n'était pas moi.

Mais un résultat a attiré mon attention et m'a fait l'effet d'un uppercut. Là, sur Internet, au vu de tous, figuraient mon nom et juste en dessous mon adresse, celle de notre petite maison du secteur nord-ouest de Chicago, où je pensais que personne ne nous trouverait, où je croyais bêtement qu'on était à l'abri.

Mais j'avais tort.

Parce que de toute évidence tout le monde peut avoir accès à cette information, quiconque me cherche peut savoir précisément où j'habite.

Inconsciemment, je me suis levée et je suis allée tirer les rideaux de la fenêtre en vitesse. Quand Jessie m'a regardée d'un air étonné, j'ai prétexté un reflet du soleil sur l'écran et elle m'a crue.

Finalement, je n'ai pas disparu.

Pendant tout ce temps, j'étais à découvert, à la vue du monde entier.

Ma gorge s'est serrée et asséchée. Manquant m'étouffer avec ma salive, j'ai été prise d'une quinte de toux à laquelle s'est ajoutée la panique de ne plus pouvoir respirer.

— Ça va ? m'a demandé Jessie en me tapotant le dos, et j'ai fait oui de la tête sans savoir si c'était vrai – est-ce que ça allait ?

Quand j'ai retrouvé ma voix, je lui ai demandé d'aller me chercher un verre d'eau à la cuisine.

J'en ai profité pour tirer sur le fil d'alimentation et voir avec bonheur l'écran virer au noir. Je me suis mise à tout ranger dans les boîtes et prévoyais d'appeler un taxi l'après-midi même pour tout rapporter au magasin.

Quand Jessie est reparue un verre d'eau à la main en me demandant ce que je faisais, alors qu'assise sur mes talons j'entourais les éléments de papier bulle, je lui ai répondu que l'ordinateur était cassé. Qu'il y avait un problème. Et effectivement cet ordinateur me posait un gros problème.

Je lui ai dit qu'on devait le rapporter au magasin. J'ai évité son regard tandis que son visage se décomposait.

— On peut en prendre un autre ?

J'ai dit oui, mais ne le pensais évidemment pas.

Pendant qu'on attendait un taxi dans l'allée, je n'ai pas pu m'empêcher de me demander quels autres secrets Internet détenait à mon sujet.

JESSIE

Les premières lueurs du jour chassent la musique et la maison est maintenant silencieuse. Elle s'arrête si brusquement que c'en est frappant. Et maintenant que je n'entends plus rien, je me demande si elle a jamais retenti. Je me redresse en sursaut, mes pieds moites collent au plancher. Je prononce mon nom à haute voix pour m'assurer que je peux encore parler, que l'insomnie fatale familiale ne m'a pas volé ma voix.

— Jessica Sloane, dis-je, en articulant avec difficulté.

Je me retrouve à chercher l'urne de maman à quatre pattes, sachant très bien que je l'ai laissée juste à côté de moi hier soir. J'écume les lames du plancher, comme si elle avait pu se glisser dans les interstices de quelques millimètres.

La certitude m'envahit peu à peu, implacablement.

J'ai perdu ma mère.

Je ne sais plus qui je suis. Je ne peux pas continuer comme ça, je n'y arriverai pas sans elle. Je retiens mon souffle, je refuse de respirer. Au moment où je me crois sur le point de mourir, je la vois. À cinquante centimètres de moi, mais de l'autre côté, pile là où je l'ai laissée. La crise de panique cesse.

Maman est toujours là. Elle n'est pas encore partie. J'expire longuement et en même temps, sans comprendre comment, j'entends le bruit de la respiration difficile de maman dans le conduit de retour d'air. De petites inspirations entrecoupées.

Ce n'est que lorsqu'il fait parfaitement jour que j'abandonne mon poste. Je me lève, étire mes muscles endoloris d'avoir passé quatre heures sur le dur et traverse la pièce lentement, les jambes encore engourdies. Je suis jalouse d'elles qui arrivent encore à dormir.

Sous la douche, je me lave les cheveux. Je tends la main vers l'après-shampoing mais me retrouve avec une deuxième dose de shampoing sur la tête. Je me lave le corps puis me mets à douter de l'avoir fait, et me savonne à nouveau. Mais, plus tard, quand je dégage à nouveau une odeur âcre, je me demande si je me suis vraiment lavée.

Je pars faire un ménage. En récurant le carrelage de porcelaine, je remarque que mes ongles sont intacts. Aucun n'est cassé. Il n'y a pas non plus de croûte de sang au bout de mes doigts. Je sens pourtant encore les bords coupants de la vis s'enfoncer dans ma chair, mais je ne sais plus si cela s'est réellement passé ou si je l'ai imaginé.

Je ferme à clé avant de partir. Je charge mon matériel sur le porte-bagages de Fidèle Destrier : une serpillière, un seau, des gants en caoutchouc. C'est une journée de septembre chaude et ensoleillée. Je pédale dans les rues étroites à sens unique, que rétrécissent davantage les voitures garées le long des trottoirs, comme des dépôts de graisse dans les artères.

Je m'arrête prendre un café et un donut à emporter.

— Bonne journée, Jenny, me lance la gérante de la boulangerie, et je me dis que si ça se trouve elle ne se trompe pas de prénom depuis toutes ces années.

Elle sait peut-être quelque chose que j'ignore.

Je passe devant un poste de police. Je m'arrête sur le trottoir devant le bâtiment en brique. Je songe à entrer, à leur demander de prendre mes empreintes digitales. Ils peuvent peut-être lancer une recherche dans leurs fichiers et me dire qui je suis. Mais je ne suis pas sûre que ça fonctionne comme ça. Je crois qu'il leur faudrait une raison de prendre mes empreintes, et je ne pense pas être en mesure de leur en fournir une. Enfin pas une bonne en tout cas. Rien qui sonne l'alarme.

Mon esprit dérive alors vers la notion d'ADN et ces kits de prélèvement à domicile qu'on envoie par la poste. Qui prétendent, à l'aide d'un simple échantillon de salive, pouvoir dresser votre arbre généalogique, retrouver des parents lointains, découvrir des origines ethniques insoupçonnées. C'est exactement ce qu'il me faut. Découvrir qui je suis.

Je retourne au bar sur Dearborn Street m'installer sur le canapé en velours bleu et attendre l'homme du parc. J'espère qu'il viendra, aujourd'hui. Je vois des taches orange partout où je regarde. Un T-shirt, un lacet, un flyer scotché sur une vitrine, une fleur dans un massif. Mais pas d'homme mystère.

Je retourne au jardin, me faufile entre les aubépines jusqu'à atteindre l'endroit préféré de maman. Il n'y a qu'un oiseau, une petite chose marron, un moineau qui picore la terre en quête de nourriture. Je l'effraie en m'avançant vers les jardinières surélevées pour m'asseoir sur le rebord en marbre, le regard vigilant mais fatigué. J'ai toujours la paupière qui tressaute. Je crois même que ça a empiré. C'est permanent, ça ne s'arrête que lorsque j'enfonce les talons de mes mains dans mes orbites.

Au bout d'une heure ou deux, j'abandonne. Je rentre à la remise à calèche en faisant un long détour parce que je ne suis pas pressée de rentrer. Je passe devant l'école primaire au carrefour de Cornelia et Hoyne, un bâtiment imposant à quatre niveaux hauts de plafond fait presque exclusivement de brique rouge. Des enfants jouent dehors, sur un parking faisant également office de cour de récré. Le drapeau est en berne, quelqu'un est mort. Les enfants chahutent, indisciplinés, bruyants, tels des singes hurleurs défendant leur territoire. Ils grimpent tout en haut de la cage à écureuil, s'accaparent les balançoires, prennent d'assaut les toboggans.

Je m'engage sur Cornelia Street. Une sonnerie retentit, c'est la fin de la récréation. Les enfants vont bientôt rentrer chez eux, c'est le milieu de l'après-midi. Une fois qu'ils sont à l'intérieur, le monde est étonnamment silencieux. Les arbres se dressent, grands et fiers, la lumière du soleil filtrée au hasard de leur feuillage saupoudre le trottoir.

Tandis que je me rapproche de la maison, j'aperçois un petit garçon, sur le trottoir d'en face, qui porte un seau, sa mère sur ses talons. Il s'arrête, renverse le contenu de son seau – tout un tas de craies de couleur. Ça fait un sacré raffut. Une craie bleue se met à dévaler le trottoir mais il lui court après et réussit à la rattraper. Sa mère lui demande ce qu'il va dessiner, me faisant un signe de la main en me disant bonsoir. Il va dessiner un hippopotame.

Mme Geissler est dehors, elle aussi. Penchée en avant, elle enlève les mauvaises herbes de ses massifs de fleurs qu'elle garde au creux de la main. Elle porte de gros gants de jardinage et sur la tête un chapeau de paille à large bord pour protéger sa peau du soleil.

En la voyant, je sens une boule de colère se former en moi. De colère et de malaise, entre autres choses. Je la revois à la fenêtre du deuxième étage de sa maison en train de m'observer. Ce deuxième étage, prétendument infesté d'écureuils. Où elle n'a, dit-elle, pas mis les pieds depuis des mois. Je repense aux yeux, à ses yeux tout près de la vitre, comme ceux d'un hibou, assez grands et brillants pour repérer une proie par la plus noire des nuits.

Mais ce n'est pas tout : je suis persuadée que quelqu'un est venu dans la remise à calèche quand je n'étais pas là. Seules deux personnes ont la clé de cette remise, il s'agit de Mme Geissler et moi-même.

Techniquement, la remise à calèche lui appartient, mais elle ne devrait pas y pénétrer sans me prévenir. Sans me le faire savoir, disons, vingt-quatre heures à l'avance. Si encore un tuyau avait éclaté ou si les toilettes étaient bouchées, j'aurais pu comprendre qu'elle décide d'entrer, mais ce n'est absolument pas le cas.

Je repense alors à ce qu'a dit Lily, la chasseuse d'appartements, à propos de ce type d'habitation, qui n'est pas soumis à la même législation locale concernant les bailleurs et leurs locataires. En habitant ici, je ne bénéficierais pas de la même protection qu'ailleurs, avait-elle précisé.

Est-ce que ça signifiait que je n'aurais aucune vie privée ? Que Mme Geissler pouvait entrer chez moi sans permission ? Ouvrir et fermer mes stores ? M'observer depuis chez elle ?

Je ne crois pas, non.

Je me dis d'abord que je devrais pédaler tout droit sans m'arrêter. Mais je réfléchis. Il faut que je lui parle, parce que son attitude me met très mal à l'aise, et je tiens à tirer cela au clair.

J'immobilise Fidèle Destrier sur sa béquille et je me plante derrière Mme Geissler, mains sur les hanches. Les mots sortent de ma bouche tout seuls.

— Pourquoi est-ce que vous m'observez ?

Elle m'adresse un sourire plein de chaleur.

— Jessie, dit-elle gentiment comme si elle n'avait pas entendu ma question ni même le ton de ma voix.

Elle ajoute qu'elle est contente de me voir.

— Quel beau temps, n'est-ce pas ? me demande-t-elle une main en l'air, louant le soleil et le ciel pour cette journée magnifique.

Et je perds le fil de mes pensées, ne songeant plus qu'au temps qu'il fait. L'espace d'un instant, j'oublie la paire d'yeux fixée sur moi la nuit. J'oublie la peur que j'ai éprouvée en entrant dans la remise pour trouver les stores grands ouverts. Mais je reviens à moi.

— Pourquoi est-ce que vous m'observez ? je répète, et l'incompréhension assombrit son visage.

Elle fronce les sourcils.

— Je ne vois pas de quoi tu parles, déclare-t-elle.

— Je vous ai vue, je dis, en pointant un doigt accusateur sur les fenêtres du deuxième étage, où ne perce aucune lumière à cette heure-ci – je n'y vois que le reflet du monde extérieur. Là-haut, trois soirs de suite, je reprends, bien que je ne sache plus où j'en suis.

Trois soirs, peut-être quatre ou même plus.

— Vous regardez chez moi, vous m'observez. Vous m'espionnez. Pourquoi ? Pourquoi est-ce que vous m'observez comme ça ?

Son sourire s'évanouit. Ou plutôt, il prend un sens différent. Il se teinte de pitié. Des sillons profonds se creusent entre ses yeux. Elle enlève son chapeau et une masse de cheveux tombe de sa tête, accrochée au chapeau de paille. Comme cela arrivait à maman avant qu'elle ne prenne son courage à deux mains et décide de se raser le crâne. Je nous revois toutes les deux dans la cabine de douche. On avait commencé à la tondeuse électrique pour finir au rasoir à main, un truc jetable bon marché. Après quoi on avait tartiné son crâne d'aloe vera.

— Vous ne me répondez pas ? j'insiste, face à son silence.

Je ne supporte pas de la voir me regarder avec pitié sans rien dire.

— Vous n'avez pas le droit, je fais, les yeux perdus dans cette boule de cheveux tombée de sa tête.

— Vous n'avez aucun droit de m'espionner.

— Jessie, dit Mme Geissler.

Sa voix déborde de compassion, d'empathie – à moins qu'elle soit excellente comédienne. En tout cas, ça ne me plaît pas du tout.

— Jessie, mon petit, répète-t-elle. Tu ne dors toujours pas, on dirait ?

Je sens mes genoux se liquéfier. Flancher. Je veux répondre qu'en effet je ne dors pas. Mais je ne veux pas qu'elle me conseille d'essayer le lait chaud, une cuillère de miel ou encore d'écouter de la musique douce avant de me coucher. Non, j'aimerais qu'elle me parle de la musique et des voix qui résonnent dans les conduits d'aération la nuit. De Jessica Sloane.

D'ailleurs, Jessica Sloane est là, gisant au milieu de la rue, dans son maillot de bain violet. Des pigeons attroupés autour d'elle la fixent de leurs yeux perçants.

Mme Geissler insiste.

— Jessie, est-ce que tu te sens bien ?

Ce n'est qu'à cet instant que je me rends compte qu'elle me parlait. Depuis tout à l'heure, elle s'adresse à moi et je n'ai pas entendu un mot.

— Tu n'as pas l'air dans ton assiette, tranche-t-elle, d'un air toujours compatissant, mais je refuse de me laisser détourner de mon objectif.

Je regarde autour de moi pour me resituer. Qu'est-ce que j'allais dire, déjà ?

— J'ai dormi comme un bébé.

Je cherche des yeux la masse de cheveux tombée de sa tête mais ne la vois nulle part. Il n'y a qu'un petit tas de feuilles jaunes et marron qui se dessèchent sur la pelouse. Tandis que mes yeux se posent sur Mme Geissler, elle remet son chapeau. C'est là que j'aperçois une feuille jaune repliée sur elle-même, comme une chenille dans un cocon, accrochée à la paille du chapeau.

Il n'y a jamais eu de boule de cheveux. C'est moi qui l'ai imaginée, alors que ce n'étaient que des feuilles. Des feuilles qui sont tombées d'un arbre tout proche et se sont prises dans son chapeau pendant qu'elle jardinait.

— Je vous vois à la fenêtre. Tous les soirs. Je sais que vous m'observez. Vous êtes venue chez moi, dis-je en m'emportant. Vous savez que c'est illégal d'entrer chez les gens comme ça ? C'est une violation de la vie privée. Je pourrais appeler la police. Oui, je devrais le faire.

— Jessie, ma douce, finit-elle par dire après un silence, l'air inquiet, pleine de contrition. Oh ! Jessie. Ma pauvre petite.

Sans faire cas de mes menaces, elle s'approche de moi, tente de me tapoter le bras avec ses gros gants de jardinage mais je recule.

— Tu dois te tromper, mon petit, dit-elle en désignant la maison derrière elle. Je ne vais plus là-haut. Ça fait des mois que je n'y ai pas mis les pieds.

Mais elle ment. Je sais que ce n'est pas vrai. Je le sais parce que je l'ai vue.

— J'ai vu de la lumière dans le grenier. Je vous ai vue, debout à la fenêtre. En train de m'observer.

— Non, affirme-t-elle en secouant la tête, l'air préoccupée et perdue. Il n'y a pas de lumière dans le grenier. J'y avais installé une lampe à l'époque, une vieille lampe sur pied, mais les écureuils ont grignoté le fil électrique. Tu imagines un peu ? dit-elle en claquant la langue. Quelles sales petites bêtes. C'est étonnant qu'ils ne se soient pas électrocutés, d'ailleurs.

Et l'espace d'un court instant ça me semble si honnête, si réel, que je vois presque les écureuils en train de ronger le câble avec leurs grandes dents et priver la lampe d'électricité.

Presque. Mais pas tout à fait.

— Je sais ce que j'ai vu.

Mais tout au fond de moi je me demande si c'est vrai.

— Jessie, tu as dû te tromper, dit-elle. C'était peut-être un rêve. Tu as perdu ta mère. Le deuil, ça peut être très difficile. L'isolement, le désespoir...

Mais je l'arrête avant qu'elle m'énumère toutes les étapes du deuil. Ses yeux débordent de condoléances. De peine. Elle se moque de moi. Je sais très bien ce qu'elle est en train de faire. Avec son regard plein de miséricorde et de compassion, elle essaie de remettre en question ma santé mentale, de me faire croire que je deviens folle, à cause de l'insomnie et du chagrin.

Mais je sais ce que j'ai vu.

— Alors laissez-moi y jeter un œil, dis-je avec insistance, sûre de moi, histoire de la mettre au pied du mur. Laissez-moi monter au grenier et voir de mes yeux qu'il n'y a pas de lampe en état de marche.

Lèvres légèrement retroussées, elle sourit. Mais ce n'est pas un sourire joyeux, ni moqueur, il se veut apaisant. Elle cherche à me rassurer.

— Oh ! je ne crois pas que ce soit possible, Jessie. C'est un tel bazar, là-haut. Je crois que c'est même risqué de s'y aventurer.

Il faut d'abord qu'elle appelle son entrepreneur pour mettre de l'ordre dans tout ça, il faut absolument qu'elle y pense. Ça dure depuis trop longtemps, et c'est de l'espace perdu. Puis elle m'annonce qu'elle doit y aller. Elle lève la tête et dit qu'il va pleuvoir. Je n'avais pas remarqué les gros nuages gris. Il y a quelques minutes, le soleil brillait encore dans le ciel bleu, et voilà que tout a changé.

— Les mauvaises herbes m'appellent, dit Mme Geissler en se tournant pour se rapprocher des chardons et s'éloigner de moi.

Soudain les nuages éclatent et il se met à pleuvoir à verse. En un clin d'œil, les trottoirs tachetés de lumière sont recouverts de flaques. Je détache les yeux de Mme Geissler pour les poser sur mes pieds, noyés dans une petite mare. De l'autre côté de la rue, l'hippopotame dessiné à la craie s'efface et rejoint les larmes du petit garçon, qui jette sa craie et la casse en deux.

— C'est tout gâché ! crie-t-il avant de suivre sa mère à la maison en tapant des pieds.

Je me tourne à nouveau vers Mme Geissler mais elle est partie.

J'entends une porte moustiquaire claquer et me retrouve seule.

Les cheveux et les vêtements collés à ma peau par la pluie. Toute seule.

L'averse cesse bientôt. J'ai à peine quitté la pelouse pour me réfugier à l'intérieur que la pluie s'est arrêtée. Et le soleil s'est frayé un chemin à travers les nuages, comme un poussin se libérant de sa coquille. Le monde s'est teinté de jaune mordoré.

Goutte après goutte, la pluie s'est évaporée pour repartir d'où elle venait. Puis le soleil s'est couché, colorant le monde en rose, puis en violet, puis en noir, l'heure pour moi d'accueillir une autre nuit blanche.

Par la fenêtre, je regarde le deuxième étage de la maison de Mme Geissler. Je fixe les carreaux, jusqu'à ce que mes yeux fatiguent, que mes rétines brûlent, et tout du long ma paupière continue de tressauter. Je refuse pourtant de cligner des yeux, car il suffirait d'un millième de seconde pour que je rate quelque chose, un éclair de lumière, des yeux qui m'observent. La maison commence à devenir floue, ça fait trop longtemps que je la fixe.

Mais je ne cligne toujours pas des paupières.

Les stores du deuxième étage sont tirés. Tous les trois. Comme le monde extérieur, la pièce est plongée dans le noir. Je la fixe pendant des heures, mais personne ne vient. C'est la preuve que je me suis trompée. Que Mme Geissler ne m'espionne pas depuis sa fenêtre, que tout cela est le fruit de mon imagination. Ça ne peut pas être un rêve puisque je ne dors pas. C'est donc mon esprit qui me joue des tours.

Toute la nuit, la fenêtre demeure noire, sans personne. Il fait froid dans la remise à calèche parce que j'ai éteint le chauffage pour empêcher les bruits de s'infiltrer dans la tuyauterie. Pour l'instant, ça marche. Il n'y a pas de voix, pas de bip. Pas de musique. Par contre, la température dégringole jusqu'à avoisiner les dix degrés. Mes doigts et mes orteils s'engourdissent.

Allongée dans mon lit sous les tic-tac de la pendule, j'ai une révélation. Maman n'est pas ma mère biologique. Cela me saute aux yeux désormais. Pour commencer, je ne lui ressemble pas du tout, ce qui n'est pas une preuve en soi puisqu'il se peut que je sois le portrait craché de mon père. Mais il y a de quoi douter.

Si maman n'est pas ma mère biologique, comment est-ce que je me suis retrouvée avec elle ? Comment elle a fini par devenir une mère pour moi ?

C'est peut-être quelque chose de tout à fait banal, comme une adoption. Et pour se prémunir contre ma mère biologique – qui un jour essaierait peut-être d'obtenir ma garde – elle a volé l'identité d'un enfant et me l'a donnée pour qu'on ne puisse pas me retrouver. Ma mère biologique était peut-être négligente, maltraitante. Ou alors elle avait treize ans, s'était fait violer, n'était pas prête à devenir mère. Une adolescente qui, après avoir trop bu à une fête, est allée trop loin avec un garçon. Maman m'avait épargné une vie de mauvais traitements aux mains d'une mère peu disposée à élever un enfant.

Ou alors ça n'a rien d'aussi banal.

C'est peut-être bien plus sordide que cela. Je n'ai pas été adoptée, mais enlevée. Kidnappée. C'est une pensée qui me vient uniquement parce que c'est le milieu de la nuit, le moment où mon imagination tourne à plein régime.

Est-ce que maman m'a kidnappée ?

Je culpabilise à force de penser toutes ces choses affreuses à son sujet. Qu'elle m'a enlevée. Que je ne suis pas sa fille. Qu'elle a fait quelque chose d'illégal. De mal. Je me revois à douze ans, quand maman, un peu éméchée après un verre de vin, s'était confessée. « Il y a longtemps, j'ai fait quelque chose dont je ne suis pas fière, Jessie. Dont j'ai honte. »

Je comprends maintenant ce qu'elle voulait dire.

Eleanor Zulpo, la femme chez qui maman travaillait quand j'étais petite, m'a dit qu'à l'époque je répétais sans cesse que je ne m'appelais pas Jessie. Elle se rappelait que je boudais, je tapais du pied et j'exigeais que maman arrête de m'appeler comme ça.

Jessie n'est pas mon vrai prénom. Ça, j'en suis sûre. C'est un nom que maman m'a donné de force, que j'ai accepté non sans opposer de résistance, parce qu'à trois ou quatre ans on connaît son prénom et on n'est pas disposé à en changer.

Donc non seulement je ne voulais pas qu'on m'appelle Jessie, mais en plus j'appelais maman Eden. Est-ce que je l'appelais par son prénom parce que ce n'était pas ma mère ? Parce qu'elle m'avait kidnappée ? Parce que ma mère était quelqu'un d'autre, mais dans ce cas, qui donc ?

Dans un coin de ma tête, je me dis que si maman m'a kidnappée – bien que le mot me fasse tiquer, comme un obstacle qui empêcherait la connexion entre mes neurones, parce que l'idée même est totalement incompatible avec la personnalité de maman, qui était si aimante, si gentille – c'est qu'elle avait une bonne raison. Ce n'était pas une banale kidnappeuse d'enfant.

Mais quelque chose cloche, comme des pièces de puzzle qui ne s'emboîtent pas correctement.

C'est à cause de la photo de cet homme. Celle que je serre si fort dans ma main qu'elle menace de se déchirer sous l'effet de ma transpiration. Je passe la nuit agrippée à cette photo, celle de l'homme près du lac, sachant qu'il comptait pour maman, et qu'elle les tenait volontairement, lui et ce cliché, à l'écart.

Qui est-il ? Il faut que je le découvre. Que je le retrouve, pour savoir s'il est mon père. Ensuite je saurai quand, comment et pourquoi j'ai été élevée par maman. Qui n'est pas ma mère.

Je cherche une chose, un indice qui m'aurait échappé. Sa coupe de cheveux, la couleur du lac, les espèces d'arbres à l'arrière-plan. Sa façon de se tenir, la marque de son jean – l'étiquette est trop petite pour que je puisse la lire mais j'essaie quand même –, le voilier qui navigue au loin. Est-ce qu'il est vraiment blanc comme je le pense depuis le début, ou est-il strié de bandes jaune clair ? Mais aucun de ces détails ne m'aide à avancer.

C'est alors que je remarque quelque chose. C'est une toute petite chose, mais très significative, pour moi qui suis à l'affût du moindre détail.

Cet homme est gaucher. J'en suis sûre. Ou du moins je m'en convaincs, parce qu'il porte sa montre au poignet droit. Ça n'a rien d'une règle gravée dans le marbre, mais c'est assez répandu pour être vrai : les gens ont tendance à porter leur montre à leur poignet non dominant.

Il y a beaucoup moins de gauchers que de droitiers dans le monde, ce qui réduit considérablement mes recherches, bien que le champ reste large. Au lieu d'une sur sept milliards, mes chances de retrouver cet homme sont désormais d'une sur sept cents millions.

Cette idée fait retomber l'enthousiasme qui m'avait gagnée quelques instants plus tôt. Jamais je ne le retrouverai.

Il pourrait être n'importe où. Ça peut être n'importe qui. Et même si j'étais nez à nez avec lui, je ne le saurais pas puisque je n'ai jamais vu son visage.

Je pose la photo. J'ai tellement froid que ma peau se marbre de gris violacé, comme si une dentelle blanche avait recouvert ma peau bleuâtre. Je m'assois par terre et je regarde mes mains, mes jambes. Toute cette peau exposée, aussi froide et tavelée que celle de maman avant qu'elle meure.

J'en tire alors la conclusion qui s'impose : comme maman, je suis en train de mourir.

Tout est noir autour de moi. Je n'arrive pas à bouger. J'ai trop froid, je suis trop fatiguée, j'ai trop peur pour faire un geste. Je n'arrive pas à me résoudre à jeter les couvertures sur mes bras et mes jambes. La nuit passe avec une lenteur insoutenable.

Enfin, les premiers rayons font leur apparition. Le jour se lève. Par la fenêtre, je regarde le spectacle.

D'abord, un unique pixel de lumière. Le soleil est toujours confortablement bordé derrière l'horizon, dispersant sa lumière dans l'atmosphère. Une semi-obscurité. Une sorte d'éclat bleu et jaune. Les nuages s'épaississent tout autour, attirés, comme des écrous par un aimant. Ils rosissent et rougissent aux contours. Comme s'ils étaient gênés.

Le soleil monte de plus en plus haut dans le ciel.

Et en un claquement de doigts le jour s'est levé.

L'air de la chambre commence déjà à se réchauffer grâce aux rayons qui se déversent par la fenêtre. Les marbrures violacées de ma peau s'évanouissent au profit d'un rose sain. Finalement, il semble que je ne sois pas mourante. En tout cas pour l'instant.

EDEN

4 août 1997
Egg Harbor

Cela fait deux semaines que mon bébé m'a été enlevé.

Aujourd'hui, Aaron et moi sommes allés consulter le Dr Landry.

— La bonne nouvelle, a dit le docteur, le visage strict, sans l'ombre d'un sourire, c'est que nous savons à présent que vous pouvez tomber enceinte. Votre corps en est capable. Mais maintenir cet état de grossesse s'avère être une autre affaire.

Aaron et moi n'étions là que depuis quelques minutes, assis sur des fauteuils capitonnés identiques, face au Dr Landry, lui-même installé sur une chaise pivotante derrière son bureau. Mouchoir en papier tout chiffonné à la main, je me tamponnais les joues sous le regard scrutateur du docteur.

— Combien de temps avant qu'on puisse réessayer ? ai-je demandé, en parlant d'une autre FIV à dix mille dollars, argent qu'Aaron et moi n'avions pas puisque nous avions déjà dû contracter un prêt pour financer la première fécondation in vitro.

Je me retrouvais avec trois comptes à mon nom presque entièrement vides. Je ne pouvais même pas m'acquitter des remboursements minimaux. Je n'avais jamais été endettée, jamais en retard sur mes échéances, jamais à découvert. Ça m'angoissait, mais je me raisonnais en me disant que c'était de l'argent bien dépensé.

Je vendrais mes propres organes – un rein ou un poumon – avant de renoncer à avoir un bébé.

Le docteur ne portait pas de blouse aujourd'hui, contrairement à d'habitude. Quand Aaron a voulu me prendre la main, je l'ai retirée et ai croisé les bras. L'engourdissement, l'insensibilité me collaient à la peau comme un rhume qui ne veut pas passer. Quand je n'étais pas en pleurs dans mon lit, je ne ressentais rien.

— Il n'y a pas de réponse irrévocable, a dit le Dr Landry, on peut réessayer dès que vous vous sentirez prêts, mais ses mots ont été soufflés par le soupir incrédule d'Aaron, car comme il me l'avait déjà fait savoir il ne voulait pas retenter l'expérience.

Lui, ce qu'il voulait, c'était arrêter.

La raison était simple.

La raison, c'était moi.

Ces deux dernières semaines, j'ai eu toutes les peines à sortir de mon lit. Matin, midi et soir, je pleure la perte de mon enfant, me demandant comment je peux être endeuillée à ce point d'une chose que je n'ai jamais vraiment connue.

L'homme prévoit, Dieu rit. N'est-ce pas le proverbe ?

Aaron ne voulait pas que je reprenne rendez-vous avec le Dr Landry. Selon lui, un psychologue ou un groupe de parole m'aurait été d'une plus grande aide. J'avais peut-être simplement besoin d'un peu de temps pour moi, pensait-il naïvement. Un voyage rien que pour moi dans l'un de ces endroits où je rêvais d'aller depuis longtemps. Sainte-Lucie, les Fidji, le Bélize. Comme si m'allonger sur la plage en buvant un cocktail pourrait m'aider à oublier le fait que je venais de perdre un enfant, pourrait anéantir mon désir d'avoir un bébé, de sorte que je reviendrais fraîche, vivifiée, heureuse.

— Mais je n'en veux pas de tes vacances, merde ! je lui ai crié depuis le lit, la tête sous les couvertures, n'en sortant que pour respirer. Je veux un bébé. C'est si difficile à comprendre ?

Et c'est là, en plein jour, quand j'ai osé sortir la tête de ma grotte sombre, que j'ai vu ses yeux rouges et bouffis à lui, son cœur manifestement brisé, comme le mien. Sa chemise était froissée, les boutons décalés d'un cran sur la boutonnière, ses cheveux hirsutes. Sa barbe avait triplé de volume, preuve que, comme moi, il ne quittait pas la maison, n'avait pas le courage d'aller travailler.

Mais je n'en ai rien montré.

— Je sais ce que tu ressens, il a dit, plein de compassion, la voix brisée, en s'essuyant les yeux du revers de sa manche de chemise. Crois-moi, je comprends.

Si j'avais eu un meilleur fond, je me serais rendu compte qu'Aaron souffrait, lui aussi. Je l'aurais consolé, l'aurais laissé me réconforter. Mais je n'étais pas comme ça.

C'était mon deuil, pas le sien.

— Va-t'en, ai-je aboyé, et j'ai entendu tout le venin qui se déversait dans ma voix, mais j'ai continué quand même. Tu n'as aucune idée de ce que je ressens. Ne viens pas me faire ton cinéma, tu ne sais pas ce que c'est que perdre un enfant.

Je suis retournée dans ma grotte, tête enfouie sous les couvertures, même si j'avais du mal à y respirer.

— Ce bébé. Cette grossesse. Ce besoin de tomber enceinte, il a déploré depuis le seuil de la chambre, d'où il m'encourageait régulièrement à me lever, aller faire un tour, prendre l'air. Tout ça a eu raison de toi, Eden. Tu es devenue quelqu'un que je ne reconnais plus. Une inconnue. Je donnerais tout pour qu'on redevienne Aaron et Eden. Nous deux. Rien que toi et moi.

Le temps d'un battement de paupières, je me suis rappelé le jour de notre mariage, mon arrivée à dos de cheval en robe de bal dans le ranch de la famille d'Aaron, notre échange de vœux sous le ciel étoilé.

Une cérémonie digne d'un conte de fées. J'avais trouvé ma moitié. J'avais épousé mon prince.

Mais soudain ma moitié ne me suffisait plus.

J'avais besoin de plus.

— Je veux réessayer tout de suite. Dès que possible, ai-je fait savoir aujourd'hui au Dr Landry dans son cabinet, et c'est là qu'Aaron s'est levé de son fauteuil capitonné et a quitté la pièce.

8 septembre 1997
Egg Harbor

Aaron ne s'est pas présenté au rendez-vous qu'on avait aujourd'hui au centre de PMA.

Depuis des semaines, j'endure à nouveau tout ce cirque, le processus de développement des follicules, les rendez-vous au cabinet du Dr Landry tous les deux ou trois jours pour faire une prise de sang, une échographie, voir s'il y a des candidats viables. On m'a injecté des quantités et des quantités d'hormones, ce qui me laisse des pinçons partout sur la peau et toute une ribambelle d'effets secondaires, des maux de tête aux sautes d'humeur en passant par les bouffées de chaleur.

Le Dr Landry m'a déjà prévenue que dans l'éventualité d'une nouvelle implantation Aaron devra m'administrer des piqûres de progestérone dans le fessier non seulement pour me permettre de tomber enceinte, mais pour favoriser le maintien de la grossesse. Il faudra le faire tous les jours, pendant au moins dix semaines.

— Ce n'est pas pour les petites natures, m'a-t-il prévenue, mais je lui ai assuré qu'on était prêts.

— Je ferais n'importe quoi. N'importe quoi, lui ai-je juré tandis qu'il énumérait les effets secondaires de la progestérone – prise de poids, pilosité faciale, douleurs insupportables.

Et puis, lorsqu'un follicule à maturité a été repéré sur l'écran du Dr Landry pendant une échographie, là où encore peu de temps auparavant figurait l'image d'un bébé avec un battement de cœur et des pieds et des mains palmés, on a pris rendez-vous pour le retrait de l'ovocyte, au cours duquel le Dr Landry prévoyait d'insérer une longue aiguille dans mon corps pour en extraire mes ovules.

Ce rendez-vous était aujourd'hui.

Sauf que j'ai attendu des heures qu'Aaron vienne livrer son échantillon de sperme.

Trois heures et quatorze minutes pour être précise, à regarder les autres couples – six, huit, dix – passer les portes vitrées puis s'en aller.

J'ai lu chacun des magazines de la salle d'attente. Deux fois.

J'ai essayé de l'appeler, mais il n'a pas décroché.

J'ai dit à la femme de l'accueil, qui me dévisageait avec gêne et regret, qu'Aaron était simplement en retard, qu'il n'allait plus tarder.

Qu'il était coincé dans les embouteillages.

Au terme d'une heure supplémentaire, j'ai demandé à parler à une infirmière. On est allé en chercher une pour moi, et, si proche d'elle qu'elle a dû reculer d'un pas pour retrouver son espace vital, je lui ai demandé s'il avaient gardé du sperme d'Aaron, datant des analyses ou de la première tentative de FIV. Ils devaient bien en avoir quelque part en stock, ne serait-ce que quelques gouttes, ou même rien qu'un spermatozoïde, à moitié mort, collé sur la paroi d'une coupelle de laboratoire.

Mais elle a secoué la tête, pleine de remords, s'est excusée et m'a dit que non.

Elle s'apprêtait à s'en aller, mais j'ai posé une main sur son bras pour la retenir et lui ai demandé si mes ovocytes pouvaient tout de même être prélevés maintenant, s'ils pouvaient être entreposés quelque part en attendant qu'Aaron vienne faire son dépôt. Ça me semblait parfaitement envisageable, comme lorsqu'on fait mettre un article de côté dans un magasin. Mais je me suis rappelé la très courte vie d'un ovule après l'ovulation.

— C'est impossible, a-t-elle dit, et c'est seulement à ce moment que j'ai pensé à me renseigner sur le don de sperme.

L'idée avait fait son chemin en moi petit à petit, au fil des heures que j'avais passées dans la salle d'attente à lire magazine de grossesse après magazine de grossesse en attendant qu'Aaron arrive.

Don de sperme.

Des mots que je n'aurais jamais cru prononcer dans ma vie.

Je suis sûre que tout le monde dans la pièce percevait la détresse dans ma voix, mais personne n'en était plus conscient que moi.

— Est-ce qu'on peut avoir recours à un don de sperme ? l'ai-je suppliée, cramponnée à son bras, mes ongles laissant des petites traces en forme de croissant dans sa peau.

— Eden, où est votre mari ? a demandé l'infirmière en reculant d'un pas, sans répondre à ma question.

Elle me prenait de haut, c'était évident. Elle feuilletait le dossier qu'elle avait dans la main, celui d'une autre patiente, visiblement très occupée et attendue ailleurs que dans la zone de réception où je l'avais coincée.

— Où est Aaron ?

Je lui ai dit qu'il avait dû être retenu au travail, sauf que c'était un mensonge parce qu'on était lundi, l'unique jour de la semaine où Aaron ne travaillait jamais.

J'ai de nouveau posé la question sur le don de sperme – ils devaient avoir des centaines et des centaines de flacons de spermatozoïdes stockés quelque part dont je pouvais avoir l'usage – mais l'infirmière m'a assuré qu'il leur fallait mon consentement éclairé et celui d'Aaron pour avoir recours à un don de sperme.

En d'autres mots, Aaron devrait être présent pour donner son accord, il faudrait qu'il soit là, et il ne l'était pas.

Aaron n'était pas en retard. Il n'avait aucune intention de venir.

Et il ne m'en avait rien dit.

Jusqu'à ce que je rentre du centre de PMA et le trouve à la table de la cuisine en train de boire une bière. Une bière ! Inutile de dire que mes nerfs ont lâché. Je lui ai crié dessus comme je ne l'avais jamais fait, j'ai prononcé des mots que je ne pourrais jamais retirer. Je me suis dirigée vers lui les poings levés, croyant bien l'espace d'un instant que j'allais le frapper. Mais je me suis arrêtée à quelques centimètres et c'est contre moi que je me suis retournée. Je me suis arraché les cheveux en hurlant comme une folle. Aaron n'a pas cillé. C'est à peine si j'avais élevé la voix contre lui par le passé, et ça m'a secouée, longtemps après qu'il a eu quitté la pièce, me plantant là au beau milieu de ma phrase. C'est à cause des médicaments, me suis-je dit dans le silence soudain de la cuisine, des poignées de cheveux dans les mains, tandis que dehors le soleil se couchait – une voûte de rose et de bleu au-dessus de notre vue sur la baie, le paradis sur Terre, comme on le croyait à une époque. C'étaient ces piqûres d'hormones qui m'embrouillaient les idées. Qui me faisaient hurler, même si j'avais toutes les raisons du monde d'être en colère.

— Où t'étais ? ai-je exigé de savoir en prenant sa bouteille de bière vide pour la jeter contre le mur.

Je me réjouissais à l'avance de la voir se fracasser en mille morceaux, mais elle s'est seulement cassée en deux. Deux gros morceaux de verre ambré qui ont heurté le sol dans un bruit sourd et n'ont fait qu'attiser ma frustration. Je me suis saisie de la pile de courrier posée au bord de la table et j'ai tout jeté en l'air, factures, dernières relances tombant au sol comme autant de feuilles mortes.

— Je te l'ai dit, a-t-il répondu une fois que je l'ai rejoint dans le salon, d'une voix remarquablement posée parce qu'il avait sûrement répété toute la journée ce qu'il allait me dire, j'en ai terminé. Ça fait un an qu'on essaie, plus d'un an même. On n'a plus d'argent, Eden. Toutes nos économies se sont volatilisées. On n'a plus un dollar à dépenser dans ces traitements.

Il m'a tendu une lettre, un relevé de carte de crédit sur lequel apparaissait une dette de dix-sept mille dollars.

— Regarde ce que ça nous a fait. À notre mariage. À toi. Je ne peux pas continuer comme ça. Je ne plaisantais pas, Eden. J'en ai terminé avec ça. Il est temps pour toi de choisir.

Après quoi il a pris un sac d'affaires qui attendait dans l'entrée.

La porte de la maison s'est ouverte et refermée, et je me suis demandé si tout était fini.

Si c'était la dernière fois que je le voyais.

JESSIE

Je suis assise sur le canapé à côté de Liam, dans son appartement, son ordinateur portable sur les genoux. Je fais un tour sur le site Internet du Centre national des enfants disparus et exploités, parce que si maman m'a enlevée, quelles que soient ses raisons, si j'avais une famille avant elle, alors peut-être qu'on aura déclaré ma disparition. Peut-être que quelque part ma vraie famille est à ma recherche.

Sur le site, je découvre que d'innombrables bébés ont été volés dans leur berceau. Des enfants qui après avoir pris le bus scolaire ne sont jamais rentrés chez eux. Des femmes enceintes vues pour la dernière fois sur des images parasitées de vidéosurveillance. Des jumeaux disparus après la découverte du cadavre d'un des parents. Des nourrissons enlevés dans des nurseries d'hôpital.

Ces histoires d'enfants disparus me captivent. Vignette après vignette, je clique, les ouvre toutes. Je lis celle d'un petit garçon qu'on a vu pour la dernière fois en train de jouer sur la galerie de sa maison, où il vivait avec son père et sa belle-mère, à Jeffersonville, une petite ville de Géorgie. Il était environ 10 h 15, c'était un mardi matin de 1995. Le petit garçon avait les cheveux blond sable et les yeux verts. Une photo obtenue grâce à un logiciel de vieillissement montre à quoi il est susceptible de ressembler aujourd'hui, si toutefois il est encore en vie. Sa mère s'était lancée dans une bataille judiciaire pour obtenir sa garde. Il y a une photo d'elle aussi. Elle a quelque chose de rustique, d'un peu fruste, un peu méchant. Elle a les cheveux fins, clairsemés, la peau burinée et marbrée.

Je pense qu'il est possible que, comme le petit garçon de Jeffersonville, je sois une enfant enlevée devant chez moi ou dans ma chambre, une enfant qui est montée dans le bus scolaire un matin et n'en est jamais redescendue.

— Alors, qu'est-ce que tu trouves ? me demande Liam pendant que je fais défiler la page jusqu'à tomber sur un formulaire de recherche.

— Rien pour l'instant, je réponds, mais j'espère que ça ne va pas durer.

Je remplis autant de cases que possible et laisse le reste vierge. Je suis l'enfant. Je suis de sexe féminin. Voilà ce dont je suis sûre. J'invente les dates autour desquelles il est possible que j'aie disparu. Je les tape, avec cet écart de trois ans qui s'étire de la naissance de Jessica Sloane à sa mort. Trois ans. Un passage fugitif. Moins qu'un mandat présidentiel, qu'un intervalle entre des jeux Olympiques ou des années bissextiles.

Plus de cent cas apparaissent. Cent petites filles disparues dans un laps de temps de trois ans. Qui aujourd'hui, soit dix-sept ans plus tard, n'ont toujours pas été retrouvées. Comme c'est triste. Je pense aux pères, aux mères, à leurs vrais parents.

Je clique sur les images l'une après l'autre et elles m'apprennent tout ce que j'ai besoin de savoir : où et quand la fillette a disparu, la couleur de ses yeux, de ses cheveux, l'âge et le physique qu'elle aurait aujourd'hui. Ivy Marsh a disparu à l'âge de deux ans. On l'a vue pour la dernière fois à Lawton, en Oklahoma. Une petite fille aux yeux bleus, cheveux blonds, avec des fossettes comme les miennes. Kristin Tate a disparu le jour de son troisième anniversaire, à Wimberly, au Texas. Elle aussi a des fossettes.

Je vais jusqu'en bas de la page et clique sur la flèche pour faire apparaître la suivante, puis la troisième. Et la quatrième.

— Qu'est-ce que tu cherches ? me demande Liam en regardant l'écran par-dessus mon épaule.

— Je ne sais pas, je réponds d'abord, avant de rectifier et de lui dire que c'est moi que je cherche.

Je m'arrête sur toutes les photos de filles vieillies artificiellement, disparues il y a presque vingt ans, et me demande si elles me ressemblent. Mais je me dis que l'estimation d'un logiciel ne peut pas être aussi précise qu'une photo d'un enfant plus vieux, à cause des modifications du visage au fil des ans. Tous les bébés ont de grands yeux ronds comme des billes, des joues rebondies. Un front immense. Des sourires pleins de gencives. Ils n'ont pas vraiment de signes distinctifs. Ils se ressemblent tous. Alors comment dire à quoi un visage de bébé ressemblera vingt ans plus tard ?

Mais peu importe, car j'ai beau passer tous ces visages en revue, aucun ne me ressemble.

Je mets l'ordinateur de côté. J'attrape mon sac et pour la première fois montre la photo à Liam. Il me demande qui est cet homme, et je réponds que je ne sais pas. Que j'ai trouvé cette photo cachée dans une petite niche derrière le miroir de la penderie.

— Tu penses que c'est ton père ? il me demande, sur un ton moitié interrogateur, moitié affirmatif.

Je hausse les épaules. Il prend la photo dans ses mains, la tient sous son nez pour l'examiner puis me la rend. Mes mains tremblent toujours, depuis des jours maintenant. Le silence se fait, on n'entend plus que le battement régulier de la pluie contre la baie vitrée. C'est une pluie fine, pas un déluge, bien que ce soit une journée morne et grise. Le beau lever de soleil a disparu et cédé sa place aux nuages depuis longtemps. La mélodie de la pluie sur la vitre est apaisante. Elle me calme, noie tout le reste, me donne envie de fredonner, comme si c'était un refrain.

Et puis ça se produit à nouveau. Mes paupières se ferment. Contre ma volonté. Ma tête, que mon cou ne peut plus tenir, tombe vers l'avant. Ça dure une seconde. Rien qu'une.

L'espace d'une merveilleuse seconde, je dors.

Mais un courant électrique me traverse et ma tête se redresse d'un coup. Je suis réveillée.

— Jessie, j'entends.

Je vois la main de Liam se poser sur mon genou. Je me tourne vers lui, vers son regard si bienveillant. Un sentiment d'appartenance me submerge, que j'ai rarement éprouvé avant, sauf avec maman.

Il touche mes cheveux, et un court instant je ressens une chaleur intérieure.

Il insiste pour que je m'allonge sur le canapé. Il propose un oreiller, une couverture, mais je lui réponds non merci, que ça va aller.

— Jessie, contre-t-il, mais je répète que ça va aller, bien qu'on sache tous les deux que c'est un mensonge.

Je m'excuse pour aller dans la salle de bains et hisse mon corps à la verticale comme s'il pesait cent trente kilos. Je m'asperge le visage puis observe mon reflet dans la glace, mon teint grisâtre, tirant sur le vert. J'ai l'air malade, mourante. Mes yeux s'enfoncent dans leurs orbites, j'ai de grosses poches au-dessous. J'appuie un doigt dessus, regarde mes globes oculaires sombrer et se regonfler. J'ai les lèvres toutes sèches, gercées aux commissures, les joues creuses.

Je compte les jours sur mes doigts. Combien de jours je n'ai pas dormi.

Le plus longtemps qu'une personne ait tenu sans dormir, c'est onze jours.

Je fixe mon reflet de zombie, incapable de comprendre ce que je vois, mais sachant que demain à la même heure je serai morte.

EDEN

23 septembre 1997
Egg Harbor

J'ai essayé de ne pas trop me laisser aller au désespoir, de peur de ce que je pourrais commettre. Je suis restée occupée le plus possible, j'ai fait des heures supplémentaires à l'hôpital, parce qu'être seule à la maison me déroutait, et je n'aimais pas cette impression de déséquilibre, d'accablement, de perte de contrôle.

La maison, notre cottage idéal, est vite devenue un cauchemar pour moi, un endroit où tout m'exaspérait, m'accablait, me plongeait dans un état de dysphorie permanent. J'ai donc pris l'habitude de m'en absenter le plus possible, tous les jours, de tout faire pour éviter le plancher en pin, les murs blanchis à la chaux, la magnifique balançoire dans l'arbre qui m'avait fait croire à une époque que j'étais ici chez moi.

J'ai passé dix heures par jour à éplucher des dossiers de patients, à déchiffrer les actes médicaux pour entrer le code de facturation correspondant dans la base de données de l'hôpital. C'était sans intérêt, mais l'occasion rêvée de passer le temps. J'ai aussi trouvé des petits boulots, quelques ménages par-ci par-là, aller promener un chien, ou conduire une gentille vieille dame à sa dialyse, lui tenir compagnie pendant les quatre heures nécessaires pour éliminer les déchets de son sang, trois fois par semaine. Ça m'a occupée, et c'est ce dont j'avais besoin par-dessus tout.

Le temps a passé.

La semaine dernière, en rentrant à la maison, j'ai trouvé une entente de séparation dans une enveloppe kraft, posée devant la porte. Le document dit qu'Aaron me laisse tout, la maison, tous nos biens, et ne récupère que la dette, dans la mesure de ses moyens, contractée via les cartes de crédit à nos deux noms.

Même dans le divorce, il continue de me protéger.

J'ai signé les papiers en vitesse, sachant que plus tôt je les renverrais, plus tôt le divorce serait prononcé, et plus tôt je pourrais avoir recours à un don de sperme sans l'accord d'Aaron.

En attendant, j'ai fait tout mon possible pour rester occupée, car ça allait prendre des mois, sans doute pas loin de six, avant que le divorce soit conclu.

Avais-je la force d'attendre aussi longtemps pour avoir un enfant ?

J'allais faire de mon mieux.

Mais comme on dit, le chemin de l'enfer est pavé de bonnes intentions.

Parce qu'à la minute où je me suis retrouvée sans rien à faire j'ai roulé jusqu'à la petite école de danse de Church Street et me suis postée sur mon banc public pour observer les petites ballerines. Je n'étais pas venue depuis des mois, depuis le printemps, mais rien n'avait changé. Les grandes sortaient en premier, suivies de leurs mères qui bavardaient entre elles, café à la main.

Et puis, au moment où je pensais que le défilé était terminé, la jeune Olivia est apparue sur ses petites jambes, ralentie par les obstacles que représentaient la lourde porte et les fissures du trottoir, faisant de son mieux pour rattraper les autres. Elle avait coupé ses cheveux, ils n'étaient plus attachés en chignon mais plaqués des deux côtés de sa tête à l'aide de barrettes. J'ai vite remarqué qu'elle était toujours tête en l'air, facilement distraite par les oiseaux, les insectes et, aujourd'hui, une feuille, rouge vif tombée sur le béton blanc, le premier signe de l'automne.

Elle s'est arrêtée pour la toucher, prudemment, comme si elle était vivante, examinant sa couleur, la forme de ses lobes, tandis que le reste de la troupe progressait à son rythme, de sorte que l'écart ne cessait de se creuser. Cette fois, la mère d'Olivia était si absorbée par sa conversation qu'elle n'a pas vu sa fille s'accroupir pour inspecter la feuille morte avec la concentration et la détermination d'une microbiologiste. Les talons de la mère percutaient le bitume et traversaient à présent le carrefour, sans qu'elle se rende compte qu'elle était désormais séparée de son enfant par une voie rapide, le même genre de route qui avait pris la vie d'une autre petite fille lorsque sa mère avait tourné le dos.

Certaines femmes n'étaient pas faites pour être mères.

Et d'autres, qui feraient les meilleures mères, n'avaient pas la chance de le devenir.

Ça semblait injuste.

Quelle bonne mère je ferais, si seulement l'univers me le permettait.

Soudain, Olivia a relevé la tête, et lorsqu'elle s'est aperçue qu'elle était toute seule elle s'est mise à pleurer. Il y a eu plusieurs étapes. D'abord l'enthousiasme débordant pour cette feuille, suivie par la frustration de ne pouvoir la montrer à personne, avant que ne s'insinue la tristesse, voire un gros chagrin, en découvrant que les autres étaient parties sans elle, et enfin, la panique. La panique la plus totale. Elle a poussé un petit cri de surprise, s'étouffant avec sa propre salive, puis elle s'est mise à pleurer, sans bruit, des larmes étouffées, tandis que ses petits genoux tremblaient dans leurs collants blancs brillants.

Je mentirais si je disais que les pensées ne se sont pas enchaînées à toute vitesse dans mon esprit.

Comment je la cacherais ?

Où irions-nous ?

Comment je l'appellerais ?

Parce que si elle devenait une fillette disparue elle ne pourrait plus se présenter sous le nom d'Olivia. Il faudrait qu'elle devienne quelqu'un d'autre.

J'ai quitté mon banc pour me pencher et ramasser la feuille. Je lui ai demandé si elle collectionnait les feuilles et les faisait sécher entre les pages d'un gros livre. Le son de ma voix et la vue de la feuille dans ma main ont semblé la troubler. Son regard s'est attardé sur mon sourire, et les larmes ont cessé lorsque je lui ai tendu la feuille rouge, qu'elle a prise d'une main tremblotante.

Dans ma tête, je me suis dit que ce serait la faute d'Aaron si j'emmenais cet enfant avec moi – pas la mienne, non, absolument pas – parce que c'était le mot d'ordre en ce moment : trouver un responsable.

Si seulement il était venu au centre de PMA…

Si seulement il n'était pas sorti de ma vie…

Lui et moi, on aurait encore une chance d'avoir un enfant à nous.

Je ne serais pas obligée d'en enlever un qui n'est pas à moi.

— Pourquoi est-ce que tu pleures ? ai-je demandé, même si, bien sûr, je connaissais la réponse.

Je me suis rassise, ne voulant pas l'effrayer en la dominant de toute ma hauteur, elle qui était si petite. La température chutait à nouveau, l'automne approchait. Bientôt, les touristes s'en iraient. Les poils de ses bras nus étaient hérissés et des mèches de cheveux blond paille collaient à son visage maculé de larmes.

— Où est maman ? elle a fait, en cherchant sa mère du regard.

J'étais la seule à percevoir par-dessus le bruit du vent les rires des petites filles. Olivia, elle, n'entendait pas.

À travers les arbres, je distinguais à peine une manche rouge de gilet, le rose d'un tutu, une mèche de cheveux châtain.

— Tu as perdu ta maman ? ai-je demandé en lui offrant ma main. Tu veux que je t'aide à la retrouver ? Tu veux qu'on aille chercher ta maman toutes les deux ? N'aie pas peur, ai-je ajouté face à son hésitation. Je ne te ferai aucun mal.

Je mentirais si je disais qu'elle a pris ma main docilement, sans d'abord la fixer pendant une minute, se torturer l'esprit, parce que repassait dans sa tête tout ce qu'on lui avait répété sur le fait de ne pas parler aux inconnus.

Mais elle a fini par glisser sa main dans la mienne. Ça m'a fait un choc de la sentir toute petite, toute douce, et j'ai bien failli la serrer de toutes mes forces, ne m'en empêchant que pour éviter qu'elle crie. Bien sûr, je ne voulais pas lui faire peur, mais je cherchais surtout à ne pas attirer l'attention sur nous. Mais dans ma tête j'étais déjà à elle et elle était à moi.

Alors j'ai commencé à l'emmener dans la direction opposée à celle que sa mère avait prise. Celle de ma voiture.

Olivia s'est arrêtée en regardant dans l'autre sens par-dessus son épaule – même une toute petite fille se rappelait où elle avait vu sa mère pour la dernière fois – mais je lui ai dit de ne pas s'inquiéter, que si on prenait la voiture on retrouverait sa mère plus vite qu'à pied.

Je la lui ai montrée.

— Regarde, elle est juste là.

Elle a réfléchi un moment, figée sur le trottoir, hésitante, ses yeux passant sans arrêt de la voiture à mon visage. Des nuages venaient de s'amonceler et bloquaient le soleil. Une bourrasque a soufflé, chassant les derniers restes de chaleur de cette journée. La température avait chuté d'au moins cinq degrés et tout était gris.

L'automne arrivait ; l'automne était là.

— Bon, tant pis, j'ai fait en lâchant sa main. Si tu ne veux pas trouver ta maman, on n'est pas obligées.

Bien sûr, c'était de la psychologie inversée, je lui faisais simplement croire que si elle ne montait pas dans la voiture avec moi il se pourrait que je l'abandonne là.

Je ne voulais pas l'effrayer, mais je n'avais pas d'autre moyen d'arriver à mes fins.

Je me disais qu'on roulerait simplement jusqu'à la ville voisine et qu'on mangerait une glace. Que je la garderais juste assez longtemps pour donner une bonne leçon à sa mère et que je la ramènerais. Évidemment, je ne prévoyais pas d'enlever cette enfant pour de bon, parce que je ne suis pas comme ça. Je ne suis pas une voleuse, une kidnappeuse. Je voulais juste l'emprunter un petit peu, comme un livre à la bibliothèque. Combler le vide que je ressentais, rien qu'un moment.

Je n'avais pas fait deux pas que j'ai entendu les petits pieds d'Olivia arriver derrière moi. Ça avait marché.

Sa main a pris la mienne et l'a serrée fort, sans intention de la lâcher. Je lui ai souri et elle m'a souri à son tour ; déjà les larmes s'évaporaient de ses joues.

— Ta mère doit être par ici, viens.

On s'est mises en route, main dans la main, on a marché sur quatre ou cinq mètres. On avançait lentement, à son rythme, même si j'avais envie de lui tirer sur le bras et de courir. Il a fallu à peu près vingt secondes pour faire ces cinq mètres, mais pendant ces vingt secondes j'ai réussi à me convaincre qu'on se ressemblait, ne serait-ce qu'un tout petit peu. Bien qu'en réalité ce ne soit pas le cas. On ne pourrait pas être plus différentes.

Je me suis demandé si une fois qu'on serait attablées face à face avec nos coupes glacées à la fraise surmontées de chantilly j'aurais le courage de la ramener à sa mère.

C'est alors qu'une nouvelle pensée m'a traversé l'esprit. Je pouvais rouler vers le sud, jusqu'à Sturgeon Bay, Sheboygan, ou Milwaukee. On pourrait aller vivre ailleurs, loin d'ici, où les gens nous croiraient mère et fille.

Ils n'auraient aucune raison d'avoir des soupçons.

Je ne l'appellerais pas Olivia. Je lui donnerais un autre prénom.

Avec le temps, elle penserait que c'est vraiment le sien.

— Je n'ai pas de réhausseur, ai-je dit tandis qu'on approchait de la voiture, mais ça ira pour l'instant. La ceinture de sécurité fera l'affaire.

En arrivant à la voiture, j'ai tendu une main pour ouvrir la portière arrière et faire grimper Olivia à bord.

— Le trajet sera court, ne t'en fais pas, lui ai-je promis. Je suis sûre que ta maman n'est pas loin.

En un éclair, j'ai élaboré un plan : une fois qu'Olivia serait dans la voiture, je filerais dans l'autre sens pour quitter la ville, l'emmener loin de sa mère, sans m'arrêter jusqu'à Sturgeon Bay. Là, on ferait une halte pour une glace, de quoi l'apaiser, faire taire ses peurs, sécher ses larmes, qui ne manqueraient pas de couler. Une glace et un ours en peluche ou un jouet de station essence, quelque chose qu'elle puisse serrer contre elle, qui lui procurerait un sentiment de sécurité. On roulerait toute la nuit, aussi loin que possible. Loin d'ici.

Mais c'est là que j'ai entendu la voix.

Quelqu'un appelait Olivia. Des cris insistants, aigus, dont l'urgence et la détresse résonnaient dans l'air froid, suivis par une véritable cavalcade, un millier de gnous qui descendaient la rue. C'est du moins ce que le bruit m'évoquait, et en levant la tête, la main à quelques centimètres de la poignée, j'ai vu la mère d'Olivia et son troupeau se précipiter vers moi, huit femmes et sept petites danseuses sur leurs talons, qui hurlaient des ordres.

— Olivia, viens tout de suite par ici.

— Mais qu'est-ce que vous faites ?

— Enlevez vos sales pattes de ma fille !

Soudain, j'avais les mains moites. Mon cœur cognait dans ma poitrine, encore plus vite qu'avant. Je transpirais. J'avais mal à la tête. Mon cerveau turbinait pour échafauder un mensonge tandis qu'une femme me pointait du doigt en disant « Je vous ai déjà vue dans les parages », mais aucun mot ne sortait. Mon esprit retenait mes paroles prisonnières, mais il était surtout occupé à calculer ; il mesurait la distance qui nous séparait, Olivia et moi, du groupe de femmes, mais aussi de la voiture. Est-ce que je pouvais y faire monter Olivia avant que sa mère et son troupeau nous aient rejointes ?

Ça se tentait. Mais je ne devais plus hésiter.

Il fallait partir, maintenant.

Allez !

Tout de suite !

Mais mes pieds refusaient de m'obéir et ma main moite a laissé échapper celle d'Olivia, et voilà qu'elle courait dans la mauvaise direction, vers sa mère, me plantant là avec ma voiture.

— On peut savoir pour qui vous vous prenez ? a dit sèchement la mère d'Olivia tandis que la petite lui sautait au cou. Qu'est-ce que vous comptiez faire avec mon enfant ?

Comme je ne trouvais toujours pas ma langue, c'est Olivia qui a parlé à ma place, qui s'est débattue pour se libérer des bras de sa mère et une fois les deux pieds fermement ancrés au sol, tout en faisant tournoyer la feuille rouge dans sa main, elle a dit :

— C'est toi qui m'as oubliée, maman.

Puis elle a fait six petits pas dans ma direction et m'a tendu la feuille, que j'ai acceptée. Un cadeau d'adieu.

— Elle m'aidait à retrouver maman, a-t-elle dit d'une voix chantonnante, avec son sourire à trous, tandis que j'étais toujours incapable d'articuler le moindre mot.

La mère d'Olivia a changé d'approche, son ton s'est radouci. Son visage s'est déridé, et au lieu de s'en prendre à moi ou d'appeler la police, comme lui suggérait l'une des femmes du troupeau, elle m'a remerciée. Oui, remerciée. D'avoir aidé Olivia. Ses joues ont viré au rouge et ses yeux se sont emplis de larmes, et en cet instant elle a cru dur comme fer que si je n'avais pas été là elle aurait pu perdre sa fille.

— Vous devriez la surveiller mieux que ça, l'ai-je menacée, la voix et les mains tremblantes, comme les feuilles dans les arbres qui s'accrochaient aux branches de toutes leurs dernières forces.

EDEN

11 mai 2016
Chicago

Assise sur les marches devant la maison, je serre mes mains entre mes genoux pour les empêcher de trembler. Je scrute le bout de la rue, en quête de l'éclat jaune qui apparaîtra au coin, le bus scolaire, avec Jessie à son bord. Je vérifie l'heure sur ma montre, et j'exhorte le chauffeur à arriver à l'heure, parce que dans trois minutes je risque de me dégonfler.

Il faut que je lui dise. Que ce soit clair une bonne fois pour toutes.

J'ai démêlé mes cheveux et les ai bouclés au fer. J'ai mis du blush sur mes joues, pas pour m'embellir, mais simplement pour avoir l'air vivante, mon teint blême étant actuellement plus évocateur de mort que de vitalité. Si j'ai l'air en bonne santé et forte, Jessie ne s'inquiétera peut-être pas tant que ça. J'ai mis un beau chemisier. Je plaque un sourire sur mon visage, mais plus j'attends, plus il s'aigrit.

Je répète tout haut les mots que je vais prononcer, de façon à en contrôler le rythme et ma voix, qui a tendance à chevroter quand j'ai peur. Parce qu'à la vérité, oui, j'ai peur. Je suis terrifiée. Mais je n'oserai jamais le dire à Jessie ; pour elle, je dois faire bonne figure.

Les freins du bus tintent à mes oreilles comme le chant d'une chouette effraie. Je regarde Jessie dévaler les marches hautes derrière ses camarades, les yeux rivés au sol comme c'est souvent le cas ces temps-ci. Son sac à dos est si lourd qu'elle avance courbée en avant pour contrebalancer le poids, et je ravale mes larmes, sachant que les jours où je pourrai la voir rentrer de l'école sont désormais comptés.

Je souris, et elle sait, dès qu'elle me voit, que quelque chose ne tourne pas rond.

— Qu'est-ce qui se passe ? me demande-t-elle avec son air impassible d'adolescente qui dissimule la tristesse, l'égarement, la peur.

Et ses yeux – qu'est-ce qu'ils sont bleus ! Encore à ce jour, ils me bouleversent – restent indéchiffrables. Mais plus pour longtemps.

En l'observant, je me rends compte que même si elle est mature pour son âge c'est encore une enfant. Une enfant qui sera bientôt orpheline. Je tapote la marche à côté de moi et lui demande de me rejoindre. Et lorsqu'elle s'assied, j'oublie tout ce que j'avais préparé – tous les beaux adages sur la vie et la mort que je voulais citer.

— Jessie, je suis mourante, je lui annonce d'une voix blanche, à peine plus sonore qu'un murmure, faisant mon possible pour garder mon calme. Je vais mourir, dis-je en voyant son masque se craqueler et les larmes monter à ses yeux si bleus, un raz-de-marée instantané.

Je la regarde le plus stoïquement possible. Elle s'effondre sous mes yeux. Je dois rester forte, mais c'est trop dur. Elle se jette sur moi, passe ses bras autour de mes épaules et de mon cou. Me serre fort, si fort.

— Là, là, ne pleure pas, je murmure au creux de son oreille, tout va bien se passer.

Et je l'enveloppe de mes bras, lui tapote le dos, caresse ses cheveux.

— Je n'ai pas peur, tu sais, je lui mens, les dents serrées, parce que c'est ce qu'elle a besoin d'entendre. Tôt ou tard, on meurt tous, Jessie. Ce n'est qu'une question de temps. Et mon heure est venue.

J'ai le cœur en mille morceaux. Et j'ai honte.

Parce qu'après avoir remué ciel et terre pour que Jessie fasse partie de mon monde je la laisse se débrouiller toute seule, et je me sens infiniment coupable.

JESSIE

Je suis allongée dans mon lit quand soudain j'entends un bruit. Ça vient de dehors. Je sursaute, décolle du matelas de quelques centimètres.

En regardant par la fenêtre, je m'attends à voir un couvercle de poubelle en acier galvanisé tombé par terre. Parce que j'ai entendu un écho métallique sur le bitume, et je m'imagine une file indienne de rats se grimpant les uns sur les autres pour escalader la poubelle, s'organisant pour en emporter le contenu.

Mais lorsque j'écarte le store je ne vois rien.

Pas même de lune, ni d'étoiles. Il fait nuit noire.

Pendant des heures, je scrute le gros bloc obscur qu'est la maison de Mme Geissler. Mon corps tremble de froid bien que, comme d'habitude, je transpire. J'ai l'impression d'avoir de la fièvre. Glacée à l'extérieur, mais bouillant intérieurement au point de mouiller mes vêtements, la peau humide de sueur. Je claque des dents. Je ne suis pas sûre de survivre à une autre nuit. Je me demande à quoi ressemble une crise d'angoisse. Je crois que c'est ce qui est en train de m'arriver.

Mes yeux s'adaptent à l'obscurité, devinent des formes. Les fenêtres sombres, le balcon suspendu sur ses tasseaux de bois, la ligne de toit, la véranda, la porte vitrée coulissante.

J'aperçois soudain un écureuil qui s'élance d'une branche de chêne et atterrit sur le toit. Il disparaît sous la corniche tandis que des voix étouffées me parviennent à nouveau à travers la grille d'aération. « Refroidissement périphérique », disent-elles cette fois, puis, « marbrures sur la peau ». Mais je ne prends pas la peine d'aller me mettre à genoux pour leur répondre par la grille de sol, parce qu'elles ne m'entendront pas. Même si je crie, elles ne diront rien en retour, parce que c'est toujours comme ça. Elles sont dans ma tête.

J'entends aussi un bruit de pas, feutré, discret, qui remonte le long du conduit et résonne dans la chambre autour de moi. Puis, un éclat de rire.

« Chut », murmure quelqu'un, « laissez-la dormir. »

Je n'arrive pas à me détourner de la fenêtre. Comme un insecte attiré par la lumière dans la nuit, il m'est impossible de regarder ailleurs. La fenêtre est couleur ébène, charbon. Noir de jais. Le store, lui, est immobile.

Je continue à observer la vitre rectangulaire, étroite et haute, l'inertie du store. Il n'y a personne. Derrière cette fenêtre et ce store, la pièce est vide et sombre.

Mais à 3 heures du matin, une lumière s'allume. Je manque tomber du lit. Une lampe s'allume et le store se relève en même temps. La pièce est inondée de lumière.

Pour la première fois, j'ai une vue très dégagée de l'intérieur. C'est une sorte de chambre. Mansardée. Un espace divisé par trois fenêtres. Comme un triptyque, une peinture où trois panneaux sont assemblés pour n'en former qu'un.

Dans le premier, une tête de lit est adossée à un mur lambrissé de chêne. Le lit est défait, la couette blanche rejetée, les oreillers sont à plat. Une lampe est allumée sur la table de chevet, c'est elle qui diffuse cette douce lueur jaune dans la pièce.

Dans le deuxième se trouvent le pied du lit et deux montants d'un baldaquin. Une porte en bois sur le mur du fond, qui mène à un couloir. Ou un placard. Elle est fermée, je ne sais sur quoi elle donne. Un cordon pend du plafond, apparemment sans utilité. Il devait être relié à un ventilateur ou un plafonnier. Dans le troisième se tient l'homme.

Je sursaute et plaque une main sur ma bouche pour m'empêcher de crier.

Il se tient derrière la fenêtre, celle où j'ai déjà aperçu quelqu'un en train de m'observer. Assis sur le rebord, adossé à la vitre, il me tourne le dos. Il est habillé en marron, des pieds à la tête, il se confond avec les murs, comme s'il cherchait à se camoufler, à se cacher. Il a les cheveux châtains, coupés court. Je ne vois pas son visage, ni ses yeux.

Je le fixe pendant de longues minutes, et ni lui ni moi ne bougeons.

Puis il se lève. Je remarque qu'il est grand. Il s'étire, les mains au-dessus de la tête, le dos cambré. Il marche à grandes enjambées déterminées. Il lui suffit de trois pas pour traverser la pièce – là où il m'en faudrait huit ou dix – toujours dos à moi, comme s'il savait que je l'observe. Comme s'il jouait avec moi. À cache-cache. Ou à colin-maillard.

Ses mains pendent mollement de chaque côté de son corps. Je pose les miennes sur la vitre, comme pour les tendre vers lui.

Quelque chose me frappe sans que je puisse précisément mettre le doigt dessus. Il y a un je-ne-sais-quoi qui ne m'est pas étranger, dans sa stature, sa façon de se tenir, la couleur de ses cheveux. Je l'ai déjà vu. C'est comme le David de Michel-Ange. On le reconnaîtrait à la posture, même si on n'a jamais vu son visage. Il est debout, mains sur les hanches, le genou gauche à peine plié. La tête penchée vers la droite, il semble regarder quelque chose au loin, une chose qu'il est seul à voir.

Lorsque mes yeux se posent sur son bras droit, je remarque une montre. Une montre au poignet droit, ce qui signifie qu'il est gaucher. Je repense à l'homme de la photo et me rue sur mon sac, sors le cliché et le tiens à la fenêtre.

La carrure est semblable. Elle n'est pas seulement ressemblante, c'est la même.

C'est l'homme de la photo de maman.

Il se retourne brusquement vers la fenêtre, et me fait désormais face. Ma main glisse de ma bouche et un cri s'en échappe. Le souffle coupé, je contemple sa barbe courte, sa peau burinée par le soleil, sachant que je l'ai déjà vu quelque part. Je ne cligne pas des yeux, je bloque ma respiration. Je connais cet homme. Ce n'était pas un simple pressentiment. Là, sur son avant-bras, il y a une cicatrice, difficile à voir à cause de la distance, mais bel et bien présente. Environ dix centimètres, du poignet à la manchette de chemise, la peau boursouflée et rosée tout autour.

Je me rappelle alors que l'homme de la photo a lui aussi une cicatrice.

Comme l'homme du parc. Celui qui lisait la notice nécrologique de maman, l'air inconsolable.

La voilà, la preuve irréfutable que je cherchais.

Ce n'est pas après deux hommes que je suis lancée, mais un seul. Cela m'a l'air inimaginable, impossible, et pourtant, c'est vrai.

Cet homme est mon père.

Il sait que je suis ici. Il sait que je suis ici et il est venu me chercher.

Que ferait-il dans cette maison, sinon ?

Maintenant que je les vois, ses yeux ressemblent à deux noisettes, petites et sombres. Il me fixe du regard. Comme moi, sans ciller.

Puis il fait un pas de côté et tend une main vers la lampe. Qui s'éteint et se rallume. Un signal de détresse. Un SOS. En morse. Trois courts, trois longs, trois courts. Sauvez-moi.

Il me parle. Il cherche à communiquer avec moi.

Je me lève puis m'assois au bord du lit. J'enfonce mes pieds dans mes baskets avec peine car ma peau est moite. Je ne prends pas la peine de nouer mes lacets défaits, qui me suivent au fil des marches raides. Je me rue à l'extérieur, laisse la porte grande ouverte, et traverse la pelouse couverte de rosée.

Au début, je ne réfléchis pas, je fonce.

Les brins d'herbe me chatouillent les jambes. La pelouse a grand besoin d'être tondue, et je suis en short, les jambes nues. Malgré le froid pinçant, la sueur coule le long de mes tempes et se recueille au creux de mes aisselles.

À cinq ou six mètres de la remise à calèche, je commence à réfléchir à ce que je suis en train de faire.

Tout à coup, j'ai peur.

Je m'arrête trois fois pour me repérer, regarder autour de moi, devant, derrière. Je suis aux aguets. Une branche d'arbre m'effleure le bras, ses feuilles pareilles à la caresse d'une main. Je sursaute, terrorisée.

Dans la nuit noire, je n'y vois pas à un mètre. Mon cœur bat fort dans ma poitrine.

— Il y a quelqu'un ? j'appelle, mais personne ne répond.

J'ai conscience qu'au-dessus de ma tête la lumière du deuxième étage s'est éteinte. La maison est entièrement plongée dans l'obscurité. J'envisage de faire demi-tour et de rentrer chez moi. De me glisser dans mon lit, me cacher sous les draps, où je serai en sécurité.

Mais j'arrive à mi-chemin entre la maison principale et la remise à calèche et l'idée de revenir sur mes pas me semble aussi dangereuse que d'avancer, surtout après avoir laissé la porte ouverte. Maintenant, qui sait qui a bien pu s'introduire chez moi.

J'entends des pilleurs de poubelles au loin. Les ratons laveurs, corneilles, rats. Une créature détale sur la pelouse à mon approche. Une queue à anneaux. La tête masquée. Des empreintes de pas semblables à des mains humaines. J'imagine un homme difforme en train de ramper à quatre pattes, grognant dans ma direction. Avant de détaler.

Je progresse le long du patio dallé de brique, en direction de la porte d'entrée. Je gravis les dix marches du perron, chacune d'elles dangereusement mince. Une fois en haut, je m'arrête pour reprendre mon souffle. J'inspire, retiens l'air dans mes poumons, le laisse imprégner mes cellules et flotter au gré de mon système sanguin, comme une balise en pleine mer.

La porte en acajou massif est flanquée de deux veilleuses. Je vois mon reflet tout débraillé dans chacune d'elles, plantée là la main sur le cœur, à bout de souffle. J'ai les cheveux dans tous les sens, le teint exsangue, d'un blanc fantomatique. Des poches violettes me cernent les yeux.

Je toque. D'abord avec hésitation, puis avec de plus en plus d'assurance. Une fois, deux fois, trois fois. Pas de réponse.Je me mets à taper du poing. Le bras levé, je m'apprête à recommencer, mais l'éclairage extérieur s'allume. La lumière soudaine me saisit. Bien qu'après tout ce temps passé à marteler la porte ça n'ait rien de soudain.

La lumière blanche m'aveugle momentanément. Pendant six bonnes secondes après l'ouverture de la porte, je ne distingue que des pois lumineux.

— Qui est là ? je demande, toujours hors d'haleine, tout en sachant que seuls l'homme à la fenêtre du grenier ou Mme Geissler peuvent se tenir devant moi.

— Jessie, il est 3 heures du matin, me répond cette dernière, fatiguée et agacée.

J'ai donc réveillé Mme Geissler, qui, contrairement à moi, avait la chance de dormir et non le malheur de passer une énième nuit blanche.

Mes yeux font le point et la voient en train de nouer la ceinture d'un peignoir en coton rouge autour de sa taille, avant d'arranger ses cheveux.

— Qu'est-ce qui t'arrive, mon petit ? demande-t-elle en arquant les sourcils. Est-ce que tout va bien ?

— Il est là, dis-je avec empressement en me rapprochant d'elle, ce qui la fait reculer d'un pas.

— Mais qui donc ?

— Lui. Un homme. Là-haut.

Et son air interdit m'agace à mon tour. Ça, plus la fatigue, mon irritabilité chronique due au manque de sommeil.

— Vous savez très bien de qui je veux parler, dis-je sans ménagement, parce que je sais qu'il est là, dans sa maison.

Elle doit être au courant. Il ne fait aucun doute qu'elle le connaît, pourquoi serait-il là, sinon ?

— L'homme à la fenêtre. Celui qui m'observe. Il est là.

Elle porte une main contre son cœur.

— Il y a quelqu'un là-haut ? s'écrie-t-elle. Chez moi ?

Elle blêmit. Elle fait l'effort de regarder par-dessus son épaule, en direction de l'entrée déserte, et j'en profite pour faire un autre pas, qui me permet d'entrer chez elle du bout des orteils. Elle résiste, attrape la porte à deux mains et cale son pied derrière. Elle me la ferme presque au nez. Je perds l'équilibre et redescends sur une marche du perron.

— Je l'ai vu à la fenêtre, dis-je en montrant l'escalier derrière elle. Là-haut. Un homme, au deuxième étage.

À ces mots, elle se détend et sourit. Elle secoue la tête et me dit qu'il n'y a personne dans la chambre du deuxième, si sûre d'elle que l'espace d'un instant je la crois. Elle répète que personne n'a mis les pieds là-haut depuis des mois. Pas depuis cette histoire d'écureuils, et je crains qu'elle en remette une couche sur les rongeurs qui ont élu domicile dans son grenier. Sauf que je sais maintenant qu'elle me ment, parce qu'il n'y a jamais eu d'écureuils dans cette pièce, mais un homme. Mon père, qu'elle me cache depuis le début.

— L'échelle, me dit-elle à la place, c'est un système escamotable, et d'un geste au-dessus de son épaule elle tire une corde imaginaire. Mais il s'est cassé il y a quelques mois. C'est le dératiseur qui l'a cassé, et je n'ai pas pris le temps de le réparer.

— Mais puisque je vous dis que je l'ai vu.

— Tu dois te tromper. Il n'y a personne là-haut. Car qui pourrait monter dans ce grenier sans échelle ?

C'est vrai que ça a l'air tellement simple, à l'entendre. Et l'espace d'une seconde je me mets à douter de moi, comme elle l'espérait. Mais alors je le revois, debout à la fenêtre, les yeux rivés sur moi, et je sais qu'elle ment. Qu'elle cherche à faire écran entre lui et moi. Entre lui et le reste du monde, comme maman l'a toujours fait.

— Laissez-moi entrer, j'insiste en poussant la porte.

— Jessie, ça suffit maintenant, calme-toi. Tu as fait un cauchemar, voilà tout. Tout sera plus clair demain matin.

— Je sais ce que j'ai vu, je réponds, la voix brisée.

Mais soudain son visage est si doux, si gentil, si apaisant… Elle me demande si je veux qu'elle me raccompagne jusqu'à la remise pour que je ne rentre pas toute seule. Elle dit qu'il fait noir, que ce n'est pas facile de se repérer.

— Je connais le jardin comme ma poche, dit-elle en me prenant par le bras avant de me faire un clin d'œil. Et puis, j'ai une lampe-torche.

La voilà qui la sort de la poche de son peignoir.

Elle l'allume, comme si notre conversation était terminée, comme si elle avait fait taire mes inquiétudes et que je pouvais rentrer me coucher, rassurée. Comme si aucun intrus n'était présent dans cette maison et que personne ne m'observait.

Mais je retire mon bras d'un coup.

— Pourquoi est-ce que vous le cachez comme ça ? je demande d'une voix haut perchée, sur la défensive. Pourquoi vous m'empêchez de le voir ? Pourquoi vous me mentez ?

Puis je lâche le mot qui a ancré ses racines dans un coin de mon esprit au point de remplacer toute logique.

— Pourquoi vous m'empêchez de voir mon père ? je crie.

Son visage se décompose et elle blêmit davantage. Elle secoue la tête, pose une main sur sa bouche mais ne dit rien. Puis elle soupire, et finit par demander, très prudemment :

— Tu es convaincue d'avoir vu quelqu'un là-haut ?

J'en crierais de joie tellement je suis soulagée. Elle me croit. Elle me croit !

J'acquiesce vigoureusement.

— Tu as peut-être raison. Peut-être que quelqu'un s'est introduit dans ma maison, dit-elle avec inquiétude avant d'ouvrir la porte en grand pour me laisser entrer. Pourquoi ne vas-tu pas jeter un coup d'œil ?

Je pense à mon père, qui est là, si près de moi. Dans l'escalier, je la dépasse et monte les marches deux par deux jusqu'à l'étage. Je me plante sous la trappe qui mène au grenier. Je tends l'oreille au cas où il y aurait un bruit de pas, mais non, rien. Ce qui ne veut rien dire, j'ai déjà entendu du bruit ici.

Il était déjà là ce soir-là. Juste au-dessus de moi. Est-ce qu'il essayait d'entrer en contact, d'attirer mon attention ? De me faire savoir qu'il était là ?

Je tends la main et tire sur la corde. L'échelle se déroule devant moi, déplie ses marches de fortune. Deux sont fendues. Une autre manque, comme l'a dit Mme Geissler.

Elle me met en garde.

— Jessie, fais attention. Les marches ne sont pas sécurisées.

Mais j'y vais, cramponnée à la rambarde, bien qu'elle ne soit pas stable non plus.

— Tiens, prends la lampe-torche, me dit-elle en me la tendant, mais je ne la prends pas.

— Il y a de la lumière là-haut, lui dis-je. Je l'ai vue. Je n'ai pas besoin de lampe-torche.

Mais elle insiste en la secouant, alors je la prends, uniquement pour la rassurer, et la coince sous mon bras.

Je commence à grimper. Je progresse lentement, bien que j'aie envie de monter à toute vitesse. La quatrième marche cède sous mon poids et je pousse un cri.

— Jessie ! s'écrie Mme Geissler. Tout va bien ?

— Ça va, je réponds, en m'agrippant plus fermement à la rampe pour passer à la marche suivante.

Mme Geissler n'essaie pas de me suivre, elle m'attend au pied des marches, les bras croisés, les yeux rivés sur moi. Elle me répète de faire attention, d'aller tout doucement.

Arrivée en haut, je me hisse sur le plancher du grenier. Il fait sombre. De l'autre côté des fenêtres, le soleil est perdu quelque part sous la ligne d'horizon. C'est encore la nuit, mais une lueur se profile dans le ciel. Le jour ne va plus tarder à se lever.

Je distingue à peine une lampe, celle qui depuis quelques soirs s'allume. Une vieille lampe de style Tiffany, avec un abat-jour en vitrail. Je vais pour l'allumer, mais rien ne se passe. L'ampoule a dû griller. Je n'entends que le clic de l'interrupteur, qui fait écho à celui de mon cœur.

Je fais le tour de la pièce en quête de mon père. Je trébuche sur des objets que je ne vois pas. Je retiens mon souffle, à l'affût du moindre bruit, mais n'entends rien.

— Il y a quelqu'un ? je demande, sur un ton qui tient plus de la supplique que de la question. Sortez, que je puisse vous voir.

Je lui chuchote que je sais qu'il est là. Que je veux le voir, le rencontrer. Que j'ai attendu ce moment toute ma vie. J'arpente le grenier à petits pas, avec mes mains pour guide. Mes battements de cœur résonnent à mes oreilles qui guettent le moindre souffle, le moindre pas. Comme un jeu de colin-maillard.

Je me résous à prendre la lampe-torche que m'a donnée Mme Geissler. Elle projette une faible lueur dans la pièce, mais cela me suffit. La lumière rebondit sur les murs au gré de mes tremblements.

Je tombe sur des boîtes d'archives par dizaines, rongées, trouées. Des excréments de rongeurs et de vieux outils de maçonnerie. Des litres de peinture, des lames de plancher, des boîtes de vis et de clous.

Un nid de brindilles et de feuilles est niché dans un coin avec, à l'intérieur, une petite chose toute frêle sans poils qui semble tout juste née. Une maman écureuil se dresse alors au-dessus de son petit et me fait comprendre de passer mon chemin.

En revanche, aucune trace de lit à baldaquin. Ni de couette blanche. Ou de cordelette qui pendrait du plafond. Encore moins d'homme. Il n'y a rien de ce à quoi je m'attendais. Ce n'est qu'un grenier miteux et délabré, peuplé d'écureuils, comme le dit Mme Geissler depuis le début.

Soudain, je me sens oppressée. Une douleur terrible surgit dans ma poitrine, mon bras, ma mâchoire, mon ventre.

Je me poste à la fenêtre et regarde en direction de la remise à calèche. J'ignore combien de temps je reste plantée là, à me dire qu'il va peut-être apparaître. Qu'on a échangé nos places. Mais il ne se montre pas.

Je redescends au premier, où m'attend Mme Geissler. Elle affiche une mine satisfaite. *Je te l'avais bien dit.*

— Alors, tu as trouvé ce que tu cherchais ?

Mais je suis incapable de parler. J'ai une énorme boule dans la gorge. Mais, je me retiens de pleurer.

— Je te l'ai dit, Jessie, jubile-t-elle, et je comprends alors qu'elle ne m'a permis de monter que pour me donner une leçon. Il n'y a pas d'homme ici. Rien que des écureuils.

Sur quoi elle remonte l'échelle pour que les rongeurs n'envahissent pas le reste de sa maison.

Elle me raccompagne à la porte, mais avant de la refermer elle s'adresse à moi :

— Jessie, tu ne t'es jamais dit que tu ne voyais que ce que tu avais envie de voir ? Tu as besoin d'aide.

Sur quoi elle me met dehors et claque la porte. J'entends le verrou tourner derrière moi.

L'éclairage s'éteint, et une fois de plus je me retrouve dans le noir.

Je m'installe sur la plus haute marche du perron, à bout de forces. J'ai mal partout à force de ne pas dormir – dix nuits que mon esprit me prive de sommeil. C'est une manière très insidieuse de mourir, parce que les symptômes ne sont pas visibles. Il n'y a pas de sang, pas de plaie ouverte, mais les effets de l'insomnie sont tout aussi sordides. Je le sais parce que je les subis en ce moment même.

Au lever du soleil, le onzième jour, je sais qu'il ne me reste que quelques heures à vivre.

Voilà donc ce que ça fait de savoir qu'on va mourir.

Voilà ce que maman a dû ressentir quand elle a su que son heure était venue.

Assise sur ma marche, je parle toute seule, je raconte ce qui m'arrive à haute voix, en espérant que ça me permettra d'y voir plus clair. Sans succès. Je compte jusqu'à dix pour m'assurer que j'en suis encore capable, mais je perds le fil à six. Je pleure, à chaudes larmes, les épaules secouées, comme ça ne m'est pas arrivé depuis longtemps. J'ai mal à la tête, au cœur. Je m'allonge sur le côté, roulée en position fœtale, les genoux repliés contre ma poitrine, en me demandant si c'est ici que je vais mourir.

Tout à coup, je lève la tête, sans notion de l'endroit où je me trouve.

Le soleil commence à peine à se lever. Le monde passe du noir au gris. Un à un, les gens apparaissent dans la rue. Des coureurs, des personnes qui vont travailler.

Tandis que le ciel se teinte des premières lueurs du jour, j'aperçois quelque chose sur le trottoir d'en face. C'est un homme vêtu d'une veste et d'un jean, qui descend la rue d'un air affairé, les mains dans les poches de son pantalon. Il a rentré le menton dans son col pour se réchauffer. Il porte une casquette sur la tête, une casquette orange. C'est grâce à cela que je le reconnais.

Mais comment est-il arrivé là ? Comment a-t-il pu sortir de la maison de Mme Geissler sans que je le voie ?

La réponse m'apparaît immédiatement. Le balcon. Celui entre le rez-de-chaussée et le deuxième étage.

Il est descendu par le balcon avant que j'aie le temps d'accéder au grenier, profitant du moment où je traversais la pelouse de

Mme Geissler. C'est à ce moment-là que la lumière s'est éteinte. Le grenier était plongé dans le noir parce qu'il était déjà parti. Pendant que j'explorais la pièce à l'aide de la lampe-torche, il était dehors, tapi quelque part, et m'observait par les fenêtres.

Je me lève d'un bond, l'appelle, agite les mains pour attirer son attention. Je dévale les huit ou dix marches du perron.

— Excusez-moi ! je crie.

Mais il ne se retourne pas et ne me fait pas signe. Il ne ralentit pas non plus la cadence. Il continue à avancer, l'air pressé. Comme s'il était attendu quelque part.

Je cours aussi vite que mes jambes me le permettent, ce qui est dérisoire.

Le tressautement de ma paupière a atteint mon autre œil et je ne peux rien faire pour l'empêcher. Mes mains tremblent. J'ai mal aux bras, aux jambes, au dos, et au moment où je traverse sans prendre la peine de regarder d'un côté ni de l'autre une voiture manque me renverser. La conductrice écrase sa pédale de frein pour ne pas me heurter.

Je me fige au beau milieu de la rue, à quelques centimètres du capot, les yeux dans ceux de la conductrice affolée. Moi, je suis impassible. Parce que je n'ai même plus la force d'avoir peur. Elle me lance un regard noir. Voyant que je ne bouge pas, elle asperge son pare-brise de liquide nettoyant et m'éclabousse au passage. Elle me crie quelque chose par sa vitre baissée, et c'est seulement à cet instant que je me remets en mouvement.

Le temps de me détourner de la voiture, l'homme m'a distancée d'une ou deux rues. Je distingue par moments sa casquette orange dans le flot des passants, jusqu'à ce qu'elle disparaisse derrière les branches basses d'un arbre.

La panique me submerge. Je l'ai perdu.

Soudain, il reparaît dans mon champ de vision, et je le suis.

Je tends l'oreille en quête de ses bruits de pas, et malgré la distance je les entends. Ils sont entêtés, rapides ; c'est à cela que je les distingue des autres. Je marche avec pour seul guide la percussion de ses pas, aussi régulière que des battements de cœur.

Mais en m'engageant dans une autre rue, d'une allure plus vigoureuse, j'entends autre chose. Des mots, qu'on me chuchote à l'oreille : « Jessie, reviens parmi nous ». Je fais volte-face pour tomber nez à nez avec un homme que j'assassine du regard. Il porte un costume, une cravate et un pardessus, il fume une cigarette. Dans son autre main, un gobelet de café.

— Vous voulez ma photo ? me lance-t-il d'un air furieux avant de jeter son mégot par terre.

Il l'écrase sur le bitume de la pointe du pied et sort aussitôt une autre cigarette de sa poche de poitrine. Je me retourne sans rien dire.

Soudain, une autre voix s'adresse à moi. Si douce, si basse, c'est à peine un souffle dans le creux de mon oreille. Psstt, fait la voix, comme un bourdonnement de moustique. Je suis à un carrefour, les yeux rivés au feu pour piétons, prête à traverser dès que la lumière passera au vert, espérant ne pas perdre la casquette orange de vue. La rue est bondée, c'est l'heure de pointe matinale et une marée humaine me sépare de la casquette.

« Psstt. Hé, toi », j'entends, « hé, Jessie ». Je sursaute. Je scrute les environs pour voir qui m'appelle. L'homme à la cigarette a disparu, il a tourné à un coin de rue, ne laissant dans son sillage qu'une volute de fumée. Derrière moi se dresse une devanture de café, au rez-de-chaussée d'un immeuble de deux étages de brique claire devant lequel sont attroupés quelques passants, mais ils me tournent tous le dos.

« Jessie », j'entends à nouveau, et je dresse l'oreille. Mais qui a dit ça ? Qui m'appelle ?

Soudain, l'air se rafraîchit. Je frissonne. Je resserre mon sweat sur moi et examine les gens réunis devant le café d'un œil attentif. Mais je ne reconnais personne.

Je me détourne d'eux sans me défaire de l'impression d'être suivie. D'être observée. J'en ai l'intime conviction désormais. Des yeux, hors de mon champ de vision, me scrutent, je sens la brûlure d'un regard dans mon dos.

Après avoir traversé la rue, je m'arrête et jette un œil derrière moi une dernière fois, incapable de chasser cette impression. C'est alors que la voix revient.

« Psstt. Hé, hé, Jessie », et je fais à nouveau volte-face, comme un jouet sur ressort. Je perds l'équilibre et manque tomber. Le monde vacille autour de moi et je ne sais pas sur quoi rejeter la faute, le manque de sommeil ou le chagrin.

Un homme et une femme marchent derrière moi à présent, main dans la main. La petite quarantaine, ils ont tous deux une allure chic et élancée. Avec ses bottes à talon haut, la femme dépasse son compagnon de quelques centimètres.

— C'est vous qui m'avez appelée ? je leur demande, mais ils échangent un regard et me disent que non.

Ils se lâchent la main et passent chacun à côté de moi. Puis leurs mains se rejoignent, et ils jettent un coup d'œil par-dessus leur épaule dans ma direction. Ils rient. J'entends leurs moqueries, les mots « dérangée » et « folle » me parviennent. C'est de moi qu'ils parlent.

Puis je sens une main dans mon dos. Une main chaude qui se pose sur ma peau nue. Elle me caresse, et tous les poils de mes bras et de mes jambes se dressent aussitôt. Un hurlement m'échappe. Je sursaute, me retourne, mais il n'y a personne sur le trottoir. Et pourtant j'entends encore la voix. Je la sens. Des lèvres pressées contre mon oreille me murmurent, « Jessie, reviens parmi nous. »

Je secoue la tête, pour les chasser, j'essaie de me dire que ce n'est rien. Que c'est seulement le vent. Je lève les yeux, reviens à moi, me rends compte que j'ai perdu la trace de l'homme qui, j'en suis maintenant persuadée, n'est autre que mon père. Il a disparu. Je tends l'oreille en quête du bruit de ses pas, scrute l'horizon dans l'espoir d'apercevoir sa casquette orange. Je commence à m'affoler – mes yeux regardent dans tous les sens, à l'affût de cette petite pointe orangée. Je déambule dans la rue, comme une ivrogne. Je n'arrive plus à me tenir droite, mon corps s'avachit sur lui-même. J'essaie de courir, mais c'est impossible, au mieux, mes pieds se traînent un peu plus vite.

Une main m'agrippe le bras, une voix me demande si je vais bien. Je regarde la main, elle est noueuse, maigre. Parcourue de veines bleues. De la saleté est logée sous ses ongles. Je reconnaîtrais cette main entre mille. C'est celle de maman.

Je lève les yeux, et aperçois une femme drapée de blanc. Elle ne ressemble pas du tout à ma mère.

— Jessie, dit-elle pourtant.

Je suis tellement prise de court que je ne sais pas quoi répondre. Elle se tient devant moi, la lumière du soleil forme un halo derrière elle. Elle porte un chemisier blanc vaporeux qui ondule dans la brise matinale et dont le bouton du haut, défait, laisse entrevoir sa peau pâle. Une jupe longue couvre ses pieds. Elle a l'air fragile, malingre, et lorsqu'elle passe une main dans ses cheveux, ils se détachent de son crâne par poignées. Des mèches épaisses, prises dans ses doigts graciles. À travers le chemisier flottant, j'aperçois sa poitrine. Plate, sans mamelons. Des points de suture quadrillent sa peau, comme celle de maman.

— Maman, dis-je.

Aussi invraisemblable que ça puisse paraître, cette femme qui se tient là est ma mère.

— Maman, je répète, implorante.

Je tends une main tremblante vers elle, je voudrais tant l'attirer contre moi, envelopper ses épaules de mes bras et la serrer fort. Je pleure, les larmes roulent sur mes joues.

— Maman ! je la supplie, mais elle a un brusque mouvement de recul, les sourcils froncés.

Sa bouche s'ouvre et elle me demande :

— Vous voulez que j'appelle quelqu'un ? Une ambulance, peut-être ?

Elle se tient à un mètre de moi, et recule à chaque pas que je fais dans sa direction. Je tends une main vers elle mais elle place ses mains dans son dos.

— Je ne suis pas votre mère, déclare-t-elle avec tant d'aplomb, tant d'assurance que je commence à douter de moi.

Mon regard décrypte l'image que je vois, une femme aux cheveux roux et aux yeux verts, vêtue de blanc. Sauf que ses cheveux sont intacts et ce que j'ai pris pour des points de suture c'est en fait de la dentelle.

Ce n'est pas maman.

Mes mains retombent de chaque côté de mon corps, et elle me demande à nouveau si j'ai besoin d'aide, si elle peut appeler quelqu'un de ma part. Non, je réponds sèchement, mais soudain je me rends compte que je n'ai aucune idée de l'endroit où je me trouve, que les arbres et les immeubles qui m'entourent ne me disent absolument rien.

Où suis-je ?

Comment suis-je arrivée ici ?

Une sirène hurle au loin.

Une portière s'ouvre en grinçant, puis on la claque.

Les gens me bousculent sur le trottoir, se précipitent ici ou là, tandis que la femme se mêle à la foule.

Les mains en coupe autour de ma bouche, je crie, j'appelle mon père.

Au moment où j'abandonne tout espoir de le retrouver, je le vois. Du coin de l'œil, j'aperçois un point orange qui se glisse dans un immeuble résidentiel de l'autre côté de la rue. Je traverse, tire sur la poignée pour le suivre mais la porte est verrouillée.

Le visage plaqué contre la vitre, je regarde à l'intérieur. Le hall de l'immeuble est désert. La décoration évoque les années 1970, avec son sol en lino sûrement plein d'amiante. Où sommes-nous ? Est-ce qu'il habite ici ? Ou rend-il simplement visite à quelqu'un ? Le sol est en partie recouvert d'un grand tapis d'un gris passe-partout, pour en camoufler les défauts. Un facteur est en train de glisser du courrier dans les boîtes aux lettres, et j'ai beau toquer à la vitre pour qu'il me fasse entrer, il m'ignore, comme s'il ne me voyait pas, comme si j'étais invisible.

Je me demande alors si je suis bel et bien invisible, ou si je suis déjà morte.

Je tire encore sur la porte en verre trempé. Le cadre, creux, en métal, s'ébranle. Exaspérée, je claque ma paume contre la vitre, mais ça ne change rien.

Je commence à contourner le bâtiment, en quête d'une autre entrée. Un sas de livraison, peut-être. Mais je n'ai pas fait cinq mètres qu'un résident sort en trombe, les yeux rivés sur un bus en approche. Je cours vers la porte et réussis à glisser une main sur la paroi intérieure in extremis. Je me glisse dans le hall, laissant la porte se refermer derrière moi.

Mes yeux sont attirés vers la gauche, où un éclair orange disparaît derrière une porte. Un écriteau noir et blanc indique qu'il s'agit des escaliers, les marches représentées par une ligne en zigzag. Il monte. Je me dirige droit vers le panneau.

J'appuie sur la barre métallique, me précipite dans la cage d'escalier et gravis les marches en béton par deux, me hissant à la rampe à l'aide de mes mains moites. L'air confiné est difficilement respirable. Il n'y a pas de ventilation, pas d'accès à l'air frais. Je suffoque, après quoi je mets un moment à retrouver une respiration à peu près normale.

C'est un immeuble de quinze étages. Au-dessus de moi, j'entends les pas qui montent à une cadence plus rapide que la mienne. Il va trop vite. Impossible de le rattraper. Je l'appelle, mais s'il m'entend il ne ralentit pas pour autant.

Entre les septième et huitième étages, mes pieds glissent sur le bord d'une marche recouvert d'une bande jaune en caoutchouc rainuré censé paradoxalement empêcher les gens de tomber. Mon corps continue sur sa lancée alors que mes pieds sont freinés par la bande. Je trébuche. Mon corps part en avant, mes mains se rattrapent à la rampe de justesse. Une douleur m'élance dans tout le bras, jusqu'au bout de mes doigts, puis se propage dans ma cage thoracique, ma nuque et mon dos. Mais je continue à monter. Il est tout près, à ma portée. Je ne peux pas le perdre, cette fois.

Je gravis une autre volée de marches, toujours en courant. Avant que je m'en rende compte, je suis arrivée tout en haut. Au dernier étage, le quinzième. Je me dis que je suis arrivée au bout, sauf que pas tout à fait. L'homme continue à monter. Il reste un dernier étage, bien qu'il soit différent des autres. Il est plus industriel, plus brut et n'est pas censé être emprunté par les résidents. C'est d'ailleurs plus un escabeau qu'un véritable escalier. Mais je le gravis quand même, à trois mètres de lui. Sur le mur, je lis « Accès au toit ».

J'aperçois une trappe, une planche en aluminium montée sur des gonds. Il l'ouvre et je le suis. Une fois les dernières marches de l'escabeau gravies, je me retrouve sur le toit de l'immeuble.

La trappe se referme derrière moi. C'est le vent qui la fait claquer, et le bruit me fait sursauter.

Je m'acharne sur la poignée pour la rouvrir, mais c'est impossible.

Je suis bloquée ici.

La ville m'encercle, comme un panorama. Les bras tendus, je ne peux m'empêcher de tourner sur moi-même pour embrasser la vue. Je profite du spectacle, bien consciente que c'est peut-être la dernière chose que je verrai jamais

Les immeubles et les gratte-ciel se dressent tels des dominos autour de moi, et je me tiens moi-même sur mon propre domino, attendant ma chute. Le lac est plus bleu que jamais, d'une couleur lumineuse qui affadit celle du ciel. La lumière du soleil se reflète sur le verre des immeubles, de sorte que toute la ville brille de mille feux.

J'inspecte les quatre coins de la plate-forme, à la recherche de mon père. Mais il semble avoir disparu. Il se cache. Je l'appelle, mais il ne répond pas.

— Ohé ! je crie. Je sais que tu es là !

Le toit est encombré de toutes sortes d'objets. Un système de refroidissement industriel. Des bouches d'aération. Des panneaux d'accès. Ça me bouche la vue. Je passe entre les diverses parties du système de refroidissement, toujours à sa recherche. Ce sont de gros engins qui font du bruit de temps en temps, comme un ronron de ventilateur. Je retiens mon souffle, à l'affût du moindre bruit.

À nouveau, une main me caresse, et on me chuchote, « Jessie, reviens parmi nous. »

Un brusque mouvement de recul m'éloigne de cet étrange effleurement.

À l'ouest du bâtiment se trouve un escalier de secours qui part du toit, une construction si rudimentaire qu'elle me terrifie. C'est à peine plus qu'une échelle de piscine, quatre marches qui permettent d'accéder à l'autre côté du bâtiment.

C'est là que mon père se tient. Sur l'escalier de secours. Maintenant que la trappe est fermée, la seule échappatoire, à part la chute libre, c'est cet escalier.

Je marche dans sa direction, les jambes tremblantes. Je l'appelle, d'une voix plus ténue à présent que je le vois. Que je l'ai trouvé. Qu'il est à ma portée. Il grimpe sur un muret puis arrive sur l'escalier de secours.

Je tends une main vers la rambarde, la saisis et me hisse sur la première marche. J'ai les mains moites, glissantes. Je glisse et me retrouve sur le toit. Je recommence. Je gravis une marche, puis deux. En proie à la panique, je vois mon père commencer à descendre sans moi, enchaînant les marches à toute allure, impassible malgré la hauteur.

— Arrête, s'il te plaît, je le supplie, d'une voix pleine de détresse. S'il te plaît, ne pars pas.

Alors que je m'approche du sommet, une accalmie survient et s'achève si vite que je ne la remarque presque pas. L'espace d'une seconde, le monde est immobile. Je suis en paix. Le soleil s'élève toujours plus haut dans le ciel, ses rayons jaune orangé qui percent à travers les immeubles m'éblouissent, m'apaisent et me réchauffent. Mes mains s'élèvent sur les côtés tandis qu'un oiseau passe à tire-d'aile. Les bras tendus de part et d'autre de mon corps, j'imagine quel effet ça ferait de voler.

Puis tout me revient.

Je suis désespérément seule. J'ai mal partout. Je n'ai plus toute ma tête, je n'y vois plus clair, je ne peux plus parler. Je ne sais plus qui je suis. À compter que je sois encore quelqu'un.

Et j'en ai alors l'intime conviction : je ne suis personne.

J'imagine ce que ça ferait de tomber. Plonger en apesanteur, laisser la gravité prendre le relais, lâcher prise. Renoncer, s'abandonner à l'univers.

Je perçois un mouvement plus bas. Un éclair brun, et je sais que si j'attends encore il sera trop tard. La décision ne m'appartiendra plus. J'appelle une dernière fois. Puis je me lance. Les genoux flageolants, je passe une jambe par-dessus le rebord de l'immeuble, puis l'autre, et me retrouve sur l'escalier de secours de l'autre côté. Je me force à le faire, et ça me coûte mes dernières ressources. Je me tiens sur une fine plaque de métal branlante, une corniche qui surplombe seize étages de vide.

Je progresse vers lui, mais il avance trop vite pour moi. Et puis, j'ai peur, rien qu'à voir la terre qui ondule en contrebas. Une sensation de vertige s'empare de moi, si puissante que j'en ai la nausée. Les marches de l'escalier de secours sont perforées pour éviter l'accumulation de neige et la formation de verglas, ce qui ne m'est d'aucune aide. Par les petits trous, je vois la rue sous mes pieds. Les gens sont pareils à des fourmis qui grouillent, vaquent à leurs occupations, sans se préoccuper de moi. Des taxis passent, semblables à des boîtes d'allumettes.

Sous mes pieds, les marches sont rouillées, fragiles. Il en manque quelques-unes. Par endroits, l'escalier s'écarte de la façade, à cause de boulons desserrés. Je descends les marches deux par deux, bien qu'un fracas métallique résonne à chacun de mes pas, et que tout l'escalier s'ébranle au moindre de mes mouvements. Je dois faire des enjambées encore plus grandes pour éviter les trous béants où il manque des marches.

Je n'ai parcouru qu'un demi-étage, mais mes jambes se dérobent sous moi. Je plonge alors en avant et atterris sur une sorte de palier. Dans ma chute, je heurte une rambarde toute aussi érodée que le reste, couleur rouille. Au contact violent de mon corps, les balustres cèdent et je passe à travers, sans rien pour me retenir dans ma chute.

Je regarde une dernière fois l'immense distance qui me sépare du sol, et que je vais bientôt parcourir.

Mes jambes tombent dans le vide, malgré mes efforts pour me cramponner au rebord métallique de l'escalier de secours. Ma main aussi tente de s'agripper, mais elle glisse, manque son coup et se referme sur du vide.

Dans ma chute, j'agite les bras et les jambes, comme un chien qui nagerait dans le vide. Je me débats, le corps en étoile de mer tandis que l'air souffle de toutes parts, me plaque les cheveux sur la figure. Je n'y vois presque rien. Non qu'il y ait grand-chose à voir, à part le bleu du ciel. L'air n'oppose aucune résistance à ma chute, il ne fait rien pour me ralentir. Mes mains font une piètre tentative pour protéger ma tête, une sorte de réflexe pavlovien, tandis que mes pieds essaient de pointer vers le bas, car je ne suis pas sans savoir que mon unique chance de survie dépend du fait que j'atterrisse à la verticale. Mais je ne parviens pas à les piquer vers le bas. Un autre palier défile sous mes yeux sans que je puisse m'en approcher. Avec la vitesse de la chute, mes entrailles sont précipitées au centre de mon corps. La chute me semble durer une éternité. Je n'en finis pas de tomber, un masque de peur sur le visage.

J'ouvre la bouche pour crier, mais rien ne sort.

EDEN

3 octobre 1997
Egg Harbor

C'est devenu une démangeaison que je ne peux soulager. Une faim qu'aucune quantité de nourriture n'est en mesure de rassasier. Une sécheresse que mille averses ne suffiront pas à éradiquer.

Ce besoin inextinguible d'être mère.

J'y pense matin, midi et soir.

Je passe des nuits entières à tenter de trouver le moyen de devenir mère un jour.

Je ne pense pas avoir la force d'attendre que notre divorce soit effectif.

Adopter est une solution, bien sûr, mais en tant que mère célibataire en plein divorce criblée de dettes, je suis loin d'être une candidate idéale.

Je dois trouver un autre moyen.

Je vais au travail de bonne heure, j'en repars tard, contemple durant quelques minutes les bébés à travers la vitre de la nurserie. Pendant ma pause déjeuner, je me dépêche de manger pour avoir le temps de faire un tour dans l'aile de la maternité et me languir devant les nouveau-nés tandis que les infirmières aux petits soins pour eux leur donnent le biberon, changent leurs couches et les bercent dans des sièges à bascule.

J'aimerais sortir ces pensées de ma tête.

Je ne suis pas quelqu'un de méchant, mais c'est devenu une véritable dépendance. Une maladie. Je suis incapable de penser à autre chose, comme un accro aux jeux d'argent ou à la cocaïne.

J'ai perdu le contrôle de moi-même. Je ne sais pas de quoi je suis capable, et ça me terrifie. À une époque, j'étais très respectueuse des lois, je faisais toujours ce qu'on me disait de faire.

Mais je ne suis tout simplement plus la personne que j'étais avant. Cette Eden-là a disparu, elle a été remplacée par quelqu'un que je ne reconnais pas.

7 octobre 1997
Egg Harbor

Il s'est passé quelque chose aujourd'hui.

J'ai mangé mon sandwich – au pain de seigle et rosbif, acheté à la cafétéria de l'hôpital – toute seule à une petite table ronde, par petites bouchées rapides, en silence, regardant les patients et les visiteurs aller et venir par les portes tambour pour s'installer à table par groupes de quatre, cinq ou même six, tous captivés par leurs conversations. Je me sentais terriblement seule. Une fois mon sandwich terminé, j'ai posé mon plateau à côté de la poubelle et je suis allée rendre visite aux bébés de la nurserie.

Je les observais par la vitre, tous endormis, emmitouflés dans leurs couvertures et bonnets en tricot, quand soudain une petite a attiré mon regard – Jade Cutter, indiquait l'étiquette de son couffin. C'est surtout son nom qui a capté mon attention, bien que la petite fût parfaite en tout point, de la rondeur de sa tête au rose de ses joues. Étaient également inscrits sa date et son heure de naissance, le nom de son pédiatre et celui de ses parents.

Joseph et Miranda Cutter.

Joe et Miranda.

Ils avaient eu leur petite fille et ne m'avaient rien dit.

Elle dormait, emmaillotée dans une couverture en coton rose, les yeux fermés, la bouche entrouverte. Une de ses petites mains s'était extraite de son cocon, mais Jade y semblait indifférente, contrairement aux autres nourrissons, qui avaient besoin – je le savais à force de les observer – que leurs membres soient entravés pour pouvoir s'endormir. Des mèches de cheveux bruns dépassaient de son bonnet rose, et bien qu'ils soient fermés, j'ai imaginé qu'elle avait les yeux foncés, comme ceux de Joe, même si les premiers temps leur couleur est sujette au changement.

Soudain, les yeux de Jade se sont ouverts et se sont posés sur moi, du moins en ai-je eu l'impression, et un besoin immédiat et absolu de la tenir dans mes bras s'est emparé de moi.

Je suis entrée dans la nurserie, en saluant les infirmières par leur prénom. Elles étaient deux, une d'un certain âge et l'autre plus jeune, je les connaissais assez bien. Depuis combien de mois passais-je les saluer en leur racontant que je travaillais dur pour obtenir mon diplôme d'infirmière puéricultrice et venir bientôt m'occuper des nourrissons avec elles ? Combien de fois m'avaient-elles fait entrer dans la nurserie, permis de les regarder langer les bébés avec l'expertise d'une personne qui a répété ces gestes un millier de fois ? Combien de fois m'avaient-elles autorisée à caresser la joue d'un nouveau-né endormi, sans avoir besoin de me dire de me laver les mains au préalable parce que je m'en souvenais toujours ?

— Je te demanderai de rester dans le couloir, Eden, m'a annoncé la plus âgée, une femme du nom de Kathy, et ça m'a fait comme un coup de poignard dans la poitrine, de la voir en plus pointer du doigt une ligne imaginaire au sol qui séparait la nurserie du couloir.

Ligne qu'elle m'interdisait de franchir.

— Mais, Kathy…, ai-je protesté.

Elle a levé les deux mains en m'expliquant qu'on s'était plaint de leur laxisme récemment, que les responsables de l'hôpital sévissaient en matière de sécurité, au point que je me suis demandé si les bébés étaient désormais munis de bracelets de sécurité à la cheville ou au poignet pour éviter qu'ils ne se fassent enlever.

Par quelqu'un comme moi.

— Mais ce n'est que moi, ai-je insisté en brandissant mon badge, espérant lui rappeler que je travaillais ici.

Mais elle m'avait déjà tourné le dos et s'occupait d'un nourrisson qui commençait à s'agiter ; elle ne me laisserait pas entrer, et j'ai senti mes mains se mettre à trembler, en proie au syndrome du manque. La poitrine oppressée, j'ai aussi ressenti une violente douleur à la tête. L'espace d'une minute ou deux, j'ai eu du mal à respirer. Mes battements de cœur, rapides et irréguliers, me donnaient le tournis, mais aucune infirmière n'a semblé le remarquer.

C'est à ce moment-là que Joe est venu chercher sa petite fille.

— Joe ! me suis-je exclamée un peu trop fort, ravie de le voir, lui qui pourrait me fournir ce dont j'avais tellement besoin.

Il allait sortir la petite Jade de la nurserie et il me laisserait la tenir et la cajoler aussi longtemps que je le souhaiterais.

Il m'a dit bonjour, a ajouté qu'il était ravi de me voir, un large sourire aux lèvres. Mon cœur a ralenti, la tension qui me vrillait le crâne et la nuque a commencé à s'estomper.

— Miranda t'a appelée pour t'annoncer la nouvelle ? m'a-t-il demandé, mais j'ai répondu que non, que je travaillais, et que j'étais venue rendre visite aux bébés de la nurserie lorsque j'avais aperçu la petite Jade.

— Félicitations ! me suis-je exclamée en le prenant maladroitement dans mes bras.

Je ne le connaissais pas très bien, et le peu que je savais de lui, je le tenais des éternelles complaintes de Miranda. L'abruti qu'il était, doublé d'un père minable. Mais ce n'est pas ce qui allait m'arrêter.

— Comment va Miranda ? ai-je voulu savoir, et Joe m'a répondu ce à quoi je m'attendais : Miranda était fatiguée, tout ce qu'elle voulait c'était dormir, et je la voyais d'ici, excédée de devoir nourrir son bébé.

Kathy a glissé le couffin à roulettes jusqu'aux mains de Joe, et lorsque j'ai voulu le suivre, l'accompagner jusqu'à la chambre de Miranda où je m'installerais dans un fauteuil avec la petite Jade dans mes bras comme je l'avais fait par le passé avec Carter, il m'a dit :

— Une autre fois, Eden ? Mes parents sont là.

Ils avaient déjà de la compagnie. Je n'étais donc pas la bienvenue dans la chambre avec eux car, comme chacun sait, trois invités, c'est beaucoup trop.

— Rien qu'une petite minute ? ai-je insisté en le regardant dans les yeux, remarquant au passage qu'il avait l'air épuisé et las.

De toute évidence, quatre enfants, c'était trop.

Mais je pouvais lui venir en aide.

Je pouvais lui en prendre un, rien qu'un.

Juste un enfant.

— Pour adresser mes félicitations à Miranda ? Et puis je m'éclipse ? l'ai-je supplié, incapable de masquer mon désespoir, mais Joe a secoué la tête et j'ai eu l'impression d'avoir cinq ans, d'être une petite fille à qui on vient de refuser son caprice.

Joe a dit qu'il passerait mon message à Miranda, puis il est parti sans moi. Il a accéléré le pas, de sorte qu'il me soit impossible de le suivre et cela n'a fait que renforcer mon sentiment de rejet. Il me congédiait, me faisait clairement comprendre que je n'étais pas la bienvenue, comme si j'étais porteuse d'une marque d'infamie.

Celle de la stérilité, de la fausse couche, de la femme dont le mari a entamé une procédure de divorce.

En un clin d'œil, Joe avait disparu au bout du couloir, et aussitôt le mal de tête est revenu, accompagné de palpitations, de sueur froide. Les murs de l'hôpital se refermaient sur moi, tandis que dans une pièce toute proche une femme en plein travail hurlait, et au lieu de la plaindre, je n'éprouvais pour elle que mépris et jalousie.

Comme j'aurais voulu être à sa place, crier comme elle, en proie aux douleurs de l'enfantement ! Comme j'aurais voulu sentir un bébé à l'intérieur de moi, bouger pour sortir tête la première. Sentir la pression entre mes jambes, sentir sa tête apparaître pendant que les médecins et les infirmières autour de moi m'encourageaient à pousser. *Poussez !*

Mes pieds se sont instinctivement dirigés vers la salle de travail. J'ai posé une main sur la poignée, l'ai tournée, entrouvrant la porte pour jeter un œil à l'intérieur. Il se passait bien trop de choses pour que quiconque remarque un grincement de porte. Je me tenais dans l'embrasure, légèrement en retrait afin que personne ne me voie. Une vraie voyeuse. Par cet infime interstice, j'ai vu la femme allongée sur le dos, haletante, en proie à la douleur. Je l'ai vue bouchonner les draps dans ses poings et serrer de toutes ses forces, tout en poussant pour faire sortir son bébé. Je l'ai entendue crier, pousser ce cri guttural, bestial et décomplexé, tandis que les infirmières, de part et d'autre de son corps, l'encourageaient à pousser.

— Pousse ! disait aussi son mari en caressant ses cheveux en sueur, les dégageant de ses yeux.

Entre ses jambes, une masse noire et velue – j'avais beau regarder, je n'arrivais pas à déterminer où finissait son corps et où commençait celui du bébé – émergeait, puis elle a poussé à nouveau, en bloquant son souffle, et moi aussi j'ai cessé de respirer. Cette fois, un bébé est bel et bien sorti de ses entrailles, couvert de mucosités, et un sentiment d'euphorie s'est répandu dans la pièce, emportant tout sur son passage.

On m'a claqué la porte au nez.

Quelqu'un avait fini par me voir.

Je me suis enfuie.

Il fallait que je reprenne mon poste. Les autres employées de la facturation n'allaient pas tarder à se demander où j'étais, et pourquoi je n'étais pas encore revenue de mon déjeuner. Elles allaient avertir notre responsable. Et j'aurais droit à un avertissement.

Mais impossible pour moi de retourner à la facturation à cet instant.

Il fallait que je m'en aille.

Je suis montée à bord de ma voiture, et j'ai conduit sans m'arrêter.

J'ai pris la direction du restaurant d'Aaron. Tout à coup, je ressentais le besoin urgent de le voir. Je voulais qu'il me prenne dans ses bras, qu'il me caresse les cheveux, qu'il me dise que tout irait bien. Pour être honnête, j'avais peur de la personne que j'étais devenue. J'étais terrifiée à l'idée de ce que je pourrais faire si Aaron n'y mettait pas un terme immédiatement. Comme des graines éparpillées, mes pensées étaient semées aux quatre coins de mon esprit, sans que je puisse dire lesquelles allaient germer, les plus raisonnables, comme rentrer chez moi me mettre au lit, ou les plus inconsidérées, comme retourner à l'hôpital, entrer de force dans la chambre de Miranda en leur criant comme une folle de me donner leur bébé.

Je me suis garée n'importe comment sur deux emplacements de parking, dans une rue assez éloignée du restaurant. Trouver une place dans le centre-ville est toujours un vrai casse-tête. Au moment où j'ai mis le pied hors de la voiture, ma cheville s'est dérobée, glissant dans un énorme nid-de-poule. J'ai fait comme si de rien n'était et me suis mise en route, malgré la douleur qui m'élançait déjà au niveau des ligaments du pied.

Il avait commencé à pleuvoir et le ciel s'assombrissait. Les restaurants, les boutiques de souvenirs et les galeries qui longeaient la rue brillaient de mille feux. Elles projetaient leur lumière vers l'extérieur, où les passants se dispersaient tels des cafards, cherchant à s'abriter sous les arbres, dans les magasins, serrés les uns contre les autres sous de grands parapluies de golf, rieurs, tandis que je me dirigeais vers le restaurant, déterminée à y entrer. À parler à Aaron. À le supplier de m'aider, l'implorer de me laisser une seconde chance. J'étais désespérée. Quel autre choix me restait-il ?

La pluie s'est mise à tomber à verse et je n'ai pas tardé à être trempée jusqu'aux os. Je suis passée en courant devant des gens agglutinés bien au sec sans qu'aucun ne propose de me faire une petite place. Une baleine de parapluie s'est enfoncée dans mon épaule sans que personne ne me présente des excuses, comme si c'était ma faute, comme si c'était mon épaule qui avait bondi sur le parapluie de cet homme.

Je me rapprochais du restaurant, guidée par cette odeur qui collait toujours à Aaron quand il rentrait à la maison, jusque dans notre lit, et s'enroulait autour de nous dans notre sommeil. Une odeur de graisse, de sauce Worcestershire, de viande.

Mais juste avant d'entrer j'ai aperçu le visage d'Aaron, à travers la cloison ajourée qui sépare la cuisine de la salle de restaurant. Même d'ici, je pouvais voir qu'il était indéniablement de bonne humeur, rayonnant. Malgré la pluie qui ruisselait sur la vitre, j'ai vu un sourire se former aux commissures de ses lèvres. Un collègue venait sûrement de faire une blague, parce qu'Aaron riait, à gorge déployée, sans retenue, la bouche en demi-lune tournée vers le ciel. J'ai décelé dans son regard une étincelle que je n'avais pas vue depuis longtemps. Aaron était donc heureux. Il avait renoué avec le bonheur.

Contrairement à moi, son cœur avait guéri. Il n'était plus un homme brisé, il s'était reconstruit.

Je mourais d'envie d'être là, à ses côtés, riant moi aussi.

Mais je n'ai pas pu me résoudre à entrer, à briser ce qu'il venait de réparer. Si je mettais un pied dans le restaurant, je gâcherais sa vie, j'en étais certaine. Il cesserait brusquement de rire, son adorable sourire s'évanouirait à la seconde où son regard se poserait sur moi.

Et donc, lorsqu'une hôtesse d'accueil a passé une tête dehors pour me demander si je voulais jeter un œil au menu, j'ai répondu que non, et je suis partie dans la direction opposée, comme les autres cafards qui cherchaient à s'abriter de la pluie.

Je me suis engouffrée dans un restaurant chic, aux menus raffinés, le genre d'endroit où l'on déguste un verre de vin au bar en attendant que sa table soit prête. Cette hôtesse-là m'a proposé une table, mais je me suis dirigée droit vers le bar sans m'arrêter à son niveau, trempée comme une soupe, laissant une traînée d'eau de pluie dans mon sillage. Je me suis hissée sur l'un des tabourets hauts et j'ai commandé un chardonnay. Moi, un chardonnay ! J'ai eu droit à un verre bien plein, généreusement servi par un barman aux fossettes prononcées et aux yeux bleus étincelants, un homme qui devait avoir six ans de moins que moi, à peine l'âge requis pour servir de l'alcool dans un établissement haut de gamme. Et je me suis soudain sentie vieille, bien plus vieille que mes vingt-neuf ans, mais peu importait. C'était le cadet de mes soucis.

Avec le vin, il a également apporté un torchon propre, dont je me suis servie pour éponger mes cheveux.

La première gorgée de vin m'a donné l'impression de boire de l'acide.

Je me suis étranglée avec, brûlée le long de l'œsophage, et le barman a arqué un sourcil en me demandant si tout allait bien. J'ai posé une main contre ma bouche, confirmé d'un hochement de tête, mais je n'en étais pas si sûre. Le vin s'est logé au creux de mon estomac, provoquant à la fois un sentiment de répulsion, mais aussi une chaleur, un picotement, qui étaient très agréables.

Alors j'ai bu une autre gorgée, je voulais que la chaleur et le picotement l'emportent, qu'ils m'aident à oublier Aaron et la fausse couche, tous ces mois gâchés à essayer d'avoir un bébé, en vain.

Qu'est-ce que j'avais été bête de croire qu'avec l'aide du Dr Landry on pourrait contrarier les plans de la nature. Aaron et moi étions stériles, telle était notre condition. On ne pouvait rien y changer.

L'univers se moquait de moi, de mon arrogance et de ma vanité.

J'ai pris une autre gorgée de vin et cette fois je ne me suis pas étranglée.

J'ai pensé à mon bébé, qui n'avait pas eu le temps de naître. Mon bébé mort. Je me suis demandé à quoi il aurait ressemblé si on avait eu la chance que la grossesse aille à son terme. Est-ce qu'il aurait ressemblé à Aaron, héritant de ses cheveux bruns et de ses yeux clairs, ou aurait-il eu mes traits ?

Aurait-ce été une fille, ou un garçon ?

Je pense constamment à ce bébé.

Si ç'avait été une fille, je l'aurais appelée Sadie.

J'ai porté mon verre à mes lèvres, bu un long trait, et me suis demandé s'il arrivait à Aaron de penser au bébé.

S'il lui arrivait de penser à moi.

Au deuxième verre, le vin n'avait plus du tout un goût amer. Il apaisait cette faim, cette soif comme rien au monde ne le pouvait. Il se répandait dans mes veines, anesthésiait mes bras et mes jambes, émoussait mes sens. Je n'avais pas bu une goutte d'alcool depuis des mois, alors il n'a pas fallu longtemps pour que la pièce prenne des contours flous, pour que le tabouret me donne l'impression de tanguer sous moi.

Chaque gorgée semblait me permettre de rajeunir, de retrouver mon énergie, mon insouciance.

À mesure que mon verre se vidait, l'euphorie s'emparait de moi et la réalité m'échappait, j'oubliais que j'étais une future divorcée, une femme qui n'aurait jamais d'enfant.

La soirée était calme, on était mardi, et le barman semblait content de meubler son temps libre en discutant avec moi – à quel sujet, ça, je ne m'en souviens pas. Lorsqu'il a rempli mon verre pour la deuxième fois, j'ai sorti une carte de crédit de mon sac qui, je le savais, ne serait pas refusée, et il m'a créé une ardoise, en me disant qu'il s'appelait Josh.

— Vous avez un très beau sourire, il a déclaré, ce qui m'a fait rougir, et sourire. Il a alors pointé un doigt vers ma bouche en ajoutant : Oui, voilà, celui-là.

Il a souri à son tour. Pour une raison qui m'échappe, j'ai sorti mon rouge à lèvres de mon sac, couleur rose pâle, et en ai appliqué une fine couche sur mes lèvres, laissant une légère empreinte rosée au bord de mon verre de vin qu'il remplissait chaque fois avec générosité.

J'ai défait le bouton du haut de mon chemisier et me suis penchée davantage au-dessus du bar, parfaitement consciente du pathétique de la scène – une femme seule et déprimée, tentant de séduire un serveur dans un bar quasi désert.

J'étais devenue un cliché ambulant.

— Et vous, comment vous vous appelez ? il m'a demandé en posant un bol de noix à grignoter devant moi, effleurant ma main au passage, et je lui ai répondu que je m'appelais Eden.

Ce qui lui a évoqué le jardin d'Eden, en d'autres termes, le paradis, et j'ai souri, précisant que c'était la première fois que j'entendais cela, ce qui était bien entendu faux, tous les ratés qui m'avaient abordée avant Aaron m'ayant sorti la même rengaine, quoique dans des bars bien moins luxueux que celui-ci.

— Et qu'est-ce qu'une jolie fille comme vous fait toute seule dans ce bar, Eden ? il a demandé en faisant tournoyer son torchon.

J'ai haussé les épaules et répondu que je n'en savais rien.

Qu'est-ce que je faisais là ?

J'ai attrapé mon verre et l'ai vidé de ses dernières gouttes. Aussitôt rempli, j'ai bu d'un trait le suivant.

J'ai le plus grand mal à me rappeler ce qui s'est passé ensuite. Seuls des fragments me sont revenus le lendemain matin. Une glissade de mon tabouret au troisième verre de vin. Des rires, les miens, tandis que des mains étrangères m'aident à me rétablir, remplissent mon verre. Un visage très près du mien. Trop près. Les sillons profonds de deux fossettes. Des mots murmurés à mon oreille.

— Attends-moi.

Plantée au coin de la rue dans la nuit noire automnale, je m'appuyais contre un lampadaire qui ne délivrait pas le moindre éclat de lumière. Je me fondais dans l'obscurité, au point de ne plus être certaine d'être encore bien là. Il pleuvait toujours, une bruine fine, qui semblait en lévitation dans l'air.

Puis, soudain, je sens une bouche dans mon cou, des mains sur ma peau, sans que je puisse dire à qui elles appartenaient – il faisait bien trop sombre – mais peu importait. Je savais seulement que mes membres étaient engourdis par l'alcool, et c'était une sorte de catharsis pour moi, ces mains inconnues qui erraient sur le paysage de mon corps, exploraient ses vallées et ses collines avec une brutalité que je n'avais jamais connue auparavant. Un corps pressé contre le mien, me plaquant contre le lampadaire, des mots chuchotés à bout de souffle dans le creux de mon oreille.

— Où est ta voiture ? C'est moi qui conduis.

J'ai entendu un bruit de moteur, puis les étoiles ont foncé dans ma direction à une vitesse étourdissante avant que le monde vire de nouveau au noir. Ensuite, j'ai senti la brûlure des poils de barbe contre ma joue, une main qui m'empoigne la poitrine avec l'impatience d'un garçon de seize ans. Un homme pressé me caressait, déchirait mon chemisier. Les rares boutons à avoir résisté à l'assaut ne tenaient plus que par un fil. Il m'a poussée sur la banquette arrière avec l'agilité de quelqu'un qui connaît son affaire, qui a l'habitude d'emmener des femmes qu'il vient de rencontrer à l'arrière des voitures.

J'ai senti ma jupe remonter violemment jusque sur mes côtes. La griffure d'un ongle lorsqu'il a déchiré ma culotte pour me l'enlever. Un gémissement, le mien, résonnant faiblement dans l'air confiné de l'habitacle, un soupir forcé, car malgré ses coups de reins incessants je ne sentais rien, et je voulais par-dessus tout ressentir quelque chose, n'importe quoi, parce qu'éprouver quelque chose valait bien mieux qu'être totalement insensible. Or, je ne sentais rien. En tout cas, rien qui vaille la peine.

Seulement un souffle chaud sur le lobe de mon oreille. Des poignées de cheveux serrées dans ses poings, que ce soit conscient ou non de sa part, je l'ignorais. Du reggae à la radio.

Il s'est mis à haleter en disant « Anna, Anna ». Pensait-il que c'était mon prénom, ou y avait-il une autre femme dans sa vie, du nom d'Anna, et faisait-il comme s'il s'agissait de moi ? J'ai répondu « Oui, oui ! », décidée à être son Anna s'il me désirait ainsi. Une boucle de ceinture de sécurité s'enfonçait dans mes reins à chacun de ses mouvements de bassin, le plastique mordait ma chair, mais je ne sentais toujours rien, rien du tout, jusqu'à ce qu'un spasme le parcoure des pieds à la tête comme la foudre et qu'il s'effondre sur moi de tout son poids.

Son poids. Ça, je l'ai senti.

Mais ça n'a pas duré.

Une portière s'est ouverte, refermée, et après, le silence s'est fait autour de moi.

Il était parti.

Je me suis réveillée le matin sur la banquette arrière de ma voiture, garée tout au bout d'un parking jouxtant une aire de jeux publique, à l'ombre d'un arbre, ma jupe remontée sur mes côtes, le reste de mon corps exhibé, seulement caché par les gouttes de rosée qui avaient perlé sur les vitres dans la nuit.

JESSIE

Mon cœur bat à tout rompre. Je suis en train de crier.

— Psstt. Hé oh, Jessie.

Une main posée sur mon épaule me secoue. Avec douceur mais insistance. J'ai un mouvement de recul, les bras battants. Je ne suis plus en train de tomber.

Une bouche se rapproche de mon oreille et me chuchote en aparté :

— Jessie, reviens parmi nous.

C'est une voix apaisante. Hypnotique. L'opiacé idéal.

J'imagine où je me trouve. Sur l'herbe. Le corps en morceaux éparpillés sur le sol, en sang, brisée, incapable de bouger. Au loin résonne une sirène d'ambulance tandis que mon père quitte les lieux, indemne.

La voix me dit et me répète que tout va bien, tandis qu'une main caresse mes cheveux. Je n'arrive pas à ouvrir les yeux. Et pourtant, je vois une femme penchée sur moi sur la pelouse, pendant qu'un attroupement se forme autour d'elle. Elle me regarde fixement, les yeux rivés à mes blessures. Une jambe tordue vers l'arrière, des organes exposés.

Je connais cette voix. Je l'ai déjà entendue. Mais impossible de la situer.

Je nage sous l'eau, qui noie les sons environnants. Un saphir qui se pose sur un vieux disque vinyle. Une conversation. Un bip aigu, régulier. Bip, puis plus rien. Des voix en fond sonore. Des mots me parviennent. Je distingue *morphine*, *chaussettes*, *glace pilée*.

Je veux ouvrir les yeux, mais, comme collés avec de la glu, ils refusent obstinément de m'obéir.

Mes mains s'élèvent et je découvre avec surprise que je peux encore bouger les bras. Finalement, ils ne sont pas brisés en mille morceaux sur le bitume.

J'appuie les talons de mes mains contre mes yeux et je frotte pour enlever les sécrétions séchées. Mon cœur bat toujours aussi fort. Soudain, j'entends une chanson. À faible volume, juste un fond sonore. Je la connais bien, c'est la chanson préférée de maman.

Quand enfin mes paupières s'entrouvrent, je ne vois que du jaune, une lumière jaune aveuglante.

C'est le premier indice. Je comprends que je suis morte.

La lumière assaille mes pupilles et je n'ai d'autre choix que de fermer les yeux à nouveau. Je cligne des paupières plusieurs fois, j'essaie de m'adapter à cette luminosité. De m'orienter, de trouver un point de repère qui me dira où je suis.

Le second indice, c'est maman. Parce que maman est morte. Pourtant, j'ouvre les yeux, et je la vois, là, assise à moins de deux mètres de moi. Elle est assise bien droite dans une sorte de fauteuil inclinable à roulettes, ses jambes maigres en appui sur le repose-pieds. Elle porte une chemise de nuit ample qui laisse voir une épaule, et ses cheveux ne sont qu'un duvet clairsemé, comme la dernière fois que je l'ai vue de son vivant. Je comprends que nous sommes coincées dans une sorte d'au-delà. Maman et moi.

La pièce qui m'entoure est bleue. Les murs sont bleus, les draps aussi. Un bleu pastel rassurant. Je ne suis pas sur la pelouse, en fin de compte. Je ne suis pas dehors, à l'ombre de l'immeuble du haut duquel je suis tombée. Je suis dans une chambre, sur un lit.

Une femme se tient près de maman, elle applique de la crème sur ses bras et ses mains, elle masse sa peau marbrée et violacée. Je reconnais cette femme, je l'ai déjà vue, à l'hôpital, avant la mort de maman. C'est son infirmière. Enfin, l'une d'elles. Elle s'appelle Carrie. C'était elle la plus scrupuleuse sur la question de la crème et la nécessité de changer régulièrement maman de position pour éviter les escarres. Même lorsque je suppliais les aides-soignantes de la laisser tranquille pour qu'elle puisse dormir.

Elle me regarde et me dit :

— Hé bien, c'est pas trop tôt.

Je comprends alors qu'on est toutes mortes. Maman, l'infirmière, et moi. Elles attendaient sans doute que j'arrive.

Je sais comment maman et moi on est mortes, mais elle, je me le demande.

— Cette pilule t'a assommée, lance une autre infirmière en se penchant au-dessus de moi.

Sa main se pose sur mon épaule, la même main qui me secouait doucement tout à l'heure.

— Quelle pilule ? je demande, l'esprit embrumé.

Derrière moi, la voix de Gladys Knight sort d'un haut-parleur. J'ai encore la très nette impression de tomber, mais j'ai également conscience de ne pas m'être blessée en atterrissant. De n'avoir rien senti au moment où je me suis écrasée sur le béton à côté de l'immeuble. Je n'en garde même pas de souvenir. J'étais peut-être déjà morte. D'une crise cardiaque, ou la nuque brisée.

La pièce tourne autour de moi. Je me hisse sur mes bras pour m'asseoir. Il y a un amas de couvertures par terre. L'infirmière se relève, tire sur un cordon et fait remonter le store. Elle aussi, je l'ai déjà vue. C'est la femme qui me tenait compagnie la veille de la mort de maman. Elle serait morte, elle aussi ? Comment est-ce possible ?

Davantage de lumière jaune éblouissante envahit la pièce et m'empêche d'y voir clair. Je ne distingue que maman. Assise dans son fauteuil. Bien vivante. Et non léthargique, clouée au lit. Le regard terne, elle a quand même l'air un peu endormie, et pourtant, elle sourit.

— Que diriez-vous d'un peu de glace pilée, mademoiselle Eden ? demande Carrie l'infirmière en lui proposant un minuscule glaçon sur une cuillère.

— Le clonazépam, j'entends, et il me faut une minute pour comprendre que l'infirmière s'adresse à moi, qu'elle répond à ma question. La pilule que t'a donnée le docteur pour dormir. Il sera content d'apprendre que ça a marché. Tu avais grand besoin d'une bonne nuit de sommeil. Mais tu étais très agitée. Tu as crié, bougé dans tous les sens. Ça devait être un sacré rêve.

Quand enfin je commence à retrouver mes repères, je me rends compte que je suis dans la chambre d'hôpital de maman. Maman. Assise à moins de deux mètres de moi, en train de sucer un glaçon. Maman qui n'est pas enterrée six pieds sous terre, mais se tient à quelques mètres de moi. Qui n'est pas réduite en cendres, mais bien vivante.

Le clonazépam. La mélatonine. Ça, je m'en souviens. Mes yeux irrités et injectés de sang, le médecin, inquiet, qui me propose un somnifère. L'émission de télévision sur l'usurpation d'identité que j'ai regardée en attendant que la pilule fasse effet, l'infirmière qui m'a mise au lit en me racontant l'histoire de sa fille, morte dans un accident de voiture à l'âge de trois ans. Le maillot de bain violet, la petite qui ramassait des coquillages sur la plage. Ça, je m'en souviens.

Et quand je me suis réveillée, maman était morte. Mais je comprends que rien de tout cela n'était réel.

Ce n'était qu'un rêve.

Peu à peu, mes yeux s'habituent à la lumière qui se fait moins aveuglante.

Et c'est là que je remarque la présence d'un homme dans la chambre, et dès que je l'aperçois, je reconnais l'homme de mon rêve. Je me demande si je suis toujours en train de rêver. Si je suis au purgatoire des rêves, coincée quelque part entre le sommeil et l'éveil, obligée d'expier mes péchés avant de pouvoir me réveiller complètement. Il me tourne le dos, comme il l'a presque toujours fait, assis sur une chaise face à maman. Malgré sa station assise, je reconnais sa carrure, sa posture, je sais que c'est lui. Je ne cours plus après lui, parce qu'il est enfin là, à ma portée.

J'entends alors un bip. Puis un autre. Je tourne la tête, et tombe sur les lignes mouvantes de l'ECG de maman, les pics et les chutes de ses battements de cœur.

— Papa, je souffle, la voix râpeuse.

Mon cœur palpite. Après l'avoir poursuivi des jours et des nuits, après avoir passé ma vie entière à le chercher, il est là.

Il était là depuis le début, il attendait que je me réveille.

Sauf qu'au moment où il se retourne je me rends compte qu'il est différent de ce que j'avais imaginé. Son visage n'est pas celui de mon rêve. Il n'a pas de barbe, et ses yeux sont gris-vert, couleur sauge et non marron. Ses cheveux grisonnent et il a quelques rides, principalement sur le front. Je distingue des cicatrices rose pâle sur ses avant-bras.

Lentement, la vérité se fait jour en moi. Évidemment qu'il est différent de l'homme de mon rêve. Parce que dans la vraie vie je n'ai jamais vu son visage. J'ai seulement eu le temps de l'apercevoir de dos quand j'étais petite, avant que maman m'arrache la photo des mains. Avant qu'on lise une histoire, qu'on mange de la glace. Maintenant, je me rappelle. Je n'ai jamais revu cette photo avant qu'elle ne réapparaisse dans mon rêve.

Il tient un livre sur ses genoux.

Il se penche en avant, prend les mains de maman dans les siennes. Elle semble dépourvue de forces. Il caresse sa joue, et je lis dans son regard ce qu'il éprouve pour elle. C'est un regard d'adoration, amoureux. C'est gênant de les voir comme cela. D'assister à ce moment intime. Je ne devrais pas être là.

De toute ma vie, on ne m'a jamais regardée comme ça. Et je doute que ça m'arrive un jour.

Son sourire est empreint de respect et de gentillesse.

— Non, Jessie, dit-il en lâchant la main de maman pour se tourner vers moi. Je ne suis pas ton père.

Ce qui me laisse sans voix. Qui peut-il bien être, dans ce cas ? Les larmes me montent aux yeux – j'ai tellement envie, besoin qu'il soit mon père.

— Maman avait une photo de vous, je bredouille. Je me rappelle l'avoir vue il y a longtemps. Elle l'a cachée, mais je ne l'ai jamais oubliée. C'était une photo de mon père. C'était vous. Vous êtes forcément mon père, dis-je, et il se lève pour me rcjoindre.

Il s'assoit près de moi, sur mon lit, bien qu'un gouffre nous sépare. Il me tapote la main et me dit qu'il s'appelle Aaron.

— J'ai connu ta mère il y a très longtemps, m'explique-t-il. On était mariés. C'était ma femme.

Il s'interrompt, les yeux rougis, et se contient pour ne pas pleurer devant moi.

— Je n'ai pas d'enfants, Jessie, ajoute-t-il, comme si ça devait clarifier la situation.

Mais ça ne fait que m'embrouiller davantage. Ça me met en colère aussi. Comment pourrait-il être le mari de maman mais pas mon père ? Il ne voulait pas de moi ?

Mon ton se fait plus acerbe, plus exaspéré que je ne le voulais.

— Alors qu'est-ce que vous faites ici ?

Je vois la détresse dans son regard, le chagrin. Je retire ma main, remarquant au passage qu'il ne porte pas d'alliance. Et je me demande s'il s'est remarié après s'être séparé de ma mère. Il a divorcé de maman, il l'a quittée, je me dis, et je sens la colère monter en moi.

Cet homme a fait du mal à ma mère.

— J'aimais énormément ta mère, dit-il, comme s'il lisait dans mes pensées. *J'aime* énormément ta mère, rectifie-t-il en brandissant le livre posé sur ses genoux. Regarde, Eden, ta mère, m'a envoyé ceci.

C'est un livre relié en cuir marron. Dans son autre main, il tient une lettre. Je reconnais l'écriture de maman, et son papier à lettres gravé à ses initiales.

— Il s'agit de son journal, m'explique-t-il, bien qu'à aucun moment je n'aie su que ma mère en tenait un.

Il me tend la lettre. Je survole les mots de maman, qui lui annonce qu'elle va mourir. Elle dit qu'elle tient à ce qu'il ait ce journal pour enfin comprendre ce qui s'est passé, et tourner la page.

La dernière ligne dit : *Tendrement, Eden.*

— Comprendre quoi, au juste ? je demande, de nouveau exaspérée.

Mais lui garde un ton compatissant et chaleureux, un regard doux. Il se frotte le front et avoue :

— Il y avait des questions en suspens entre ta mère et moi, Jessie. Beaucoup de choses à régler. Qu'est-ce qu'elle t'a dit au sujet de ton père ?

— Rien du tout. Elle ne m'a jamais parlé de lui, j'admets en secouant la tête.

Il me tend alors le livre, le journal de maman, en me conseillant de le lire, pour mieux comprendre.

— Tout ce qu'elle a fait, dit-il, d'une voix qui se brise, elle l'a fait pour toi. Il faut que tu le saches.

Sur quoi il se lève pour partir, mais pas avant d'ajouter :

— Je voulais être père, Jessie. J'aurais adoré ça. J'aurais adoré être le tien. Mais parfois, la vie ne se passe pas comme prévu.

Je ne saisis pas trop ce qu'il entend par là. Mais je m'empare du journal, le presse contre mon cœur, sachant que je comprendrai bientôt.

Il ajoute qu'il nous laisse quelques minutes ensemble, puis sort de la chambre.

Mes yeux se posent sur maman. Les siens sont dans le vague, elle a les paupières gonflées. Elle me voit sans me voir. Je lui fais signe, et après quelques instants elle finit par me répondre. Ses lèvres sont un bout de ficelle mince et boulochée. Elles sont sèches, gercées, avec des salissures aux coins que personne n'a pris la peine d'essuyer. Elle a la peau gris délavé, marbrée de violet et de bleu. À cause du manque d'oxygène. De la mauvaise circulation du sang.

Et pourtant, elle est bien là. Assise. Elle me fait signe de la main.

— Tu es vivante, je murmure, et je m'avance vers elle.

Je suis l'infirmière dans le couloir. Je regarde par-dessus mon épaule en sortant et je lui dis tout bas :

— C'est un miracle.

Je chuchote parce que je ne veux pas que maman sache qu'elle vient de frôler la mort.

— Elle va mieux. Vraiment mieux. Comme ça, du jour au lendemain, dis-je avec un sourire aussi large que le Grand Canyon.

Soudain, plus rien n'a d'importance. Tout ce qui compte, c'est maman. Je prends l'infirmière par la main, avec une envie de fêter cet instant, de le savourer. Je suis tellement soulagée de voir qu'elle a recouvré des forces. Qu'elle peut s'asseoir, déglutir. J'envisage déjà les prochaines étapes. On va reprendre la chimio. Il y a peut-être un essai clinique auquel elle pourrait participer, un nouveau traitement qu'on pourrait essayer.

— Oh ! Jessie, dit l'infirmière alors qu'une famille passe devant nous, fleurs et ballons à la main.

Son visage se décompose, envahi par une expression pleine d'empathie. Elle reste interdite une minute ou deux. Le seul sourire qu'elle a à offrir est un sourire compatissant.

— Jessie, répète-t-elle en me guidant vers un banc sur lequel on s'installe de l'autre côté du couloir, mais de façon à voir l'intérieur de la chambre de maman. Ta mère, reprend-elle, hésitante. Ta mère n'en a plus pour très longtemps.

— Mais…

Je repense à maman, assise dans un fauteuil. Plus dynamique que je ne l'ai vue depuis des semaines. Qui semble se rétablir à toute vitesse. Elle a une étincelle dans le regard, une lueur qui n'y était pas la dernière fois qu'elle a ouvert les yeux, il y a de cela des jours. Elle était plongée dans un état comateux depuis un moment, elle ne pouvait rien avaler. Le docteur a dit qu'il n'y en avait plus pour longtemps. Et maintenant, elle se remet. De toute évidence, il s'est trompé. Par la porte ouverte, je vois maman tendre une main vers Carrie, puis vers sa propre gorge. Elle n'arrive pas à parler. Mais elle réclame de la glace, elle a soif.

— Regardez-la. Vous voyez qu'elle va bien, quand même.

— Elle a l'air d'aller mieux. Mais le cancer est toujours là. Ça arrive, tu sais, Jessie. C'est une sorte de chant du cygne. Elle va rechuter, ma chérie, et sûrement très bientôt. D'ici quelques heures, peut-être quelques jours. Il n'y a aucun moyen de savoir quand précisément, mais son état continue à se détériorer. Le cancer n'est pas guéri. Elle a des métastases aux poumons, aux os. Ça empire.

Ce que je sais. Bien sûr que je sais tout ça. Je l'ai déjà entendu, un tas de fois. Mais à voir maman, je me dis que ça ne peut pas être vrai. C'est comme si elle avait ce regain d'intelligence, de conscience. Comme si elle était revenue d'entre les morts.

Et c'est là que je comprends.

La lucidité terminale. Le signe le plus criant d'une mort imminente. La dernière chance que j'espérais. Cinq dernières minutes lucides avec maman. C'est tout ce que je voulais. Et elles sont là.

L'infirmière éteint courtoisement la machine quand l'ECG devient plat. Je me demande si elle fait toujours ça, si sa main vole toujours machinalement vers le bouton dès qu'un patient meurt pour que les membres de la famille n'aient pas à entendre cette foutue machine brailler. Le bip de mon rêve s'est enfin tu.

Le médecin pose son stéthoscope sur la poitrine de maman et on le regarde tous dans l'expectative, attendant qu'il nous dise qu'elle est morte, bien qu'on le sache déjà. Son corps est paisiblement étendu sur le lit, sa peau blêmit à cause du reflux du sang. Elle est déjà plus froide que tout à l'heure et a pris un aspect synthétique. Ses mains et ses orteils se décrispent ; son corps se relâche. Le docteur prend la parole.

— Heure de la mort, 14 h 42.

L'annonce est un soulagement.

Maman en a fini de batailler contre le cancer

Son chant du cygne aura duré au total trois heures et quatorze minutes. Elle en a passé une partie assise dans son fauteuil, pendant qu'Aaron veillait dans un coin de la chambre. Il a voulu partir pour nous laisser vivre ce moment à deux, mais je lui ai demandé de rester. C'est moi qui ai parlé, surtout. Maman s'est mise à parler lorsqu'elle s'était faite à l'idée, mais au début ce n'était pas facile.

Tout du long, j'ai essayé de ne pas pleurer. Mais à un moment, il m'a été impossible de me retenir. Je me suis mise à sangloter, à m'étrangler quand j'essayais de reprendre mon souffle. Parce qu'il y avait tant de choses à dire en si peu de temps. Si je ne prononçais pas ces paroles, je le regretterais toute ma vie.

— Je ne sais pas qui je suis sans toi. Je ne suis personne sans toi.

Et je ne l'ai pas dit tout haut, mais j'ai pensé que sans elle je n'étais que de l'air. Que je n'étais rien. Et même moins que ça. Un caillou, une pendule, une boîte de haricots.

Maman a caressé ma main, comme le jour où elle m'a appris qu'elle allait mourir. Elle a effleuré mes doigts l'un après l'autre, en plaquant sur son visage un sourire aussi triste que le mien.

— Tu es toi, elle a dit. Tu es la seule et unique Jessie Sloane.

Et elle a caressé mon bras de sa main anémiée, à la chair blanche et tavelée, comme contusionnée.

Je me suis glissée à côté d'elle dans son fauteuil, comme si j'étais encore une petite fille. Je ne sais pas comment on a fait pour se faire chacune une place, mais on a réussi. On est restées assises comme ça un moment. Un de mes plus anciens souvenirs m'est alors revenu, un des rares à ne pas s'être perdus en chemin. J'ai dans les cinq ans. C'est le beau milieu de la nuit et maman vient me trouver dans ma chambre. Je dors à poings fermés, et elle s'agenouille à côté de mon lit. « Jessie, mon cœur, réveille-toi », elle chuchote.

Et je me réveille.

Elle m'aide à m'habiller. J'enfile un sweat par-dessus ma chemise de nuit et un legging au-dessous. Des chaussettes, des chaussures. Je la suis jusqu'à la porte d'entrée puis dans la nuit noire, en lui demandant un milliard de fois où on va, mais chaque fois elle répond, « Tu verras bien ». On marche dans la rue main dans la main.

Je remarque une légèreté très rare chez elle. Une frivolité. Elle d'ordinaire bien plus dans la retenue, semble d'humeur joueuse, gaie. On ne marche que jusqu'à la maison voisine, mais ça me semble la plus incroyable des aventures, une escapade magique au clair de lune. On contourne la maison des Henderson jusqu'au portail de derrière, en coupant par la pelouse. Maman se hisse sur la pointe des pieds – je remarque alors qu'elle est pieds nus – pour déverrouiller le portail, qu'elle pousse tout doucement pour ne pas le faire grincer.

— Où est-ce qu'on va ? je répète, et elle me répond toujours la même chose.

On marche dans l'herbe jusqu'à un arbre au milieu du jardin. Un arbre très haut, qui flirte avec le ciel, qui s'étend aussi loin que mes yeux peuvent voir. Il fait noir, mais je suis certaine que les branches les plus hautes atteignent les nuages. Une balançoire est pendue à l'une des branches, rien qu'une planche de bois avec une grosse corde qui passe dans des trous pratiqués de chaque côté. Maman me dit de grimper dessus mais au début je refuse, pensant qu'on ne peut quand même pas faire de la balançoire chez les Henderson sans demander la permission. Mais maman m'adresse un grand sourire, le visage radieux.

Elle s'assoit sur la planche, tapote ses cuisses. Elle me répète de grimper, sur ses genoux, cette fois. Alors je m'exécute. Je l'escalade maladroitement, elle enroule un bras autour de mon ventre pour m'aider à me hisser sur ses genoux. Une fois assise, je me cale contre elle et elle prend son élan, une main sur la corde, l'autre toujours autour de moi. Elle recule aussi loin que ses pieds nus le lui permettent. Tout à coup, elle les soulève de terre et on s'envole.

— Tu te rappelles la fois où on s'est introduit dans le jardin des Henderson pour voler un tour de balançoire ? je lui demande, pelotonnée contre elle dans le fauteuil d'hôpital.

Aussi longtemps que je vivrai, je n'oublierai jamais le sourire qui a éclos sur son visage à cet instant. Elle a fermé les yeux et savouré le moment. Le souvenir de notre envol, blotties l'une contre l'autre.

— C'était la plus belle nuit de toute ma vie, je fais.

Peu de temps après cette évocation, maman a montré des signes de fatigue. Les infirmières sont venues et je l'ai aidée à se remettre au lit. Quelques minutes plus tard, elle s'est endormie. Elle a sombré dans un état de conscience minimale pour décéder deux heures plus tard tandis que j'étais à son chevet.

Ce n'est qu'à l'arrivée du directeur des pompes funèbres, venu chercher le corps de maman, que je me lève du fauteuil. Il règne un silence déconcertant, sans la musique et le bruit familier de l'ECG.

Les seuls sons que je perçois à présent viennent des autres chambres, où d'autres personnes agonisent.

Avant de partir, Aaron me demande si ça va aller, et je lui dis que oui.

— Je ne suis peut-être pas ton père, mais je serais très heureux de devenir ton ami, déclare-t-il, et je réponds que ça me plairait énormément.

Il s'en va, et je remarque alors que l'infirmière est déjà en train d'enlever les draps du lit de maman. Bientôt, il y aura un autre patient, une autre famille pour l'entourer, l'accompagner jusqu'à la mort.

— Où comptes-tu aller ? me demande-t-elle, et je hausse les épaules.

— Prendre un café, je réponds bêtement, parce que rien d'autre ne me vient à l'esprit.

Au-delà de ça, je n'ai aucune idée de l'endroit où aller, de quoi faire de ma vie.

Mais au fond de moi je me dis qu'avec le temps je trouverai.

J'essaie de reconstruire mon rêve. En déambulant dans les couloirs clairs de l'hôpital où règne l'effervescence, je tente d'en rassembler les morceaux. Mais les rêves ont la fâcheuse habitude de s'effacer rapidement, l'esprit tend à se débarrasser des choses superflues. C'est comme si j'étais face à un puzzle de cinquante pièces et que je n'en avais plus que cinq. J'en ai perdu la majorité, et sur celles en ma possession seules quelques-unes s'emboîtent. Je sais qu'il y avait des écureuils. Des hot-dogs. Un hippopotame. Mais je ne sais pas ce que ça signifie.

Ce n'est qu'en traversant le hall de l'hôpital, au moment de passer devant la cafétéria, qu'une sensation de manque m'envahit. Un manque tel que soudain je suffoque. Je m'arrête brusquement et un corps se heurte contre mon dos. Mon sac m'échappe, son contenu se déverse sur le sol : les affaires de maman – sa crème, son baume à lèvres, son journal intime – mélangées aux miennes. Mon permis de conduire, ma carte de crédit, des billets de banque.

— Pardon, c'est ma faute, lance quelqu'un, tandis que je me retourne pour voir un homme s'accroupir et ramasser tout ce fouillis. Je ne vous ai pas vue. Je ne regardais pas où j'allais, admet-il en se relevant pour me tendre mon sac qu'il a rempli un peu n'importe comment.

Quand je vois son visage, je me rappelle. Je suis soufflée. C'est lui.

— Liam, je murmure, mon regard s'attardant sur ses cheveux bruns hirsutes et ses yeux bleus ronds comme des billes, avec la certitude qu'il était là, dans mon rêve, avec moi.

Je me rappelle vaguement m'être assise sur un canapé à côté de lui, avoir senti sa main caresser mes cheveux. Cette seule pensée me fait rougir lorsque je fais un pas vers lui. J'ai beau ne pas le connaître, j'ai la très nette impression d'être amie avec lui.

— Liam, je répète.

Mais son visage s'assombrit. Il secoue la tête et me fixe, interdit, comme si je faisais erreur. Il a l'air fatigué. Une barbe de trois jours lui mange le visage et il a les cheveux en bataille. Ses yeux injectés de sang sont encore plus irrités qu'avant, des rivières rouges se déversent dans le blanc de ses yeux. Il secoue la tête.

— Jackson, dit-il. Enfin, Jack.

Je suis complètement déboussolée. Ce n'est pas Liam. Mais non, bien sûr que ce n'est pas lui. Il n'a jamais existé. Il faisait partie de mon rêve. L'homme qui se tient devant moi n'est pas Liam, bien que nos confessions nocturnes échangées autour d'un café aient été bien réelles. Du moins, c'est ce que je crois. Je me retrouve soudain incapable de faire la distinction entre rêve et réalité.

— Je suis désolée, je bredouille. Je pensais que…

Ce que je me sens bête, tout à coup.

— Je ferais mieux d'y aller, dis-je finalement en lui prenant mon sac des mains avant de m'excuser et de le contourner pour partir.

Mais il m'en empêche. Il fait un pas de côté pour me bloquer et me tend une main.

— Tu ne m'as jamais dit comment tu t'appelais.

L'espace d'une seconde, j'ai l'impression qu'il a envie que je reste.

Sa poignée de main est chaleureuse et ferme, et ses doigts s'attardent une seconde de plus que nécessaire.

— Jessie, je réponds, convaincue, pour la première fois depuis longtemps, que je suis bien Jessie Sloane.

— Tu t'en vas, Jessie ?

— Plus rien ne me retient ici.

Inutile de lui préciser que maman est morte, il le sait déjà. Il le voit dans mon regard.

— Et ton frère, je demande, en repensant à l'accident de moto, au poteau électrique. Est-ce qu'il va s'en sortir ?

— Il a fait le grand saut hier soir, dit Jack après un silence, et ça me brise le cœur.

Bien qu'on ait perdu la guerre, nous sommes tous deux soulagés que la bataille soit enfin terminée.

— Tu vas où ? me demande-t-il, et je réponds que je n'en sais trop rien, que je veux simplement sortir d'ici et il répond qu'il comprend.

Sa famille attend l'arrivée des pompes funèbres à l'étage, dans la chambre de son frère, pour le transport du corps. Il ajoute que c'est la dernière chose qu'il a envie de voir. Il n'arrête pas de changer de jambe d'appui, fébrile, en manque évident de sommeil.

Je lui demande s'il veut prendre un café, et nous nous dirigeons vers la cafétéria.

Le soir venu, seule à la maison, j'ai le courage d'ouvrir le journal de maman. J'en effleure la couverture pendant un bon quart d'heure, la peur chevillée au corps à l'idée de ce qui se trouve à l'intérieur. L'identité de mon père ? Rien n'est moins sûr.

Je m'assois sur le canapé de notre maison d'Albany Park. Pour l'instant, elle n'est pas sur le marché, mais ça ne saurait tarder. J'ouvre le journal, prudemment. Une feuille d'arbre séchée s'en échappe, rouge et racornie, et atterrit sur mes genoux, accompagnée d'une photo. Il y a un nom griffonné au verso. *Aaron*. Je sais de quelle photo il s'agit avant même de la retourner. C'est celle que j'ai trouvée quand j'étais petite. Celle que maman a cachée dans ce journal pour que je ne remette pas la main dessus.

Mon cœur se serre à la vue de l'écriture familière de maman.

Je parcours les pages, les yeux embués de larmes, qui me brouillent la vue, mais je poursuis la lecture, roulée en boule sous la couverture qu'on partageait à une époque en écoutant ses disques préférés en boucle.

Aaron m'a montré la maison aujourd'hui. Je l'adore déjà – un cottage couleur bleuet perché sur une falaise qui surplombe la baie à une quinzaine de mètres de haut. Plancher en pin et murs blanchis à la chaux. Une véranda. Un long escalier en bois qui mène au ponton au bord de l'eau, où l'agent immobilier nous a promis de majestueux couchers de soleil et des flottes entières de bateaux à voile…

EDEN

10 novembre 1997
Egg Harbor

Je me suis réveillée ce matin avec une horrible sensation dans l'estomac, comme si j'avais avalé des sucs gastriques dans la nuit et qu'ils pesaient là, perdus quelque part entre ma gorge et mes intestins, incertains de devoir descendre ou remonter. J'avais aussi un goût atroce dans la bouche, comme si j'avais bu des litres de vinaigre avant de me coucher. Quand j'ai avalé un verre d'eau pour faire passer le goût, j'ai aussitôt tout rendu dans l'évier de la cuisine, avec le contenu de mon estomac. Cramponnée au plan de travail, j'ai repris mon souffle tant bien que mal, de la salive sur le menton et les larmes aux yeux.

Qu'est-ce que j'ai mangé hier soir ?

Pas grand-chose, en tout cas. Je ne mange pas beaucoup ces derniers temps, m'obligeant à une vie de recluse depuis ma mésaventure avec ce barman sur la banquette arrière de ma voiture. Je ne quitte la maison que pour acheter le strict nécessaire, de peur de tomber sur lui dans la rue. Ma maison est devenue ma prison. J'ai trop honte pour sortir.

Honte pour tout un tas de raisons, l'acte sexuel n'étant que l'une d'entre elles.

Du jour au lendemain, du statut d'être humain respectable, j'étais passée à celui de voyeuse, kidnappeuse, marginale, bête curieuse. Quand je suis rentrée chez moi au matin, j'ai découvert des bleus dans mon cou, aux endroits où il avait aspiré ma peau, formant d'énormes suçons qui m'ont empêchée de sortir de la maison jusqu'à ce que ma peau ait retrouvé son aspect naturel. Matin et soir je regardais ces bleus, et je me détestais. Mais qu'est-ce qui m'avait pris ? Quel genre de personne j'étais devenue ?

J'ai repensé à la sensation de la main de la petite Olivia dans la mienne.

Est-ce que ça s'était vraiment passé ou est-ce que j'avais rêvé ?

Est-ce que j'ai failli voler l'enfant d'une autre femme ?

Deux fois dans la même journée ?

Le barman s'était fait la malle avec mon sac à main, qu'il avait subtilisé sur le siège passager pendant que je dormais à l'arrière, puis était parti en laissant la portière entrouverte, de sorte que le plafonnier était resté allumé toute la nuit et que la batterie était vide le lendemain matin. J'ai donc parcouru les cinq kilomètres qui me séparaient de chez moi à pied sur une cheville enflée, les bras croisés pour empêcher mon chemisier déboutonné de s'ouvrir. J'ai ensuite passé la matinée au téléphone avec divers établissements bancaires pour faire état du vol de mes cartes de crédit, m'en voulant terriblement de m'être fourrée dans cette situation en ayant voulu jouer les aguicheuses. J'ai fait le serment de rembourser mes dettes et de refuser tous les prêts que ne manqueraient pas de me proposer les banques.

Je ne serai plus jamais une victime.

Je ne ferai plus jamais confiance à qui que ce soit.

Je ne sortirai plus jamais de chez moi par crainte d'enlever un enfant.

Désormais, je mène une vie de recluse, en proie à une dépression sévère. Je peux passer plusieurs journées sans me laver, sans même sortir de mon lit jusqu'à la nuit tombée. Je ne mange que lorsque c'est nécessaire, c'est-à-dire quand les crampes d'estomac deviennent insupportables. J'ai sûrement été renvoyée, bien qu'on ne me l'ait pas notifié, mais on ne peut pas s'attendre à garder son emploi quand on ne va pas travailler plus de trente jours de suite. J'imagine que je croule sous les dettes, bien que je n'aie pas trouvé l'énergie de me traîner jusqu'à la boîte aux lettres pour relever le courrier, mais c'est une certitude, car hier soir, quand j'ai voulu allumer la lumière, rien ne s'est passé. J'ai actionné l'interrupteur plusieurs fois, en vain. Puis je suis passée à un autre, sans plus de résultat.

L'électricité avait été coupée pour défaut de paiement.

Je suis retournée me coucher dans le noir avec l'intention de ne pas quitter mon lit pour le restant de mes jours, ce qui ne durerait pas très longtemps vu que je renonçais à boire et à me nourrir.

Mais ce matin, c'est la nausée qui m'a tirée du lit pour me conduire droit vers l'évier de la cuisine, où j'ai été prise de haut-le-cœur, sans comprendre ce qui m'arrivait.

Et alors, lentement, la vérité m'est apparue, un rai de lumière après l'autre.

Pendant trente et quelques jours, j'étais restée au lit, suite à mon aventure avec ce barman, et pendant ces trente et quelques jours, mes règles, d'habitude si fiables, n'étaient pas venues.

Et voilà que j'avais la nausée, que je vomissais, et j'avais beau me raisonner, me dire que c'était impossible – après tout, j'étais stérile, je ne pouvais pas tomber enceinte de mon propre chef, sans tout l'attirail thérapeutique du Dr Landry –, j'ai su que c'était vrai.

J'étais enceinte.

Je mentirais si je disais que j'étais heureuse.

Non que je n'aie pas savouré l'instant une seconde ou deux, que je ne me sois pas délectée à l'idée de porter un enfant, de lui donner naissance, de devenir mère. Je ne désirais rien au monde tant que ça. C'était tout ce que je voulais, la seule chose qui comptait dans ma vie.

Mais au fond de moi je savais que cette grossesse n'arriverait jamais à terme. Ça se déroulerait comme la dernière fois : on me ferait entendre un battement de cœur et puis plus rien, rien que des litres de sang.

Ce sang sur lequel je pouvais toujours compter.

Alors au lieu d'être heureuse je suis restée plantée là, dos au plan de travail, me préparant à affronter une autre fausse couche, à perdre ce bébé comme le précédent. L'univers ne permettrait certainement pas que je garde cet enfant. En vérité, c'était là ma pénitence, me voir offrir un cadeau qu'on me reprendrait.

15 janvier 1998
Egg Harbor

Il semblerait que mes prévisions se retournent contre moi, car je suis arrivée au bout du premier trimestre sans la moindre complication.

Le bébé a survécu treize semaines dans le désert stérile de mon utérus.

Je ne sors de chez moi que par la force des choses, pour aller à l'auberge locale où je travaille comme femme de chambre. Cela n'a rien de très palpitant. J'enlève les draps, lave des montagnes interminables de linge, récure les toilettes souillées des excréments des autres. L'avantage, c'est que je ne parle à personne, je travaille seule dans des chambres vides ou dans la buanderie, n'ayant affaire qu'aux grains de poussière et aux moisissures.

Mais le travail est usant. Et ces treize premières semaines de grossesse sont loin d'avoir été de tout repos, entre la nausée du matin, la fatigue qui a presque eu raison de moi – avec ces lits aux draps frais tout juste changés, sur lesquels je m'imaginais allongée, emmitouflée dans un peignoir en velours de l'hôtel – mais je n'ai jamais cédé.

J'avais besoin de ce travail presque autant que de ce bébé.

Je ne suis pas allée voir le Dr Landry, ni un autre obstétricien, bien que je commence à m'arrondir, et à me sentir à l'étroit dans mes pantalons, au point que je porte maintenant des bas de jogging, quand je ne suis pas serrée dans mon polo et mon pantalon de travail, que je déboutonne pour ne pas aplatir le bébé.

J'ai mis le cottage en vente.

Je n'ai plus les moyens de rembourser le prêt immobilier depuis des mois, et les menaces de saisie ont commencé à arriver. Le panneau a été planté ce matin, dans la terre presque gelée, par la même femme qui nous a vendu la maison.

Qu'est-ce qu'elle a dû se dire, en me voyant ? J'ai tellement changé en l'espace de deux ans.

Elle, par contre, n'avait pas changé d'un iota.

Après son départ, je me suis assise sur la balançoire sous l'arbre et me suis laissée bercer dans l'air hivernal, jusqu'à ce que le froid engourdisse mes doigts et que je ne sente plus la corde robuste dans mes mains.

Ce serait le seul tour de balançoire auquel aurait droit mon enfant sous cet arbre-ci.

La baie était déserte à cette saison, il n'y avait pas un bateau en vue. La neige s'est mise à tomber sur le ponton, à s'amasser comme des petits tas de sucre glace. Quelques oiseaux nichaient dans les arbres, un cardinal par-ci, une mésange par-là, mais la plupart d'entre eux étaient partis pour le soleil des îles tropicales où je rêvais de me rendre un jour.

La porte de la serre était scellée par la glace.

Dans les massifs, les fleurs étaient mortes.

J'étais toujours dehors quand j'ai entendu la sonnette d'entrée, et, pensant qu'il s'agissait de l'agent immobilier – elle avait déjà reçu une offre ! – je me suis levée pour aller ouvrir.

Mais ce n'était pas elle.

C'est Aaron qui se tenait devant moi, ses cheveux châtains saupoudrés de flocons de neige, le regard triste, les mains dans les poches de son manteau. Quand j'ai ouvert la porte, il m'a simplement souri.

— Aaron, j'ai fait.

— Eden.

Impossible de l'inviter à entrer, le cottage était dans un désordre indescriptible ; je ne pouvais pas lui montrer ce qu'était devenue notre maison. Alors j'ai fait un pas à l'extérieur, les cheveux rapidement recouverts de flocons. J'ai tiré la porte derrière moi. J'étais en chaussettes, et mes pieds n'ont pas tardé à se refroidir. Toujours aussi prévenant et bienveillant, Aaron s'est aussitôt débarrassé de son manteau pour m'en envelopper les épaules.

— Tu vas attraper la mort.

Au contact de ses mains – qui se sont attardées sur mes épaules pour libérer mes cheveux pris au piège sous le manteau avant de les placer délicatement derrière mes oreilles – j'ai fondu comme neige au soleil.

Nous étions tous les deux silencieux.

Mais je voyais dans son regard que je m'étais trompée. Il n'avait pas guéri, comme je l'avais cru le jour où je l'avais aperçu par la vitre du restaurant. Il s'était simplement bricolé un sourire de façade ce jour-là, mais les réparations n'avaient pas tenu, car tel qu'il se tenait devant moi, Aaron était un homme brisé.

Mais qu'est-ce que j'avais fait ?

Il s'est voûté pour être à ma hauteur, les genoux légèrement pliés. Il a pris mon visage entre ses mains – doucement, délicatement – comme s'il tenait un vase en cristal hérité de sa famille, et j'ai vu dans son regard qu'il avait l'impression d'avoir entre ses doigts quelque chose de fragile, de magique, d'irremplaçable, d'incomparable.

Que pour lui je n'avais jamais cessé d'être toutes ces choses.

Que pendant tous ces mois de séparation rien n'avait changé pour lui.

Sa bouche dégageait une douce chaleur lorsqu'il l'a posée contre la mienne, sans précipitation, sans arrogance, sans brusquerie.

— Je veux que tu reviennes, il a murmuré dans mon oreille. J'ai besoin de toi. Tu me manques, Eden. Sans toi, je ne suis rien.

Je ne suis rien.

Est-ce que je m'imaginais des choses, ou le bébé venait-il de bouger ?

J'ai reculé d'un pas en tirant sur mon pull pour que ma petite bosse ne se voie pas. À l'intérieur, le bébé – qui n'était pas celui d'Aaron mais d'un homme que je ne connaîtrais jamais – savait plisser les yeux et sucer son pouce. Jour après jour il grandissait, ses bras et ses jambes s'allongeaient, ses organes et ses cellules se développaient dans mon utérus. Un jour, ce serait une personne, qui aurait peut-être des fossettes profondes et des yeux bleus étincelants, mais en tout cas jamais je ne rejetterais la faute sur cet enfant des choix que j'avais faits.

« Prenez garde à vos souhaits, ils pourraient se réaliser », a-t-on coutume de dire, mais jamais je n'éprouverais la moindre rancune, malgré tout ce que j'ai perdu pour avoir ce bébé. Tout ce que je perdrai encore.

J'aurais tout risqué pour avoir un bébé. J'en suis intimement persuadée.

J'avais une telle boule dans la gorge que je n'arrivais presque pas à parler. Elle continuait d'enfler dans mon larynx tandis que des larmes brûlantes me montaient aux yeux. Quand elles ont commencé à rouler sur mes joues, Aaron les a essuyées avec son pouce avant de m'embrasser à nouveau en disant que ce n'était rien, que tout irait bien. Il m'a serrée contre lui, m'a caressé les cheveux, puis a pris mes mains dans les siennes pour les réchauffer.

— Est-ce que je peux revenir à la maison ? m'a-t-il demandé.

Et j'ai pensé à ce qu'il ressentirait si je lui parlais du bébé.

Lui qui était déjà en miettes, cela le réduirait en poussière.

— Oui, ai-je dit en feignant un sourire, malgré la boule coincée dans ma gorge. Oui.

Ses genoux ont bien failli céder sous l'effet du soulagement. Il m'a de nouveau embrassée, cette fois avec fougue et passion, puis il a posé une main sur la poignée pour nous faire rentrer dans la maison.

Mais je l'ai arrêté.

— Pas tout de suite, j'ai dit. La maison est un horrible foutoir. Laisse-moi tout ranger d'abord.

Bien qu'il ait minimisé la chose en disant que peu lui importait, qu'on ferait ça ensemble, j'ai refusé.

J'ai dit que je voulais que tout soit parfait.

Que je voulais moi aussi être parfaite pour lui.

Alors il a cédé, et on a passé un accord.

Il reviendrait le lendemain matin avec toutes ses affaires, et on prendrait un nouveau départ. On redeviendrait Aaron et Eden. Rien que nous deux. Aaron et Eden.

Il m'a embrassée pour me dire au revoir – ses lèvres s'attardant contre les miennes pour la dernière fois, même si j'étais la seule à le savoir –, puis il est monté dans sa voiture pour repartir par la longue allée sinueuse, jusqu'à se fondre dans l'écorce des troncs sombres. Les feuilles des arbres avaient déjà disparu, tout comme j'allais bientôt le faire.

La vie est pleine de regrets, et ceci n'en est qu'un parmi d'autres.

Il ne m'a pas fallu longtemps pour faire mes bagages.

Le temps que la nuit tombe, je roulais vers le sud, dépassais Sturgeon Bay, Sheboygan, Milwaukee. Bientôt, je vivrais loin d'ici. Avec mon bébé.

Cher Aaron,

J'ai fait un rêve la nuit dernière. J'étais poursuivie. Toute la nuit, j'ai couru en rond, en sueur, avec cette peur panique caractéristique des cauchemars, sans jamais voir le visage hargneux de l'homme qui me traquait. Ce n'est que plus tard, enfin réveillée, entre délire et effroi, que je me suis rendu compte qu'il s'agissait de toi, ce qui m'a étonnée, parce qu'après toute la souffrance que je t'ai infligée tu as toujours été plein d'abnégation envers moi. Compatissant et généreux.

Jamais tu ne me ferais le moindre mal, je le sais bien.

Je sais qu'il ne faut pas prendre les rêves au pied de la lettre mais plutôt y voir une métaphore, et dans ce cas précis, je crois que l'important n'est pas de savoir qui me poursuit, mais à quoi je cherche à échapper.

Aaron, j'ai passé les vingt dernières années de ma vie à fuir le passé et toutes les choses impardonnables que je t'ai fait subir. Et je souffre à présent d'un cancer incurable. Je vais mourir. Mais l'idée de quitter ce monde sans tout t'expliquer m'est insupportable. Il est temps que tu comprennes, que tu puisses enfin tourner la page, tu le mérites. Depuis vingt ans, pas un jour ne passe sans que j'aie envie de t'appeler, de te donner rendez-vous quelque part. Mais jamais je n'aurais été capable de mettre en mots tout ce que je ressentais, et je n'aurais pas eu non plus le courage de te regarder en face et de t'avouer ce que j'avais fait. Alors pour l'instant, il faudra que mon journal suffise.

J'ai un enfant, Aaron, une fille, elle s'appelle Jessie, elle est tout pour moi – et plus que ça encore. Certains y verraient une erreur de parcours, mais pour moi elle est la perfection incarnée. Jessie a passé sa vie à chercher son père. Ça aurait dû être toi.

Tendrement,

Eden

Remerciements

Tout d'abord, un grand merci à mon éditrice Erika Imranyi, pour son intelligence, son savoir-faire et son sérieux, pour la foi qu'elle continue à avoir en moi et dans mes livres, pour toute l'aide qu'elle m'apporte, grâce à laquelle ma première version finit par devenir un objet poli et brillant. Je suis très fière du travail que nous faisons ensemble, et je suis convaincue que mes romans sont bien meilleurs une fois que tu y as mis ta patte.

Merci à mon merveilleux agent littéraire et amie Rachael Dillon Fried, pour ses encouragements et son soutien sans faille, pour ses petits mots qui tombent à pic lorsque j'ai besoin d'être rassurée et sa façon de toujours voir le côté positif dans tout ce que je fais.

Merci à toutes les équipes de Sanford Greenburger Associates, HarperCollins et Park Row Books, sans oublier Emer Flounders et Shara Alexander à la communication ; merci à Reka Rubin de faire partager mes romans au monde ; à Erin Craig et Sean Kapitain pour leur superbe couverture – encore une fois ; merci aux préparateurs de copie, aux correcteurs, aux équipes de vente et du marketing, à tous ceux qui jouent un rôle dans l'acheminement de mes histoires jusque dans les mains des lecteurs. Je n'y arriverais pas sans chacun de vous. Je vous suis à jamais reconnaissante pour vos efforts assidus, votre enthousiasme et votre soutien.

Merci à mes merveilleux amis qui (promis !) ne m'inspirent pas mes personnages de roman, mais sont une source intarissable d'encouragements tout au long du processus d'écriture. Merci aux libraires, aux bibliothécaires, aux blogueurs et aux médias qui lisent et recommandent mes romans à leurs clients, à mes mécènes et fans, vous êtes formidables ! À mes lecteurs du monde entier : vous êtes la raison pour laquelle je continue à écrire.

Enfin, merci à mes parents, Lee et Helen ; à mes sœurs, Michelle et Sara ; aux familles Kubica, Kyrychenko, Shemanek et Kahlenberg ; à mon mari, Pete, et à nos enfants, Addison et Aidan ; et à Holly, qui m'a tenu compagnie quand j'écrivais – il y aura toujours une place pour toi à mes côtés.

Composé et édité par HarperCollins France.

Achevé d'imprimer en mai 2019.

CPi
FIRMIN-DIDOT

à Mesnil-sur-l'Estrée (Eure)

Dépôt légal : juin 2019.

Pour limiter l'empreinte environnementale de ses livres, HarperCollins France s'engage à n'utiliser que du papier fabriqué à partir de bois provenant de forêts gérées durablement et de manière responsable.

Imprimé en France